헤어진 이들은
홍콩에서
다시 만난다

헤어진 이들은 홍콩에서 다시 만난다

1판 1쇄 발행 2022. 3. 28.
1판 3쇄 발행 2024. 8. 9.

지은이 주성철

발행인 박강휘
편집 봉정하, 구예원 디자인 조은아 마케팅 신일희 홍보 홍지성
발행처 김영사

등록 1979년 5월 17일 (제406-2003-036호)
주소 경기도 파주시 문발로 197(문발동) 우편번호 10881
전화 마케팅부 031)955-3100, 편집부 031)955-3200 | 팩스 031)955-3111

값은 뒤표지에 있습니다.
ISBN 978-89-349-6189-5 03810

홈페이지 www.gimmyoung.com   블로그 blog.naver.com/gybook
인스타그램 instagram.com/gimmyoung   이메일 bestbook@gimmyoung.com

좋은 독자가 좋은 책을 만듭니다.
김영사는 독자 여러분의 의견에 항상 귀 기울이고 있습니다.

주성철 지음

헤어진 이들은
홍콩에서
다시 만난다

주성철 기자의
홍콩영화 성지 순례기

김영사

오래전부터 2022년을 기다려왔다. 해마다 기다리는 새해의 마음가짐 같은 게 아니라, 그 시절 우리가 사랑했던 장국영이 세상을 떠난 나이와 내 나이가 드디어 같아지는 해가 바로 2022년이었기 때문이다. 그보다 더 오래전, 도어즈의 짐 모리슨을 좋아해서 짐 모리슨처럼 스물일곱 살에 죽겠다고 했던 친구가 떠올랐다. 열렬한 팬으로서 그가 경험해보지 못한 나이의 삶을 기어이 더 살아가는 것은 구차하다고까지 했던 그 친구와 내가 바로 그 스물일곱 살이 되었을 때, 거짓말처럼 장국영이 4월 1일 세상을 떠났다.

그 친구는 어느덧 약속했던 스물일곱 살이 진짜 되었다는 사실에, 나는 영화기자가 되면 반드시 만나게 될 것이라 굳게 믿었던 장국영이 황망하게 세상을 떠났다는 사실에 연거푸 술잔을 들이켰다. 헤어지면서 친구는 절대 올해를 넘기지 않을 거라며 자신의 결심은 변함없다고 했고, 나도 "그럼 나는 장국영이 세상을 떠난 나이에 죽겠어"라고 답했지만, 속으로는 '내가 너보다 20년은 더 살겠네'라며 안도의 한숨을 내쉬었다. 하지만 세월이 흐르고 흘러 그 친구도 나도 짐 모리슨과 장국영이 살아보지 못한 그 시간을 별 탈 없이 살아가고 있다. 그렇게 삶은 계속된다.

2022년이 되면 과연 어떤 기분일까, 너무나 궁금하긴 했다. 일단 2022년 4월 1일에는 무조건 홍콩에 있을 거라 생각했다. 막상 2022년이 되고 보니 코로나19로 인해 홍콩을 갈 수 없는 예상 밖의 상황을 맞닥뜨리게 됐다. 다행히 코로나19가 세상을 뒤덮기까지 두 달 정도의 시간 동안 홍콩을 길게 다녀왔기에 10여 년 만의 개정판을 쓸 수 있게 됐다. 하지만《홍콩에 두 번째 가게 된다면》이라는 제목의 책이《헤어진 이들은 홍콩에서 다시 만난다》라는 이름으로 탈바꿈하기까지, 홍콩의 많은 것들이 바뀌었다. 그런 이유로 확 달라진 개정판을 내놓게 된 것이 좋기도 하고 미안하기도 하다.

어쩌면 홍콩영화가 첫사랑이었던 수많은 이들이 같은 마음일 것이다. 장국영이라는 이름만 들어도 울컥하는 사람들, 양조위의 눈빛만 봐도 심신이 정화되는 사람들, 주성치만 생각하면 하루 종일 피식피식 웃음이 나는 사람들, 장만옥을 떠올리며 괜히 천천히 걷는 사람들, 그런 헤어진 이들을 이 책을 통해 다시 만나고 싶었다. 그런 생각만으로도 우리는 이미 홍콩의 거리를 걷고 있다.

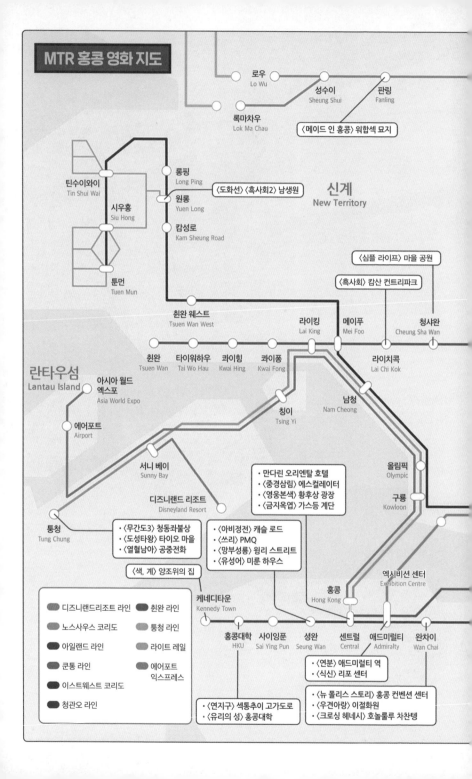

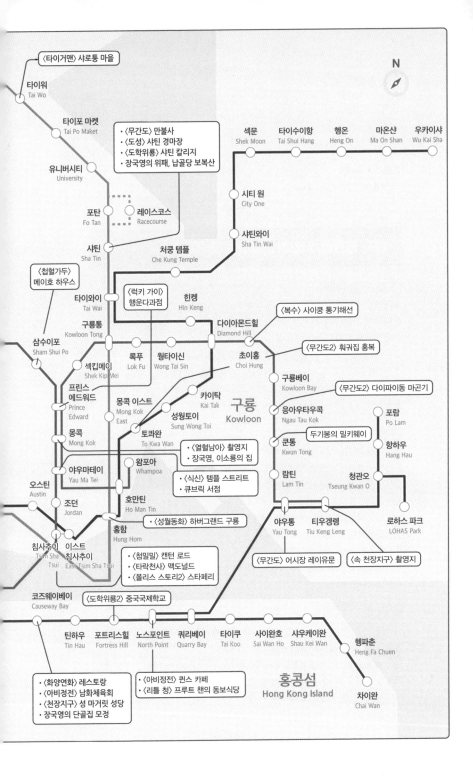

N

〈타이거맨〉샤로퉁 마을

타이워
Tai Wo

타이포 마켓
Tai Po Maket

유니버시티
University

포탄
Fo Tan

레이스코스
Racecourse

샤틴
Sha Tin

처쿵 템플
Che Kung Temple

• 〈무간도〉만불사
• 〈도성〉샤틴 경마장
• 〈도학위룡〉샤틴 칼리지
• 장국영의 위패, 납골당 보복산

섹문
Shek Moon

타이수이항
Tai Shui Hang

헝온
Heng On

마온샨
Ma On Shan

우카이샤
Wu Kai Sha

시티 원
City One

샤틴와이
Sha Tin Wai

〈첩혈가두〉
메이호 하우스

타이와이
Tai Wai

〈럭키 가이〉
행운다과점

힌켕
Hin Keng

다이아몬드힐
Diamond Hill

〈복수〉사이쿵 퉁기해선

구룡퉁
Kowloon Tong

삼수이포
Sham Shui Po

초이훙
Choi Hung

〈무간도2〉훠궈집 홍복

섹킵메이
Shek Kip Mei

록푸
Lok Fu

웡타이신
Wong Tai Sin

구룡베이
Kowloon Bay

〈무간도2〉다이파이동 마곤기

프린스
에드워드
Prince
Edward

몽콕 이스트
Mong Kok
East

카이탁
Kai Tak

성웡토이
Sung Wong Toi

응아우타우콕
Ngau Tau Kok

두기봉의 밀키웨이

포람
Po Lam

몽콕
Mong Kok

토콰완
To Kwa Wan

쿤통
Kwun Tong

항하우
Hang Hau

야우마테이
Yau Ma Tei

왐포아
Whampoa

〈열혈남아〉촬영지
• 장국영, 이소룡의 집

람틴
Lam Tin

청관오
Tseung Kwan O

오스틴
Austin

조던
Jordan

호만틴
Ho Man Tin

〈식신〉템플 스트리트
• 큐브릭 서점

로하스 파크
LOHAS Park

침사추이
Tsim Sha
Tsui

이스트
침사추이
East Tsim Sha Tsui

홍함
Hung Hom

〈성월동화〉하버그랜드 구룡

야우퉁
Yau Tong

티우겡렝
Tiu Keng Leng

〈첨밀밀〉캔턴 로드
• 〈타락천사〉맥도널드
• 〈폴리스 스토리2〉스타페리

〈무간도〉어시장 레이유문

〈속 천장지구〉촬영지

코즈웨이베이
Causeway Bay

〈도학위룡2〉중국국제학교

틴하우
Tin Hau

포트리스힐
Fortress Hill

노스포인트
North Point

쿼리베이
Quarry Bay

타이쿠
Tai Koo

사이완호
Sai Wan Ho

샤우케이완
Shau Kei Wan

헝파춘
Heng Fa Chuen

〈화양연화〉레스토랑
• 〈아비정전〉남화체육회
• 〈천장지구〉성 마거릿 성당
• 장국영의 단골집 모정

〈아비정전〉퀸스 카페
• 〈리틀 청〉프루트 챈의 동보식당

홍콩섬
Hong Kong Island

차이완
Chai Wan

구룡
Kowloon

차
례

1장 홍콩섬, 시간이 교차하는 곳

⊛ 코즈웨이베이

⊛ 센트럴

⊛ 성완

2장 구룡반도에 가면 누구나 누아르의 주인공이 된다

3장 신계, 색다른 홍콩을 만나다

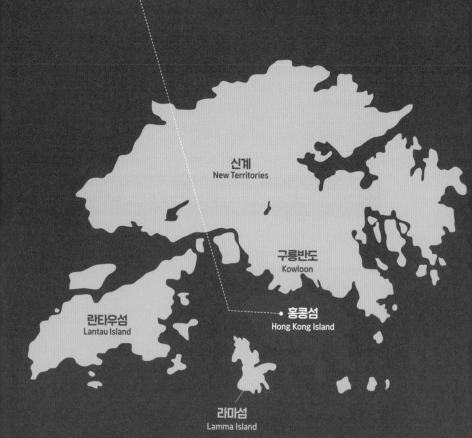

코즈웨이베이
센트럴
셩완
애드미럴티
완차이
노스포인트
사이잉푼, 케네디타운, 홍콩대학
리펄스베이
애버딘, 섹오 비치

신계
New Territories

구룡반도
Kowloon

란타우섬
Lantau Island

홍콩섬
Hong Kong Island

라마섬
Lamma Island

1장

홍콩섬,
시간이 교차하는 곳

왕가위가 사랑한
골드핀치 레스토랑

코즈웨이베이에서 가장 특별하게 여기던 장소는 골드핀치 레스토랑이다. 코즈웨이베이에서 과거의 흔적은 하나둘 사라지고 있지만, 거의 기적처럼 남아 있던 곳이었다. 〈화양연화〉(2000)에서 차우(양조위)와 수리첸(장만옥)이 몰래 만나던 레스토랑이자 〈2046〉(2004)의 차우(양조위)가 연신 담배를 피우며 소설을 써내려가던 곳이다. 왕가위 영화의 중요한 감성을 채워주며 1960년대 홍콩의 시간과 정서로 관객을 단숨에 데려가주던 장소였다. 그런데 결국 문을 닫았다. 이제는 스크린에서만 만날 수 있다는 사실에 서글펐다. 더욱이 다시 돌아오지 않을 인생의 가장 아름다웠던 때를 회고하는 〈화양연화〉와 묘하게 연결되어 더 마음이 아렸다.

감독 왕가위가 너무나도 사랑한 골드핀치Goldfinch 레스토랑

〈2046〉의 차우는 골드핀치 레스토랑의 저 자리에 앉아 연신 담배를 피우며 소설을 써내려갔다.

의 한자 이름이 '금작金雀'인데, 중국어로는 카나리아를 뜻한다. 산소포화도에 민감한 카나리아는 위험의 전조증상을 의미하는 새이기도 한데, 사람들의 눈을 피해 만나는 차우와 수리첸의 불안하고 위험한 관계를 보여주는 것 같다. 레스토랑 내부로 들어가면 〈화양연화〉 속 장면을 가로로 길게 인화한 스틸 사진이 벽에 액자로 걸려 있었는데, 실제로 양조위와 장만옥이 앉았던 그 액자 앞자리를 탐내는 사람들로 늘 붐볐다.

같은 건물에 살게 된 양조위와 장만옥은 어느 날, 서로의 아내와 남편이 사귀고 있다는 사실을 알게 된다. 비슷한 상처를 공유하면서 두 사람의 만남은 자연스럽게 잦아지고 골드핀치 레

양조위와 장만옥은 긴 시간 스테이크를 먹으며 서로의 배우자에 대한 이야기를 나눈다.

스토랑은 밀회의 아지트 같은 곳이 된다. 그들에게 밀회는 언제나 식사다. 어두운 골드핀치 레스토랑에서 긴 시간 함께 스테이크를 먹으며 스스럼없이 상대방의 배우자에 대한 이야기를 나눈다. 그들이 카페에서 차나 커피를 마시지 않고 레스토랑에서 식사를 하는 것은, 음식 먹는 시간만큼은 말을 하지 않아도 되고 더 오랜 시간 함께 머무를 수 있기 때문이다. 그렇게 두 사람도 결국 사랑에 빠지게 된다.

〈화양연화〉는 〈아비정전〉(1990)의 배경인 1960년으로부터 2년 뒤인 1962년에서 시작한다. 그즈음 홍콩의 경제는 급속도로 성장하고 있었다. 그걸 상징하는 소품 중 하나가 바로 그들이 골드핀치 레스토랑에서 식사를 할 때 보이는 미국 브랜드 식기인 파이어 킹 제디트Fire King Jadeite 라인 중 가장 대표적인 제인 레이Jane Ray 찻잔 세트와 접시다. 옥색의 오묘한 빛깔과 엷은 빗살무늬가 인상적인 찻잔인데, 지금도 활발하게 중고 거래가 이뤄지고 있는 제품이다. 매 장면 화려하게 서로 다른 치파오를 입고 등장하는 장만옥의 외양을 완성하며 점을 찍어준 것은, 그 찻잔의 깊은 옥색이라고 해도 과언이 아니다. 〈화양연화〉의 정서를 이야기할 때 빼놓을 수 없는 냇 킹 콜의 'Quizas, Quizas, Quizas'도 실제로 왕가위의 어머니가 굉장히 좋아했던 노래라고 하는데, 당시 홍콩에 미국 대중문화가 깊이 스며들고 있음을 보여주는 증거라 할 수 있다.

그처럼 사회가 변하면서 홍콩 여성들도 변화하기 시작했다. '유메지의 테마'가 흘러나오는 가운데 보온병을 흔들며 국수를 사러 가는 장만옥의 모습은, 직장에서 일하는 여성들이 늘어나면서 일상적으로 음식을 '테이크 아웃'해서 먹는 가족이 늘어나고 있음을 보여주는 설정이기도 하다. 과거 스즈키 세이준의 영화 〈유메지〉(1991) 사운드트랙이기도 했던, 우메바야시 시게루가 작곡한 '유메지의 테마'는 인물들의 심연 깊숙이 깔리는 것 같은 선율로 관객의 마음을 움직였다. 이 곡에 애정이 깊었던 왕가위는 이후 〈마이 블루베리 나이츠〉(2007)에 하모니카 버전을 실었다.

1960년대 들어 홍콩이 겪은 그 모든 변화의 핵심은 바로, 홍콩이 중국과 별개라는 생각이 본격적으로 자리잡혀 가던 시기라는 점이다. 그전까지만 해도 홍콩과 중국을 별개로 인식하는 경우가 드물었지만, 중국 보통화와 남쪽 지역의 광둥어라는 언어의 경계도 있는 데다 점점 홍콩의 경제가 성장하고 홍콩만의 대중문화가 꽃피기 시작하면서 인식의 변화가 시작됐다. 〈패왕별희〉(1993)에 잘 드러나는 것처럼 중국 본토가 혁명정신의 재건을 위해 1966년부터 1976년까지 문화대혁명이라는 대격변의 시기로 접어들면서, 상대적으로 창작과 언론의 자유를 누리는 홍콩은 완전히 다른 시공간으로 접어들게 된 것이다.

이를 보여주는 중요한 장소가 바로 골드핀치 레스토랑인데, 영화에서 장만옥이 국수를 사러가는 노천식당 같은 홍콩의 흔한 음식점들과는 완전히 다른 분위기의 '신식' 식당이다.

〈화양연화〉를 촬영하게 된 시기까지도 골드핀치 레스토랑은 개업 당시의 고풍스러운 벽지와 식탁 등을 그대로 유지해왔다. 영화에 담긴 모습이 실제와 크게 다르지 않은데, 왕가위의 단짝이기도 한 장숙평 미술감독은 조명 정도를 제외하고는 내부 인테리어에 전혀 손대지 않았다. 과거와 비교해 달라진 것이 있다면, 바로 메뉴였다. 영화 팬들을 배려하여 '화양연화 세트'와 '2046 세트'가 준비돼 있었다. 이곳을 찾는 홍콩영화 덕후들 중에는 양조위와 장만옥처럼 마주 앉아 스테이크를 먹으며 서로의 접시에 겨자를 덜어주고 "아내가 매운 걸 잘 먹나봐요"라는 장만옥의 대사를 따라 하는 경우도 있었다.

실제로 영화 속 그대로인지는 모르겠으나, 개인적으로는 구운 홍합과 베이크드 랍스터가 포함된 화양연화 세트가 더 마음

銅鑼灣

골드핀치에서는 2046 세트와 화양연화 세트를 판매했다. 개인적으로 화양연화 세트가 더 마음에 들었다.

에 들었다. 더 이상 화양연화 세트를 맛볼 수 없겠구나, 하며 절망하던 차에 하늘이 무너져도 솟아날 구멍은 있다고 했던가. 골드핀치 레스토랑에서 일하던 몇몇 직원이 지난 2018년 크리스마스 즈음 '노스탤지어 레스토랑 香港情'이라는 이름으로 새로 개업을 했다. 코즈웨이베이 역 C 출구로 나오면 로카르트 로드Lockhart Road 건너편에 있는 교토 플라자Kyoto Plaza 6층에 자리해 있는데, 골드핀치 레스토랑에 크게 걸려 있던 〈화양연화〉 스틸 사진 액자가 사라져 아쉽긴 하지만, 이전의 인테리어를 거의 그대로 유지한 채 명맥을 이어가고 있는 것이 반갑기만 했다. 그럼에도 무엇보다 골드핀치라는 이름이 바뀌었고, 몇 칸의 계단 과 단아한 정문이 있던 건물의 외관을 감상할 일 없이 엘리베이터 를 타고 가야 하는 데서 남는 아쉬움은 어쩔 수 없었다. 순간 정말 절묘하게 〈화양연화〉의 마지막 자막이 겹쳐졌다. "그는 지나간 날들을 기억한다. 먼지 낀 창틀을 통하여 과거를 볼 수 있겠지 만, 모든 것이 희미하게만 보였다."

안타깝게도 과거 골드핀치 레스토랑이 있던 곳 근처에서 사 라져버린 또 다른 장소가 신녕빌딩新寧大廈이다. 지금은 'Lee Garden Three'라는 이름의 높다란 주상복합건물이 들어섰다. 〈영웅본색〉(1986)에서 출소한 송자호(적룡)가 신문을 든 채로, 다 리를 절면서 세차를 하는 소마(주윤발)를 놀란 눈으로 쳐다보던 중, 과거 꼬꼬마나 다름없던 아성(이자웅)이 이제는 새로운 보스 가 되어 흰색 코트를 걸치고 걸어 나와 주윤발에게 "밥이나 사드 시우"라며 지폐를 뿌리던 그 분노의 빌딩이 이제는 사라졌다.

그전까지만 해도 주윤발이 교도소의 적룡에게 보내던 편지 에는 좋은 얘기만 쓰여 있었기에 그 광경을 목격한 적룡의 눈은 금방이라도 수문이 열리기 직전이다. 그제야 적룡은 주윤발이 왜 편지만 보내고 면회를 오지 않았는지 알게 된다. 한 번도 찾 아오지 않은 친구에 대해 꽤 섭섭했겠지만, 조직 내에서 승승장 구하고 있다는 얘기에 단지 바빠서 시간이 없었을 거라고 이해 하며 넘어갔을 것이다. 이후 이어진 장면에서 허겁지겁 도시락

銅鑼灣

〈영웅본색〉에서 적룡, 주윤발, 이자웅이 마주치던 신녕 빌딩. 지금은 새로운 건물이 들어섰다.

을 먹고 있는 주윤발 앞에 나타난 적룡이 불편한 몸의 주윤발과 포옹하는 장면은 심금을 울렸다.

하지만 친구가 출소만 하면 다시 조직의 권력 다툼에 뛰어들 것이라 기대했던 주윤발은, 경찰인 동생을 위해 영영 어둠의 세계를 떠나 새사람이 되어 열심히 살겠다는 그의 단호한 태도에 큰 충격을 받는다. "소마, 너 왜 아직도 이러고 있어, 여기는 이제 더 이상 우리 세상이 아니야." 이 장면과 대사는 다시 볼 때마다 울컥하게 만든다. 홍콩영화를 변함없이 사랑하는 한 사람이자 오랜 영화기자 생활을 하며 느꼈던 이질감이나 괴리감과도 겹쳐지는 대사였다. 누군가 '요즘도 홍콩영화 보는 사람 있어요?'라고 말할 때, 나 자신이 왠지 변화하는 세상에 적응하지 못하는 소마처럼 느껴지기도 했다.

골드핀치 레스토랑과 신녕빌딩이 모두 사라진 코즈웨이베이를 찾았을 때, 그리고 1980년대 이후 홍콩영화의 황금기를 대표하는 서로 다른 두 영화 〈영웅본색〉과 〈화양연화〉의 흔적이 자취를 감췄을 때, 소마를 안타까운 시선으로 응시하는 적룡의 마음을 알 것만 같았다. 그렇게 내가 사랑하는 홍콩영화의 화양연화가 운명을 다해 가고 있었다.

경마장 옆 동물원이 아닌 경마장 옆 공동묘지,
성 미카엘 가톨릭 묘지

홍콩경마박물관The Hong Kong Racing Museum과 도르셋 완차이 Dorsett Wan Chai 호텔이 마주 보고 있는 지점에서, 해피밸리 경마장 건너편 길인 웡 나이 청 로드Wong Nai Chung Road를 따라 올라가다 보면, 오른편에 무슬림 묘지를 지나 성 미카엘 가톨릭 묘지St. Michael Catholic Cemetery가 나타난다. 묘지 한가운데 연녹색의 독특한 첨탑 모양 건물이 인상적인 이곳은 수많은 홍콩영화와 뮤직비디오에 등장했다. 도심 가운데 고즈넉이 자리한 곳이라 묘한 느낌을 자아낸다.

가장 최근에는 위가휘 감독의 〈재생호〉(2009)에서 불의의 사고로 세상을 뜬 유청운의 가족들이 함께 모여 살던 환상 속의 집이 있던 곳으로 나왔다. 사고로 유청운만 남고 아내를 비롯한 아들과 딸도 죽어버리고 말았는데, 이 묘지에 묻힌 가족들이 되

도심 가운데 고즈넉이 자리해 묘한 느낌이 드는 성 미카엘 가톨릭 묘지.
묘지 한가운데 연녹색의 독특한 첨탑 모양 건물이 인상적이다.

살아나 묘지 한가운데 집을 짓고는 아버지와 함께 살아가는 판
타지 장면이다. 사고로 눈이 멀게 되고 혼자 지내는 아버지를 위
해 가족들이 귀신이 되어 나타나 요리도 해주고 청소도 해주며
함께 산다.

  이상하게 들릴지 모르겠지만, 한 번쯤 살아보고 싶은 보금자리
같은 묘지랄까. 오히려 이 묘지가 세상에서 가장 평화로운 공간
으로 느껴졌다. 그리고 최근 〈모가디슈〉(2021) 등의 영화로 새로운
전성기를 맞고 있는 한국 배우 허준호가 우정출연을 하기도 했던
이인항 감독의 〈맹룡〉(2005)에서는 〈햇빛 쏟아지던 날들〉(1994)의
주인공이기도 한 하우와 매기 큐가 '묘지에서 저래도 되나?' 싶을
정도로 기관총을 난사하며 황당무계한 총격전을 벌였다.

銅鑼灣

〈천장지구2〉에서 곽부성은 사랑하는 여인인 오천련과 어머니가 묻힌 성 미카엘 묘지를 찾아 지난날을 회상한다.

곽부성과 오천련이 주연을 맡은 진목승 감독의 〈천장지구2〉(1992)도 기억에 남는다. 불의의 사고로 돌아가신 곽부성의 어머니가 이곳에 묻혀 있다는 설정인데, 엄한 아버지에 비해 어머니는 곽부성에게 늘 아낌없이 베풀어주시는 분이었다. 하지만 그런 어머니가 자신의 잘못으로 세상을 떠나게 되면서 아버지와의 심한 갈등 끝에 집을 나와 떠돌게 된다. 불법 오토바이 경기 도박으로 살아가던 그는 어느 날, 중국 본토에서 반정부 활동을 벌이다 시국 사범으로 몰려 홍콩에 건너온 동생을 찾아 국경을 넘은 불법체류자 신분의 오천련을 만나 사랑에 빠진다. 곽부성은 오천련과 함께 이 묘지를 찾아서는 "나에게 첫 번째 오토바이를 사주신 분도 어머니였어요. 그것 때문에 몇 달 동안이나 아버지 잔소리에 시달려야 했죠"라며 지난날을 회상한다. 곽부성은 어머니가 생각날 때마다 이곳에 들러 위안을 받곤 했다.

이 영화를 통해 한국과 달리 도심 곳곳에 묘지가 있는 홍콩의 모습을 처음 보게 되었다. 이곳을 처음 방문해 가장 먼저 그 건

'경마장 옆 공동묘지'인 성 미카엘은 아침 8시부터 개방하며 입장이 자유롭다.

물부터 찾았을 때도 마치 '미술관 옆 동물원'처럼 '경마장 옆 공동묘지'라는 느낌이 묘했다. 야간 경마로 밤에도 환하게 불을 밝힐 정도로 홍콩에서 가장 에너지 넘치는 경마장과 공동묘지가 길 하나를 두고 마주 보고 서 있다니 말이다.

성 미카엘 묘지는 아침 8시부터 여름에는 7시까지, 겨울에는 6시까지 개방된다. 입장이 자유로워서 경마장 외곽을 따라 걸어가다가 급할 때 화장실도 제공해주는 고마운 곳이다. 주변에 아무런 건물도 없으니 그럴 때는 참 망자에게 고마운 마음이 든다.

장국영이 즐겨 찾던
해피밸리 맛집 산책

코즈웨이베이에서 장국영의 흔적을 찾으려면 해피밸리Happy Valley라고 쓰인 트램(트램 정면 맨 위에 쓰여 있는 장소가 바로 그 트램의 종착역이다)을 타고 해피밸리 종점에 내려보자. 코즈웨이베이 중심가에서 살짝 벗어난 해피밸리는 홍콩에서도 고즈넉하고 살기 좋은 곳으로 손꼽힌다. 홍콩 TV 드라마에서 부부들이 기분 전환이나 관계 개선을 위해 "우리 해피밸리로 이사 갈까?"하는 대화를 종종 주고받았던 기억이 있다.

〈성월동화〉(1999)에서 결혼을 앞둔 장국영과 도키와 다카코가 함께 지내던 곳도 해피밸리의 한 맨션이었다. 무엇보다 해피밸리라는 어감이 좋을뿐더러 장국영의 추억이 깊게 밴 곳이라, 홍콩을 찾으면 매번 빼놓지 않고 들른다.

해피밸리행 트램 종점에서 내리면, 익숙한 홍콩의 서민적 풍

장국영이 귀여운 조카들과 종종 들렀던 딤섬 전문점 예만방.

경이 눈에 들어온다. 싱우 로드Sing Woo Road를 따라 한 10분쯤 걷다 보면 오른쪽으로 추이 만 스트리트Tsui Man Street가 시작하는 지점 왼쪽에 장국영이 큰누나 장녹평과 그의 어린 조카들과 종종 들렀던 딤섬 전문점 예만방譽滿坊이 나온다.

귀여운 조카 손을 잡고 이곳으로 걸어 들어가던 그의 예전 사진들을 보면 기분이 참 애틋하다. 아버지나 어머니에 대한 기억이 전혀 없는 것이나 마찬가지였던 그는 누나, 조카들과 함께 있을 때 가장 밝은 얼굴을 했다. 실제로 장국영은 10남매 중 막내였고 워낙 형제들이 많은 데다 조용한 성격이라 평소 가족들은 그가 있는지 없는지조차 모르는 경우가 많았다. 훗날 장국영은

장국영을 비롯한 스타들의 사인이 있는 앨범. 오른쪽 아래 귀퉁이에 장국영의 사인이 있다.

장국영이 특히 좋아했던 새우 살이 잔뜩 씹히는 딤섬 하가우.

그런 자신을 두고 가족 안에서 '숨어 있기 좋은' 위치였다고 말한 적이 있다. 게다가 바로 위의 형과도 여덟 살 차이가 날 정도였으니 딱히 자신과 놀아줄 형제도 없었다.

예만방은 유명 연예인들의 단골집이기도 한데 여느 음식점처럼 그들과의 사진이나 사인을 벽에 걸어놓는 법이 없다. 하긴 옛 상하이 스타일의 그림들이 띄엄띄엄 걸린 벽을 보고 있자니 전혀 그런 게 어울릴 만한 공간이 아니다.

스타들의 사인을 거대한 앨범에 받아 잘 보관하고 있는데, 당연히 장국영의 사인도 있다. 보여달라고 할까, 말까 한참 고민하면서 딤섬을 배 터지게 먹었다. 나중에 계산하고 나가면서 보여달라고 말할 요량으로 잘 보이기 위해 가장 비싼 샥스핀 새우 딤섬까지 주문했다. 얇은 금박까지 얹힌 이 딤섬은 아예 메뉴판에 '귀족 딤섬'이라 쓰여 있다. 예만방의 귀족 딤섬도 아주 특별한 맛이었지만 장국영은 특히 새우 살이 잔뜩 씹히는 딤섬 하가우(통새우를 하얀 쌀피에 넣은 딤섬)를 좋아했다. 딤섬이든 해산물 요리든 그는 새우 요리를 무척이나 좋아했단다.

영업을 마치는 시각인 밤 11시가 다 되어 값비싼 '마이딴(계산서)'을 들고 계산대 앞에 서서 아주 조심스레 장국영 사인을 보여줄 수 있느냐고 물었다. 그랬더니 뭘 그런 걸 가지고 그러느냐는 듯 "괜찮아요, 괜찮아요"를 연발했다. 그러면서 아주 사람 좋은 얼굴로 "나도 사인책 본 지 오래됐는데 잘됐네요"라며 돋보기까지 척 쓰고는 서랍 속을 뒤지기 시작했다. 서로 다른 두꺼운 사인책이 족히 세 권은 됐고, 한 페이지에 여러 명의 사인이 있었다. 오랜만이어서인지 찾는 데 시간이 한참 걸렸고 가게는 이미 문 닫을 시각이 훌쩍 지났지만 그는 포기하지 않았다. 그러다 사인을 찾았는지 씩 웃으며 장국영의 사인을 보여줬다. 고마워서 "땡큐"를 연발하는데 그의 마지막 말이 묘하게 마음을 뭉클하게 했다. "아무것도 안 적혀 있는 면을 펼쳐놓고 사인을 해달라고 했는데, 그냥 가운데다 크게 하면 될 것을 여기 오른쪽 구석에다가 하고 말더라고요. 그렇다고 다시 해달라고 할 수도 없고."

그러고 보니 정말 그의 사인은 다른 사람들이 다 사인하고 난 다음 가장 마지막에 빈자리를 찾아 한 것처럼 오른쪽 가장 아래에 있었다. 그 페이지에 가장 처음으로 사인을 한 게 그인데도, 그걸 본 누구라도 그가 가장 나중에 했다고 생각할 것이다. 딱히 튀어 보이고 싶지 않아서일 수도 있고, 같은 페이지에 다른 사람들도 사인을 해야 하니 미리 그렇게 한 것일지도 모른다. 남들과 함께 그 페이지를 채우고 싶은 장국영의 깊은 배려심이라고 할까. 그런 생각을 하면서 가게 문을 나서니 선선한 밤공기와 함께 뭔가 울컥하는 기분이 들었다.

사실 더 슬픈 것은, 예만방도 이제 문을 닫았다. 가장 장국영 생각이 많이 나는 곳이 어디냐는 질문을 받았을 때, 내가 주저 없이 바로 답했던 곳이 바로 예만방이었다. 하지만 옛 기억을 그대로 옮겨놓은 이유는, 이처럼 문을 닫았다가 다시 문을 연 적이 두 번 정도 있었기 때문이다. 그런데 코로나19와 겹쳐 그 공백이 예전과 달리 더 길어지고 있어 폐업이 아닐까 하는 우울한 기분이 들긴 하지만, 예만방을 드나들 때 아이처럼 행복해하던 그 수많은 사진만큼은 영원히 남아 있을 것이다.

예만방의 슬픈 기분을 달래줄 곳은 그로부터 가까운 곳에 자리한 일식 주점 모정慕情이다. 다시 싱우 로드를 따라 내려가다가 왼쪽 건너편 킹쿵 스트리트King Kwong Street를 따라 좀 들어가면, 오른편에 장국영이 그의 오랜 연인인 당학덕과도 종종 들렀던 일식주점 모정이 있다. 장국영 팬들을 위한 메뉴까지 준비되어 있는 곳이라 지나치기 어렵다. 여기서 장국영이 가장 좋아한 메뉴는 일본식 쇠고기감자조림인 니쿠쟈가였다. 니쿠쟈가에 따뜻한 밥, 그리고 가볍게 사케를 즐겼다고 한다. 말하자면 그는

장국영이 연인 당학덕과 종종 들
렀던 일식주점 모정.

여기서 '집밥'을 먹었던 것이다. 그렇게 생각하니 더 정감 가는
장소로 느껴졌다. 물론 다른 메뉴도 많기에 무엇을 주문할지 고
민되긴 하지만, 그가 좋아하는 술과 여러 음식들을 두루 섞어 만
든 세트 메뉴도 있어서 주저 없이 주문했다.

　제법 가격대가 세긴 했으나 '이게 장국영이 좋아했던 사케로
군!' 하는 생각에 연거푸 술을 들이켰다. 그런데 웬걸, 사케의 도
수가 꽤 셌다. 장국영이 은근히 주당이라는 몇몇 증언이 거짓이
아니었던 셈이다. 그렇게 주머니 탈탈 털어 장국영 세트 메뉴를
즐기며, '저녁상에 반주를 즐기는 아재' 장국영을 떠올리는 것도
꽤 기분 좋은 순간이었다. 그의 팬이라면 그 자리에서 어떤 하소
연이라도 들어줄 준비가 되어 있으리라.

　거의 15년 전, 모정을 맨 처음 방문했던 날은 가는 날이 장날
이라고, 문을 열고 들어가자마자 주인장이 너무나 안타까운 표
정으로 무조건 고개부터 숙였었다. 개업 20주년 기념일이라 아

장국영은 모정에서 쇠고기감자조림
인 니쿠쟈가에 따뜻한 밥, 그리고 사
케를 즐겨 마셨다.

는 사람들과 함께 조촐한 파티 중으로 일찍 영업을 끝냈다는 거
였다. 당시 2박 3일 홍콩여행 일정의 마지막 날 저녁이었기에
안타까움이 이만저만 아니었다. 어쨌건 세월이 흘러 모정은 홍
콩에 갈 때마다 들르는 '최애' 단골집이 됐다. 장국영의 팬들이
직접 만들어 모정에 기증(?)한 '장국영 촬영지' 스크랩북을 꼭 보
여달라고 해서 봐야 한다. 장국영은 물론 모정 주인아저씨까지
캐리커처로 만들어놓은 정성은 더할 나위 없고, 장국영의 영화
촬영지뿐만 아니라 드라마나 광고 촬영지까지 꼼꼼하고 깔끔하
게 기록한 스크랩북이어서 감탄이 절로 나온다.

장국영이 좋아했던 술과 안주로 구성된 장국영 세트.

모정의 주인아저씨와 팬들이 만든 장국영 스크랩북.

거기에 더해 내가 쓴 《홍콩에 두 번째 가게 된다면》과 《그 시절 우리가 사랑했던 장국영》까지 비치해놓으신 것도 개인적으로 무척 뿌듯한 일이다. 누군지 전혀 알 길이 없으나 한국인 관광객이 '이 책을 보고 모정에 들르게 되었다'며 기증하고 간 거라고 하니, 이 자리를 빌려 감사 인사를 전하고 싶다. 언제나 밝은 얼굴로 반겨주시고 생각지도 못한 '술꾼 장국영'에 대한 뒷이야기까지 풀어주시던 주인아저씨의 모습이 종종 흐뭇하게 떠오른다.

모정을 등지고 오른쪽으로 더 걸으면 산광 로드Sankwong Road가 나오는데, 그 지점에서 위로 더 올라가면 장국영의 위패가 모셔진 동연각원東蓮覺苑이 나온다. 홍콩의 유명한 대부호 부인이기도 한 장연각 여사가 여성들을 위한 불학원을 창립해 운영하다가, 그 불학원을 옮겨 동연각원을 세우고 불교 전파에 애썼다고 한다. 현재 750만 홍콩 인구 중에서 약 100만 명 정도가 불교 신자라고 하니, 불교는 한국에서도 그런 것처럼 홍콩 사람들의 삶 깊숙이 들어와 있는 종교라고 할 수 있다.

장국영은 사실 무교라고 할 수 있는데 이곳은 그의 가족들이 다닌 절이다. 물론 장국영의 위패가 모셔진 곳으로 유명한 곳은 샤틴 지역 보복산의 납골당이지만, 보복산은 많은 팬이 찾을 수 있는 대규모 납골당이고, 동연각원은 보다 조용하게 그를 추모할 수 있는 곳이다. 가족들이 다니던 절인 만큼 장국영의 어머니도 이곳에 모셔져 있고, 장국영과 예만방을 즐겨 찾았던 누나 장녹평 여사도 2017년 세상을 떠난 뒤 이곳에 모셔졌다.

이곳에서 장국영의 위패는 2층의 송은당頌恩堂에 모셔져 있는데, 관리자에게 부탁하여 살짝 들러볼 수는 있겠으나 내부 사진 촬영은 금지되어 있다. 아무래도 사람들의 발길이 끊이지 않는,

장국영의 가족들이 다닌 절이며 장국영과 그 가족들의 위패가 있는 동연각원.

그리고 평소 연예계 절친이었던 가수 나문과 코미디언 심전하 사진이 함께 자리한 보복산보다는 한적하게 그를 떠올릴 수 있었다. 마치 그의 친인척이라도 된 것인 양 울컥했다. 동연각원을 세운 장연각 여사는 원래 집안사람 모두 기독교 신자였음에도 불구하고, 문득 '인생이란 대체 무엇을 위함인가?'라는 의문을 안고 뒤늦게 불교에 귀의하여 남은 인생 모두를 삶의 진리를 탐구하는 데 매진하였다고 한다. 장국영 또한 인터뷰나 영화를 통해서 언제나 그런 질문을 던져온 사람이었기에, 동연각원은 좀 더 특별한 기억으로 남아 있을 것 같다.

銅鑼灣

1990년대 초반 국내에서 홍콩영화의 인기가 하늘을 찌를 때 '빅3' 영화를 고르라면 단연 〈영웅본색〉과 〈천녀유혼〉(1987) 그리고 〈천장지구〉였다. 각각 주윤발, 장국영, 유덕화가 주연인 영화들이라 그중 딱 한 편만 고르라는 질문은 거의 '엄마가 좋아, 아빠가 좋아?' 수준이다. 그중에서도 고교 졸업과 동시에 아르바이트를 해서 오토바이를 사야겠다고 결심하게 만들었던, 더불어 옥상에서 그가 어머니를 그리워하며 마시던 칼스버그 캔맥주를 보며 '난 나중에 어른이 되면 크라운이나 오비 맥주는 절대 안 마실 거야, 무조건 칼스버그야!'라고 서둘러 결심하게 만들었던 유덕화의 카리스마는 실로 어마어마했다.

〈천장지구〉를 좋아하다 보니 그로부터 무려 10년도 더 지나 만들어진 황정보 감독의 〈강호〉(2004)도 좋아하게 됐다. 〈천장지

〈천장지구〉의 팬이라면 바로 알아챌 성 마거릿 성당. 영화에서 유덕화와 오천련이 둘만의 결혼식을 올리는 장면.

구〉에서 유덕화가 살아남아서 오천련과 결혼했다면 저렇게 됐겠구나, 하는 생각에 말이다. 〈강호〉에서 유덕화는 삼합회 최고 보스로 나오는데 부인인 오천련은 강인하기 이를 데 없을뿐더러 지략에도 능하다. 〈천장지구〉의 순수했던 그녀가 '조폭 마누라'로 산전수전 다 겪으며 살았다면 저렇게 세상의 때가 묻었겠구나, 하고 상상도 해봤다.

해피밸리에서 예만방, 모정, 동연각원 등을 다 둘러보고 다시 내려가 웡 나이 청 로드Wong Nai Chung Road의 오른편으로 가다 보면, 브로드우드 로드Broadwood Road와 만나는 지점에서 무척 낯익은 성당 하나가 눈에 띌 것이다. 그걸 보고 바로 알아챌 수 있다면 당신은 진정한 〈천장지구〉의 팬이다. 바로 〈천장지구〉에서 웨딩 의상을 마련한 유덕화와 오천련이 둘만의 결혼식을 올리던 성 마거릿 성당St. Margaret's Church이다. 맨 처음 이곳을 발견하던 날의 기억이 생생하다.

예만방에서 내려와 트램을 타고 코즈웨이베이 역으로 내려

갈까 한참 고민하다가, 옥토버스 카드 잔액도 떨어지고 심지어 2달러 동전마저 없다는 사실을 발견하고는 그냥 무작정 걸었다. 그러다 오르막길의 성 마거릿 성당이 눈에 띄었고 계단 위에 자리한 성당, 삼각형의 지붕과 정문 양쪽으로 두 개의 동상이 있다는 사실만으로도 〈천장지구〉가 떠올랐다. 뜻하지 않게 '성지'를 발견한 것이다. 바로 그 계단에 웨딩숍의 유리를 박살 내고 턱시도와 웨딩드레스를 훔쳐 입고는 그들만의 결혼식을 올리려는 유덕화와 오천련이 마주 보며 서 있었다. 하지만 친구의 복수를 위해 다시 떠나야 하는 불안한 표정의 유덕화와 새로이 사랑이 시작될 거란 기대에 설레는 오천련의 서로 다른 표정이 지금도 잊히지 않는다.

〈천장지구〉 도입부에서 폭력조직의 보석상 터는 일을 도와주다 경찰에 쫓기던 건달 유덕화는 우연히 길을 지나던 오천련을 인질로 잡아 달아나면서, 이후 사랑하는 사이로 발전하게 된다. 하지만 미래가 없는 건달과의 교제를 집안에서 허락할 리 없기에, 부잣집 딸 오천련은 해외로 유학을 떠나기 직전이었다. 그들의 이루어질 수 없는 사랑을 얘기하는 데 있어 〈천장지구〉 OST를 가득 채웠던 '레전드' 4인조 홍콩 록밴드 비욘드Beyond도 빠질 수 없다. 기타와 보컬의 황가구를 비롯해 일렉 기타와 보컬의 황관중, 베이스의 황가강, 드럼의 엽세영으로 이뤄진 비욘드는 광둥어로도 멋진 록음악이 가능하다는 것을 알려줬다. 초반부에 오천련을 떠나보낸 유덕화가 어머니를 그리며 옥상에서 술을 마실 때 들려왔던 광둥어 버전의 '회색궤적灰色軌跡'(보통화 버

계단 위에 자리한 성당. 삼각형의 지붕과 정문 양쪽의 동상이 눈에 띈다.

전은 '칠흑적공간漆黑的空间')은 황가구 특유의 절절한 음색과 함께 초반의 정서를 꽉 잡아준다. 유학을 떠나려는 오천련을 붙잡기 위해 유덕화가 오토바이를 타고 그녀의 집 앞에 나타났을 때, "이루어질 수 없는 사랑을 했어요. 아름다운 이별이라 할 수 없겠죠. 사랑이란 잊을 수 없는 것"이라는 가사로 시작하는 광둥어 버전의 '미증후회未曾後悔'(보통화 버전은 '단잠적온유短暫的溫柔')가 흐르던 장면은 내가 사랑하는 홍콩영화 최고의 순간 중 하나다.

〈천장지구〉의 그 장면들을 포함해 이제 더 이상 볼 수 없는 비욘드의 영상들은 지금도 틈만 나면 유튜브로 시간 가는 줄 모르고 재생한다. 더구나 최고의 인기를 누리던 비욘드의 리더인 황가구가 〈천장지구〉 개봉 이후 3년 만인 1993년 불과 서른한 살의 나이로 갑작스레 사망하면서 잠정적으로 해체하고 말았기에 더욱 상실감이 컸다. 우열을 말하는 것이 아무런 의미도 없겠지만, 그의 죽음은 내가 사랑했던 홍콩 스타들 중에서 장국영과 매염방의 죽음 못지않게 슬프다. 그렇게 유튜브로만 비욘드를 추억하고 있던 어느 날, 뜻밖의 영상이 추천으로 떠서 눈물을 왈칵 쏟을 수밖에 없었다. 바로 홍콩의 우산혁명 당시 수만 명의 시위대가 비욘드의 '해활천공海闊天空', 즉 '바다는 넓고 하늘은 끝없다'는 뜻의 이 노래를 손에 손을 잡고 부르고 있었던 것이다. 비욘드를 추모하기 위해서도 아니고, 가사가 우산혁명 당시의 상황과 딱 맞아떨어지는 것도 아니었으나, 해활천공이라는 뜻이 비욘드가 추구했고 시위대가 갈구했던 무한한 자유의 메시지와 겹쳐졌기 때문이다. 그렇게 비욘드는 아직 홍콩에 살아 있었다.

영화에 젖고 음악에 취해 거의 자정 넘은 시각까지, 성 마거릿 성당 계단에 앉아 스마트폰으로 비욘드의 노래만 들었던 건 아니다. 유덕화가 친구의 복수를 위해 오천련만 성당에 홀로 남겨두고 오토바이를 타고 떠난 뒤, 그녀가 웨딩드레스를 입은 채로 애타게 유덕화를 찾아 헤매던 때 흘러나오던 원봉영의 '천약유정天若有情'도 빼놓을 수 없다. "용서해달라는 말을 하지도 못했는데 삶은 순식간에 뒤엉켜버렸고, 떠나버린 당신을 찾아보지만 아무런 소리도 들리지 않네"라고 시작하는 '천약유정'은 '하늘에도 정이라는 것이 있다면'이라는 뜻으로, 사실 이 영화의 원제목이기도 하다. 당시 홍콩영화 OST 중에서 가장 슬픈 노래라고나 할까.

〈천장지구〉 영화 속 장면과 현재 모습. 몰래 떠난 유덕화를 찾기 위해 오천련은 웨딩드레스를 입고 이 길을 미친 듯이 뛰었다.

오천련이 눈을 감고 기도하는 동안 유덕화는 오토바이의 시동을 켜지 않은 채로 바퀴를 굴려 그 높은 성당의 계단을 내려간다. 성당을 방문해서야 그가 왜 결혼식 장소로 이곳을 택했는지 알 것 같았다. 기도를 하는 오천련이 눈을 감고 있는 동안 아무런 소리도 내지 않고 떠나려면, 오토바이의 시동을 켜지 않은 채로 바퀴를 굴려 내려갈 수 있는 높은 위치의 성당이어야 했던 것이다. 도망치듯 떠나는 자신을 발견하더라도 쫓아오지 못하길 바라면서 말이다. 그러나 그의 예상과 달리 오천련은 코즈웨

銅鑼灣

이베이의 성당을 출발해 완차이의 고가도로를 힘겹게 넘을 때까지 미친 듯이 뛰고 또 뛰었다. 홍콩 지리에 비춰 무척 리얼리즘에 입각한 영화였다. 왜 하필 수많은 장소 중에서 인적이 드물고 적당히 높은 위치에 있는 성 마거릿 성당을 결혼식 장소로 택했는지 직접 이곳에 와서야 알았다. 그래서 더 슬펐다. 갑자기 사라져버린 정인을 찾아서 웨딩드레스를 입은 채 신부(오천련)가 수많은 계단을 뛰어 내려와 맨발로 홍콩 거리를 뛰어다녔다는 사실을 모르고 유덕화는 세상을 떠났을 테니 말이다.

〈아비정전〉의 아비가 체력 단련에 힘쓰던
남화체육회

〈아비정전〉 오프닝, 장국영이 매점으로 씩씩하게 걸어 들어가 계산도 하지 않고 코카콜라를 꺼내 먹던 장면을 기억하는가. 장만옥이 일하던 매점은 코즈웨이베이에 있는 남화체육회South China Athletic Association, 南華體育會에 있다. 종종 국가대항전도 열리는 일종의 거대 체육관이면서 홍콩 사람들이 생활체육을 즐기는 스포츠센터 기능을 겸하기도 한다.

〈아비정전〉을 보면서 아비(장국영)가 대체 이곳에서 무슨 운동을 마치고 매점에 들렀을지 늘 궁금했다. 실제로 남화체육회를 방문해보니 아비가 했을 법한 종목은 축구와 볼링 두 가지로 압축해볼 수 있었다. 원래 축구팀으로 시작한 이곳은 1920년에 남화체육회라는 이름으로 농구 등 다른 스포츠를 함께 들였다. 영화 속 습한 기후와 아비의 곱게 빗어 넘긴 머리로 추정컨대, 그

종종 국가대항전도 열리고 홍콩 사람들이 생활체육을 즐기는 스포츠센터인 남화체육회.

가 운동이 끝난 뒤 샤워를 하고 왔음은 분명해 보였기에 격렬한 축구를 하고 온 것이 아닐까 하는 생각이 들었다. 남화체육회 내부를 가득 채운 1960년대 이후 수상한 각종 볼링 트로피의 주인공 중 한 명이었을 수도 있겠다는 추측도 해보았다. 어쨌건 영화 속 아비가 하루 종일 퀸스 카페에서 빈둥거리며 천장만 쳐다보는 놈 같았는데, 나름 부지런히 체력 단련을 하고 살았다는 것이 기특해 보이기도 했다.

아비가 나름 운동도 하고 유행에도 민감한 청년이었다는 것은, 그가 오프닝 장면에서 들고 들어오던 스카이블루 색상의 팬암PAN AM 백만 봐도 알 수 있다. 1960년대 거의 모든 홍콩 젊은이가 손에 들고 다니던 당시 유행하는 가방이었다. 1927년에 설립되어 1991년에 파산한 미국의 항공사 팬 아메리칸 월드 항공Pan American World Airways이 바로 팬암이다. 디카프리오 주연의 〈캐치 미 이프 유 캔〉(2002)을 통해 익숙한 항공사이기도 하다.

아시아 지역 항로가 많았을뿐더러 1960년대에 세계 최고의 항공사로 군림했으니, 해외여행이 자유롭지 못하던 시절의 아시아 청년들은 하늘을 날아 자유로이 세계를 여행하는 그 'PAN AM'이라는 로고만 봐도 가슴이 설렜으리라.

어쩌면 〈아비정전〉의 마지막 장면에서 결국 지상으로 착지하여 죽고 마는 '발 없는 새'라는 이미지가 오프닝의 하늘색 팬암 가방과 수미쌍관을 이룬다고도 할 수 있다. 언젠가 팬암 비행기를 타고 세계를 누비며 하늘을 날고 싶었으나 결국 땅으로 내려올 수밖에 없었던, 아비가 결코 이루지 못한 그 자유의 꿈 말이다.

한때 한국 학생들의 등을 점령했던 이스트팩 가방처럼 당시 홍콩 학생 중에 팬암 가방을 들지 않은 이가 없었다. 그 가방이 홍콩을 탈출하고 싶은 젊은이들의 욕망을 대변한다고 거칠게 일반화하고 싶지는 않지만, 앞선 데뷔작 〈열혈남아〉에서 종이비행기를 가지고 놀던 장만옥이나 이후 〈중경삼림〉에서 역시 종이비행기를 창밖으로 날리던 왕정문도 같은 맥락 위에 있을지도 모른다. 어쨌건 그런 비행과 자유의 이미지는 치밀한 시대 재현의 의미 이상으로, 왕가위 영화 전체를 가로지르는 핵심이라고 느꼈다. 아무튼 하늘색 팬암 백은 예전부터 갖고 싶던 아이템이어서 나도 언젠가 헬스클럽에 갈 때라도 반드시 들고 가리라 다짐하며 이베이에서 45달러 정도 주고 산 적이 있다. '홍콩 학생들은 오전 수업만 하고 집에 갔나'라는 생각이 들 만큼 책이 몇 권 들어가지 않았지만, 아비처럼 갈아입을 옷 두어 벌 정도는

〈아비정전〉에서 운동을 끝낸 아비가 매점에 들어서는 장면. 파란 팬암 백을 들고 있다.

리모델링을 해 장만옥이 일하던 매점은 현재 남아 있지 않다. 이곳이 아닐까 추측만 해볼 뿐이다.

충분히 들어갈 수 있는 수준이었다.

남화체육회는 60여 년의 역사를 지닌 곳으로서, 건물의 위치와 외관 자체는 〈아비정전〉을 촬영할 때 그대로이나 지속적인 리모델링을 해왔기에 장만옥이 일하던 매점은 현재 남아 있지 않다. 다만 건물의 이곳저곳을 다니면서 혹시 저기가 아닐까, 하는 생각만 해봤을 뿐이다. 돌이켜보면, 영화 촬영지를 찾아다닐 때 이제 그 흔적이 전혀 남아 있지 않을 것을 익히 알면서도 굳이 찾게 될 때가 있다.

내게는 남화체육회의 매점이 그랬다. 아비가 이곳에서 무슨 운동을 한 건지 현장검증을 하여 단서를 찾아내고 싶었다. 추리가 쉽지는 않았지만, 이제는 30년도 더 된 옛 영화의 인물들과 같은 공간에 머물고 있다는 것만으로도 묘한 감흥이 생겼다. 그래서 매점이 있을 법한 자리에 음료 자판기만 있는데도 그 자판기 안의 콜라를 아비처럼 기어이 꺼내 마시고, 영화에 볼링 하는 장면이 없는데도 불구하고 '아비는 분명 볼링을 쳤을 거야!'라고 과대망상에 가까운 심증만으로 괜히 볼링 하는 사람들 중에서 장국영을 닮은 사람을 찾는 불가능한 미션에 도전했다. 그렇게 영화 촬영지에 오게 되면 한 영화의 상영시간 안에 다 담을 수 없었을 수많은 다른 장면을 상상하게 된다. 장국영이 볼링 치는 장면을 촬영했다가 나중에 편집했을 수도 있는 일 아닌가. 그렇게 나만의 〈아비정전〉 프리퀄을 써 나갔다. 어쩌면 그것이 지겨울 수도 있고 허탕 칠 가능성도 높은 '시네마 투어'의 재미다. 아무튼 직접 현장검증을 하고도 아비가 축구를 했는지, 아니면 볼링을 했는지 최종적인 결론을 내리진 못했으나 '내부 리모델링을 해서 다 바뀌었을 텐데 굳이 찾아가 볼 필요가 있을까' 하며 땀을 삘 삘 흘리며 발품을 판 보람은 분명 있었다. 지금 우리가 알고 있는 〈아비정전〉의 첫 장면이 됐을지도 모를, 아비가 상쾌하게 땀에 젖은 모습을 떠올리며 대사를 읊조렸다.

"1960년 4월 16일 오후 3시 1분 전, 난 너와 함께 있었어."

장국영을 이해할 수 있는 한 조각의 기억,
로저리힐 스쿨

장국영은 홍콩에서 가장 유명한 양복 재단사였던 아버지의 뜻
으로, 열세 살 때 영국으로 유학을 갔으니 로저리힐 스쿨Rosa
ryhill School은 홍콩에서 그의 흔적이 남은 유일한 학교다. 그보
다 족히 열 살은 많아 보이는 양가휘가 이 학교 후배이기도 하
다. 놀랍게도 〈동사서독〉(1994)의 '동사' 양가휘가 '서독' 장국영
의 후배였던 것.

　로저리힐 스쿨은 센트럴의 익스체인지 스퀘어에서 빅토리아
피크까지 스텁스 로드Stubbs Road를 따라 올라가는 15번 2층 버
스를 타고 가다가 에버그린 빌라Evergreen Villa 정류장에 내려서,
그 옆에 있는 몬테로사 빌라Villa Monte Rosa로 가는 길을 따라 언
덕을 좀 올라가면 찾아갈 수 있다. 코즈웨이베이에 있는 버스 정
류장을 이용한다면 26번 버스를 타면 되는데, 딱히 코즈웨이베

열세 살 때 영국으로 유학을 떠난 장국영의 흔적이 남아 있는 유일한 학교.

이 지역에 갈 이유가 없거나 빅토리아 피크에 올라가는 길에 들러보고 싶은 사람이라면 이 코스가 좋다. 2층 버스에서 해피밸리 경마장과 주변 주택가를 내려다보는 경관이 무척 빼어나다. 아니면, 코즈웨이베이에서 그냥 택시를 타는 게 무난하다. 걸어서 가는 건 불가능이라 보면 된다. 아무튼 버스를 이용하는 것이 어려워 보일 수도 있으나, 구글맵을 이용하면 각 지역마다 버스 정류장 표시가 나오니까 어떤 버스가 그곳을 경유하는지 확인하고 타면 된다.

1956년 9월 12일, 원숭이띠에 처녀자리로 태어난 장국영은 무려 10남매 중 막내였다. 셋째 형, 넷째 누나, 그리고 바로 위인 아홉째 형은 그가 어렸을 때 세상을 떴다. 실제로는 7남매라고 할 수 있는데, 공교롭게도 죽은 아홉째 형과 그의 생일이 같았기에 가족들은 언제나 그 형이 환생하여 장국영이 태어났다고 여겼다. 나이 차도 커서 그는 형제들과 즐겁게 어울려 논 기억이 없다. 집 안 구석에서 혼자 인형 가지고 노는 게 취미였다고 한 말이 이해가 된다. 심지어 첫째 누나와는 무려 열여덟 살이나 차이가 났고 가장 가까운 여덟째 형과도 여덟 살 차이가 났다. 아버지와 어머니는 언제나 바빴기에 함께 보낸 시간 자체가 사실상 없었다고 보는 게 맞다. 오직 유모만이 그의 다정한 말 상대가 되어주었다.

로저리힐 스쿨을 찾고 싶었던 이유도 바로 그래서였다. 집 안에서 쓸쓸한 '섬'처럼 지내온 유년기가 그의 전체 인생은 물론, 〈아비정전〉을 비롯한 이후 영화 캐릭터에 큰 영향을 미쳤다고 생각되기 때문이다. 물론 귀여운 장국영 어린이가 뛰어놀던 학교에 가보고 싶다는 순진한 호기심이 더 컸다.

한편 로저리힐 스쿨의 설립자이자 그의 어린 시절을 기억하고 있는 프란시스 자비에르 신부는 장국영이 세상을 뜬 뒤 글을 남기기도 했다. 그 글에 따르면 장국영은 학교에서 '바비'라는 애칭으로 불린 인기 많은 학생이었다고 한다. 집에서는 외로웠던 그가 학교에서는 품행이 방정하고 교우 관계가 원만한 학생이었다는 사실에 안도감이 들었다. 특히 그는 배드민턴을 무척 좋아해서 교내에서 배드민턴 잘 치는 학생으로 유명했다고 한다. 나중에 성인이 되어서도 "우울할 때마다 배드민턴으로 푼다"고 말할 정도로 배드민턴을 즐겼다. 그의 장례식 때 부장품으로 가족이

다른 물품과 함께 배드민턴 라켓을 넣어줄 정도였다.

일찌감치 영국으로 유학을 떠난 장국영은 아버지의 바람대로 리즈대학교 섬유학과에 입학했다. 열세 살 때부터 가족들과 떨어져 홀로 산 것이나 마찬가지다. 이 시기 레스토랑을 운영하는 친척 가게에서 틈틈이 아르바이트로 노래도 부르며 음악에 대한 꿈을 키웠기에, 그의 인생에서 가장 중요한 시기라고 볼 수 있다. 더구나 1970년대 초반 영국에서 글램록의 유행을 담아낸 토드 헤인즈의 〈벨벳 골드마인〉(1998)의 시대적 배경과 겹쳐지던 시기이기도 하기에, 당시 모드족을 비롯해 기성의 가치에 반하는 영국의 청년문화를 그대로 목격하며 흡수할 수 있는 기회가 되기도 했다. 어쩌면 이후 장국영의 음악 스타일과 패션 감각이 이때의 경험으로 길러졌다고도 할 수 있다.

'레슬리Leslie'라는 영어 이름도 이때 생겼다. 장국영이 〈바람과 함께 사라지다〉(1939)에서 스칼릿(비비언 리)이 좋아하던 남자 애슐리 역의 레슬리 하워드를 무척 좋아했기 때문이기도 하지만, 무엇보다 '레슬리'가 딱히 성별 구별이 느껴지지 않는 유니섹스Unisex한 이름이어서 좋아했다고 한다. 뭔가 그 또한 시대를 앞서간 장국영의 감각을 보여주는 일이 아닐까 싶다. 그렇게 '바비 청'은 '레슬리 청'이 되었다.

홍콩에서 가장 힙한 곳,
틴하우와 타이항

빅토리아파크를 사이에 두고 코즈웨이베이와 이웃하고 있는 틴하우Tin Hau와 타이항Tai Hang은 홍콩에 두 번째 가게 된다면 머무르기 좋은 곳이다. 비교의 기준이 무엇인지 지금도 잘 모르겠지만 아마도 '홍콩의 을지로' 혹은 '홍콩의 연남동'이라는 표현이 어울리는 타이항은, 2010년대 들어 사이잉푼과 케네디타운 지역이 뜨기 전부터 핫 플레이스였다. 적당한 숙소부터 소개하자면 '니나 호텔 코즈웨이베이'와 '메트로파크 호텔 코즈웨이베이 홍콩'이다. 이제는 지은 지 오래된 느낌이 나긴 하지만 4성급 호텔로서 가성비가 뛰어나며, 무엇보다 두 호텔 모두 작지만 경치 좋은 루프톱 수영장을 갖추고 있다. 게다가 틴하우는 걸어서 코즈웨이베이나 노스포인트까지 두루 섭렵할 수 있으니, 익숙해지기만 하면 꽤 접근성이 좋은 위치다.

니나 호텔의 경우 홍콩에서 가장 높은 호텔이라 불리는, 구룡 반도 서쪽의 췬완Tsuen Wan, 荃灣에 있는 '니나 호텔 췬완 웨스트' 와 같은 니나 호텔 체인이다. 《포브스》지가 선정한 '아시아 최고 여성 갑부'였던 니나 왕王如心에게서 따온 체인 이름인데, 니나 왕의 유산 상속 분쟁에 대한 이야기는 MBC 〈신비한 TV 서프라 이즈〉에도 방영됐을 정도로 유명하다. 남편 테디 왕과 함께 부 동산 재벌로 유명한 니나 왕은 전 세계 곳곳에 빌딩 400여 채를 소유한 아시아 최고 부동산 부자였다. 그런데 1990년 남편이 무 장 괴한에게 납치되고 살해되자 유산을 놓고 시아버지와 기나 긴 법정 분쟁이 시작됐다.

당시 시아버지는 테디 왕이 "사망 시 모든 유산을 아버지에게 넘겨준다"고 유서를 작성한 바 있다는 증거를 제시해 1심과 2심 에서 모두 승소했지만, 니나 왕은 남편이 납치당하기 한 달 전에 자필로 작성한 "모든 재산을 아내 니나 왕에게 준다"는 내용의 새로운 유서를 공개해 재판에서 승소한 뒤 물려받은 유산으로 엄청난 재산을 만들었다. 1955년 상하이에서 홍콩으로 건너와 아시아 최고 여성 갑부가 되기까지 니나 왕의 인생은 그야말로 파란만장했다. 슬하에 자녀가 없었던 니나 왕은 2002년 전 재 산을 사회에 환원하는 것으로 유서를 작성했고, 2007년 69세의 나이로 세상을 떠나게 되면서 우리 돈으로 무려 15조 원에 달하 는 유산은 니나 왕 회장이 만든 '차이나켐Chinachem 자선 재단' 으로 넘겨졌다.

테디 왕(왕덕휘)은 1983년에도 한 차례 납치되었다가 니나 왕

홍콩의 부동산 거부 테디 왕 납치사건을 모티프로 제작된 영화 〈중안조〉.

〈OCTB: 반흑〉은 홍콩 누아르에 향수가 있는 분들에게 추천하는 범죄 드라마다.

이 범인들이 요구하는 돈을 건네주고 풀려난 일이 있었다. 왕덕휘라는 이름을 왕일비로 바꿔, 두 번의 유괴사건을 모티프로 삼아 제작된 영화가 바로 성룡 주연, 황지강 감독의 〈중안조〉(1993)다.

딴 얘기를 시작한 김에 더 하자면, 홍콩 경찰을 총괄하는 경무처香港警務處 산하에 형사보안국CID이 있고 또 그 아래로 조직범죄및삼합회수사부OCTB가 있다. 삼합회 등을 비롯한 특수범죄를 수사하는 중안조重案組가 바로 OCTB 내에 있다. 거칠게 비유하자면, 줄여서 '광수대'라 부르는 한국의 광역수사대와 비슷한 느낌이다. 혹은 황병국의 〈특수본〉(2011)이라는 영화로도 만들어졌던 합동특별수사본부(특수본)가 떠오르기도 한다.

OCTB라는 제목의 드라마도 있다. 진소춘, 진국곤, 오맹달, 이찬삼 주연의 홍콩 TV 시리즈 〈OCTB: 반흑反黑〉(2017)으로 흑사회(삼합회) 소탕 작전을 그린 범죄 드라마다. 넷플릭스에서 다시 서비스되길 애타게 기다리고 있다. 삼합회에 들어가 비밀경찰로 활동하던 경찰이 다시 경찰로 복귀한 뒤의 이야기를 그리고 있는데 1980, 1990년대 홍콩 누아르 장르에 향수가 있는 분들이라면 꽤 재밌게 볼 것이다. 영화 〈무간도〉(2002)의 경찰들도 OCTB 소속이라 할 수 있다. 홍콩영화에는 워낙 경찰이 주인공인 경우가 많았던 탓에 할리우드 스타일의 SWAT 같은 개념의 경찰특공대도 있는데, 영어 명칭인 SDU(Special Duties Unit)보다는 비호대飛虎隊라는 호칭이 더 익숙하다. SDU는 더 넓게 경찰기동대인 PTU(Police Tactical Unit) 아래에 있으며 각각 진가상의 〈비호대〉(1994), 두기봉의 〈PTU〉(2003)라는 영화가 있다.

홍콩의 연남동이라는 수식에 걸맞게 틴하우에는 맛집과 선물가게가 많다. 내가 홍콩에서 가장 좋아하는 레스토랑이라기보

'상하이 가정식' 집인 상하이 레인. 졸인 생선튀김과 흰 쌀밥, 그리고 두유 한 잔을 곁들이면 완벽한 식사이다.

다는 '백반집'에 가까운 식당과 디저트 가게가 바로 틴하우에 있다. 틴하우 역 A2 출구로 나와 일렉트릭 로드Electric Road로 쭉 가다 보면 라우리 스트리트Lau Li Street와 만나는 지점에 있는 상하이 레인Shanghai Lane, 上海弄堂은 이른바 '상하이 가정식' 집이다. 정말 내가 돈만 많다면 한국에도 지점을 내고 싶은 가게인데, 메뉴판의 그림을 보고 요리를 고르면 된다. 청경채가 들어간 미트볼과 잘 졸여낸 생선 튀김, 그리고 부추가 잔뜩 들어간 만둣국이 가장 좋다. 거기에 백반과 두유를 더하면 완벽한 아침식사라 할 수 있다. 센트럴과 해피밸리에도 지점이 있다.

일렉트릭 로드를 따라 더 가다가 고가도로가 나오는 곳에, 여러 디저트 가게들이 치열하게 경쟁하는 틴하우에서 가장 즐겨 찾는 틴하우 디저트Tin Hau Dessert, 天后甜品가 있다. 수십 개의 메뉴가 있고 말도 잘 통하지 않지만, 메뉴판의 사진을 손가락으로 찍는 것만으로도 주문은 어렵지 않다. 무엇보다 새벽 3시까지 영업하는 곳이라, 고된 하루 일정을 보내고 난 다음 이곳에서 디저트를 먹고 숙소로 향했던 추억이 지금도 생생하다. 이곳에서 10개 넘는 메뉴를 먹어봤지만 '망고는 진리다'라는 말만 하련다.

타이항은 이제 여러 홍콩 가이드북에 빠짐없이 등장하는 명소가 됐는데, 틴하우 역에서 킹스 로드King's Road 건너편 통로완 로드Tung Lo Wan Road를 따라 쭉 올라가면 '괜찮아 보이는데 한 번 들어가볼까?' 하는 호기심이 생기는 가게들이 반긴다. 마치 '고속도로 진입 전 마지막 휴게소!'라는 간판을 본 것처럼 안 들어가면 무조건 후회할 것만 같은 가게들이 진을 치고 있다. 그러다 몇몇 가게를 꾹 참고 지나치다가 눈에 띄는 것은 바로 클래시파이드 커피 타이항 지점Classified Tai Hang이다. 홍콩 내에서 클래시파이드 커피의 명성은 대단하지만 그중에서도 타이항 지점은 내부 인테리어 등 비교를 불가한다. 간단한 식사는 물론 와

주황색 원형간판이 한눈에 들어오는 만셍카페.
짭조름한 고기탑, 공기밥, 아이스커피의 놀라운 조합을 맛볼 수 있다.

인까지 팔며 자정까지 영업한다.

　더 올라가다가 운샤 스트리트Wun Sha Street와 만나는 길목에
서 본격적인 타이항 맛집들이 시작된다. 가장 좋아하는 곳은 주
황색 원형간판이 한눈에 들어오는 만셍카페民聲冰室다. 우리나라
의 '분식집'처럼 홍콩에서 간단한 음료와 식사를 제공하는 소규
모 식당을 뼁샷冰室이라 부르는데 영어로는 보통 카페로 번역한
다. 대표 메뉴는 갈아서 간장에 찐 돼지고기 위에 소금에 절인
달걀노른자를 얹어주는 고기탑으로 밥 한공기가 뚝딱이다. 어디
서도 보지 못한 이 메뉴 하나만으로 타이항의 랜드마크가 됐다
고 해도 과언이 아니다.

　지나치게 먹는 데만 치중하는 것 같은 느낌이 들어서 '어디 구

'호랑이 연고'를 만든 호씨 가족이 살던 호표맨션. 박물관으로 개조했다.

경할 곳 없나?' 싶다면, 운샤 스트리트 끝까지 가서 타이항 로드Tai Hang Road와 만난 뒤 더 안으로 쭉 들어가면 호표 맨션Haw Par Mansion, 虎豹別墅과 만나게 된다. 1930년대에 지어진 집을 박물관으로 개조한 곳인데, 우리에게 '호랑이 연고'로 유명한 타이거 밤Tiger Balm을 만든 당시 홍콩 최대 부자였던 호씨 가족이 살던 집이다. 100년을 넘는 역사를 자랑하는 호랑이 연고는 19세기말 중국 한의사 호자흠이 만든 만금유萬金油라는 연고에서 시작한다. 그의 두 아들인 호문호胡文虎, 호문표胡文豹 형제의 이름에서 한 글자씩 따서 차린 회사가 호표행虎豹行, Haw Par이다.

한때 홍콩에는 거대한 '타이거 밤 가든'도 있었는데 홍콩 최초의 테마파크라고 봐도 될 정도로 대단했다. 혹시나 인터넷에서 검색해 찾아본다면 그 규모와 화려함에 놀라게 될 것이다. 타이거 밤은 지금도 홍콩을 여행하는 사람들이 제니 쿠키만큼이나 무조건 사오는 아이템인데, 개인적으로는 일본의 '동전 파스'만큼이나 별 효과가 없었던 것 같다.

센트럴

中環 Central

만다린 오리엔탈 호텔,
장국영의 마지막 객실

장국영의 흔적을 찾기 위해 맨 처음 만다린 오리엔탈 호텔Mandarin Oriental Hotel을 찾았던 2009년 3월 말, 홍콩에는 계속 비가 왔다. 장국영이 세상을 뜬 2003년 4월 1일에도 홍콩에는 계속 비가 왔다. 워낙 비가 많이 오는 홍콩이라 공중 회랑으로 도시 곳곳을 연결해놓은 덕에, 공항고속철도의 종착점인 홍콩 역에서 호텔까지는 전혀 비를 맞지 않고 걸어서 10분이면 도착한다.

만다린 오리엔탈은 페닌슐라 호텔처럼 화려하지도 웅장하지도 않은 그 단아한 모양새가 왠지 장국영이라는 이미지와 묘하게 겹쳐진다. 장국영이 자살한 직후 호텔 정문 주위는 그가 유난히 좋아했던 백합과 각종 화환, 편지, 사진 들로 가득했었다. 그런데 4월 1일이 되기 전이라 그런지 아직 호텔 앞은 썰렁했다. 직원에게 물어보니 도착한 꽃과 선물은 다 모아서 31일 오전

장국영이 마지막을 보낸 만다린 오리
엔탈 호텔.

10시부터 4월 1일 자정까지 전시를 한다고 한다. 그건 해마다
그렇단다.

유독 눈에 띄는 것은 장미꽃으로 장식한 거대한 빨간 하이힐
이다. 장국영 최고의 콘서트 중 하나인 '97 과월 콘서트'에서 그
는 빨간 하이힐을 신고 '홍紅'을 불렀다. 홍콩이 중국 본토에 반
환되는 1997년을 코앞에 앞둔 1996년 12월 31일 열렸던 그 콘
서트는, 연출의 상당 부분을 장국영이 직접 구상하며 압도적인
퍼포먼스를 선보였다. 사실 당시 장국영은 〈해피 투게더〉(1997)
를 촬영 중이었다. 예정대로 촬영을 끝내고 돌아와 7월부터 콘
서트 준비에 집중하려 했으나, 촬영 기간은 무한정 늘어났고 결

장국영의 기일인 4월 1일이
다가오면 만다린 호텔 앞에
꽃과 선물이 놓인다. 유독 눈
에 띄는 장미꽃으로 장식한
빨간 하이힐.

국 그는 10월에 홍콩에 돌아와 콘서트를 준비했다. 비록 준비
기간은 짧았지만 왕가위와 장국영의 최고 걸작 〈해피 투게더〉
를 촬영하던 당시의 정서와 감각이 이 콘서트에 깊게 배어 있다.

이후 장국영 5주기 추모 콘서트 '레슬리 당신이 많이 그립습니
다Miss You Much Lesile' 무대에서 막문위가 그를 따라 빨간 하이힐
을 신고 '홍'을 부르기도 했다. 장국영과 함께 〈색정남녀〉(1996)
에도 출연한 막문위는 콘서트에서 그와 함께 노래를 부른 적도
있다. 재미있는 것은 오래전 장국영이 가창대회에서 상을 받게
되었을 때, 어머니가 방송국 간부였던 다섯 살의 막문위가 그에
게 꽃다발을 건네준 적이 있다는 사실이다. 그때가 기억나느냐
는 질문에 막문위의 대답은 간단했다. "정말 잘생겼더라고요."

호텔 내부로 들어가 제일 먼저 21층 마카오 스위트로 올라갔
다. 만다린 오리엔탈이 자랑하는 최고급 스위트룸이자 장국영이
세상을 떠나기 직전까지 투숙했던 곳이다. 그러니까 3월 31일

中環

코즈웨이베이의 '퓨전' 레스토랑에서 식사를 마치고 돌아와 저 방문을 열고 들어간 장국영은 다시는 세상 밖으로 나오지 않았다. 그런데 엄밀히 말하면 장국영이 묵었던 마카오 스위트는 이제 없다. 만다린 오리엔탈이 2006년 대대적인 리모델링 작업을 거치면서 실제 장국영이 묵었던 24층 객실 자체가 없어졌기 때문이다. 장국영 사망 이후, 호텔 측으로서도 부득이한 리노베이션이었을 것이다. 21층에서 내려와 장국영이 종종 한가로이 애프터눈 티를 즐겼던 2층 클리퍼 라운지Clipper Lounge로 향했다. 역시 사람들로 가득해 앉을 자리는 없고 직원은 같은 층 맞은편에 있는 카페 코셋Cafe Coset으로 안내한다. 이곳에서 같은 경험을 한 관광객이 무척 많을 것이다. 하지만 다른 장소는 아무런 의미가 없으니 그가 즐겨 앉았다는 2층 창가 자리를 가만히 쳐다보면서 어슬렁거렸다.

해외여행이란 게 그렇다. '언제 또다시 올 수 있을까'라는 안타까운 심정이 되면 결코 한국에서는 발휘한 적 없던 인내심으로 충만해진다. 그래서 무작정 절대 살 일 없는 명품숍들이 즐비한 그 복도를 몇 번이고 두리번두리번하며 돌아다녔다. 한 양복점의 나이 든 주인장의 인자한 눈빛이 '뭐 하는 녀석이길래?' 하는 의심의 눈초리로 변해갈 즈음 한 테이블이 비는 걸 목격하고는 잽싸게 자리에 앉았다. 시각은 오후 3시 30분, 애프터눈 티 세트를 시키기엔 딱 좋은 때다. 애프터눈 티 세트는 홍차와 함께 우아한 고급 3단 접시에 아래부터 차례대로 스콘, 샌드위치, 케이크가 딸려 나오는 오랜 영국 식민시대를 통해 자리 잡은 귀족

장국영이 마지막으로 묵었던 24층
객실 자체가 리모델링으로 사라
졌고, 그가 즐겨 묵었던 '마카오
스위트' 라는 객실 이름만을 찾아
이곳저곳을 헤맸다.

호텔 2층 클리퍼 라운지의 벽 쪽
자리에 앉아 장국영처럼 한가로
이 애프터눈 티를 마셨다.

문화 중 하나다. 얼핏 간식처럼 생각할 수도 있지만, 앞의 점심
이나 뒤의 저녁을 위협하는 수준이니 적당히 한 끼 정도는 걸러
야 충분히 그 맛을 음미할 수 있다.

사실 애프터눈 티의 명가는 따로 있다. 〈색, 계〉(2007) 촬영지인
리펄스베이의 카페 베란다Verandah와 침사추이 페닌슐라 호텔
의 더 로비The Lobby가 무척 고풍스럽고 격조 높은 곳이라면, 완
차이 그랜드 하얏트 호텔의 티핀Tiffin은 뷔페처럼 다양한 메뉴
를 원 없이 맛볼 수 있다. 하지만 다 제쳐두고 이곳을 찾은 이유
는 단 하나, 오직 장국영 때문이다.

그런데 바로 그때, 일찌감치 텁텁한 스콘 하나에 괴로워하고 있을 즈음, 내 눈을 의심해야 하는 일이 일어났다. 저 멀리 관지림이 걸어오더니, 건너편 자리에 일행과 함께 앉는 것이 아닌가. 말 그대로 바로 1미터 거리다. 관지림을 클리퍼 라운지에서 만나다니, 생에 이처럼 판타스틱하게 스타와 마주치는 우연이 있을까. 마치 3D 입체영상 속의 배우가 걸어 나오는 느낌이었다. 〈지존무상〉, 〈정고전가〉, 〈동방불패〉 그리고 이연걸의 〈황비홍〉 시리즈에 쭉 출연했던 관지림은 장국영을 무척 좋아했고 또한 가까웠던 동료 배우다.

한 TV 토크쇼 인터뷰에서 좋아하는 홍콩 남자배우들의 순위를 매겨달라는 질문에 주윤발을 '최고의 남편감'이라 했고, 유덕화를 '오빠 같은 친구'라고 말하더니, '가장 좋은 인생 상담자'로 장국영을 꼽았다. "내 얘기를 가장 잘 들어주는 남자"가 바로 장국영이라면서 말이다. 둘은 이곳 클리퍼 라운지에서 종종 만나 서로의 고민을 얘기하고 들어주고 그러지 않았을까.

〈영웅본색2〉(1987)에 악덕 보스로 출연했던 홍콩영화계의 유명 배우인 관산의 딸이기도 한 관지림은, 1981년 데뷔한 TV 드라마 〈달콤한 24가지 맛〉에서 장국영을 처음 만났다. 장국영은 새하얀 교복이 잘 어울렸던 영화 〈실업생〉(1981) 등 이미 몇 년 전 연예계에 데뷔한 상태였고, 막 데뷔한 그녀와 달리 그 드라마의 주인공이었다. 처음 만난 그때부터 서로 얘기가 잘 통했다고 한다. 가만히 생각해보니 다작 관행의 홍콩영화계 안에서 둘은 그렇게 많은 영화에 출연하면서도 함께했던 기억이 별로 없다.

하지만 단 한 편의 기억이 너무 강렬하게 남아 있다. 바로 〈패왕별희〉(1993)보다 장국영의 여장이 아름답고 섹시한 영화였던, 그래서 영화 속 오맹달이 착각한 나머지 그 모습에 흠뻑 빠져 장국영을 덮치려 했던 〈가유희사2〉(1993)다. 거리의 마술사인 장국영에게 반한 오맹달의 딸 관지림은 장국영의 아이를 가졌다는 거짓말까지 하고, 그 관계가 뜻한 대로 이뤄지지 않자 장국영은 관지림을 만나기 위해 바로 그 유명한 여장을 하고 흔들리는 가마 안에서 멀미를 하는 고통까지 감수하면서 잠입하려 했다. 그랬던 관지림이 지금 내 눈앞에 있었다.

바로 옆자리였기에 실례를 무릅쓰고 말을 걸어볼까 말까 한참을 망설였다. 사진을 함께 찍고 싶다는 생각에 카메라를 든 손은 계속 부들부들 떨렸다. 그러다 용기를 냈다. 물론 관지림 일행의 얘기가 대략 끝나기를 기다려야겠다는 어림짐작까지 하면서 말이다. 대충 타이밍을 맞춰 정중하게 인사를 하고 한국에서 온 당신의 열렬한 팬이며 사진을 찍고 싶다고 청했다. 감동적이게도 관지림은 정말 활짝 웃어주었다.

사진 찍기를 마친 뒤 한없이 어색해진 순간, 괜히 쭈뼛거리고 있으니 매너 좋은 관지림이 어떻게 여기에 오게 됐느냐고 물어주었다. 장국영 때문이라고 짧게 답했다. 그러자 당연한 걸 물어봤다는 듯 살짝 덤덤한 미소를 흘리며 말을 이었다.

"장국영은 벽 쪽 자리를 좋아해서 당신이 앉아 있는 그 자리에 종종 앉았어요. 나도 여길 오면 습관적으로 그러는데 오늘은 하필 벽 쪽 테이블에 빈자리가 없어서 그냥 여기 앉았어요. 당신

클리퍼 라운지에서 우연히 만난 관지림. 장국영과 관지림은 종종 이곳에서 만나 서로의 고민을 얘기하고 들어주었다.

덕에 4월 1일이 다 됐다는 걸 이제야 알았네요. 아, 그에게 너무 미안합니다. 기억하게 해주셔서, 정말 고마워요."

장국영이 벽 쪽 자리, 창가 자리를 좋아한다는 건 알았지만 직접 그런 얘기를 들으니 순간 소름이 끼쳤다. 더불어 〈아비정전〉의 퀸스 카페에서 벽에 기댄 채 가만히 천장을 응시하던 그 우수 어린 눈빛이 겹쳐졌다. 그런 애잔한 눈빛은 관지림도 마찬가지였다. 내가 아는 한 가장 크고 아름다운 눈을 가진 배우이기도 해서인지, 살짝 눈물이 맺히는 게 바로 드러났다. 이 사람도 정말 오랜 세월 동안 자기감정을 숨기며 살아오는 게 쉽지 않았겠구나, 하는 생각도 들었다.

믿기지 않게도 어느덧 환갑에 이른 관지림은 최근엔 사실상 은퇴한 것이나 마찬가지지만, 다시 만날 기회가 있었으면 좋겠다. 장국영을 찾아간 만다린 오리엔탈에서 운명처럼 관지림을 만났고, 그 덕에 꿈같은 기억 하나를 더 품에 안고 돌아왔다.

홍콩의 명불허전 뷰 맛집,
빅토리아 피크

빅토리아 피크에서 빅토리아항을 내려다보는 풍경은 그야말로 홍콩 여행의 백미다. 여기서 내려다보는 야경은 수많은 홍콩영화의 오프닝 클리셰이기도 하다. 다만 구름 한 점 없이 맑은 날의 행운이 쉽게 오지 않는다는 것.

영화 팬들이 또 지나칠 수 없는 곳은 장국영, 유덕화, 여명, 성룡, 매염방, 장백지, 양자경, 게다가 우리나라 한류 스타들의 밀랍인형까지 있는 마담 투소 박물관이다. 보통 이곳까지 둘러보는 관광객은 드물지만 피크 트램 역에서 박물관 입장권까지 포함된 패키지 티켓을 끊으면, 피크 트램을 타기 위해 길게 늘어선 줄을 피해 바로 올라탈 수 있게 해준다. 주말이면 엄청나게 줄이 길어서 거부하기 힘든 유혹이다. 밤 10시까지 문을 열며 반달 모양의 피크 타워는 자정까지 운영한다.

박물관 초창기 큰 자리를 차지했던 장국영의 무대.
장국영의 기일이 가까워서인지 인형 주변에 꽃과 선물이 가득하다.

역시 장국영의 기일인 4월 1일이면 그의 밀랍 인형 주변은 빈자리를 찾을 수 없을 만큼 세계 각국의 팬들이 직접 찾아와 장식한 선물과 꽃으로 가득 찬다. 손수 가져온 편지와 백합으로 사진 주변을 장식하고, 장국영의 생전 동영상을 가만히 바라보며 훌쩍이는 팬들의 모습을 볼 수 있다. 무대처럼 꾸며진 그곳은 마치 장례식장 같은 분위기가 연출되어 뒤늦게 조문하는 기분마저 든다.

그런데 해마다 이곳을 찾는 기분은 우울하다. 오래전 이곳에서 장국영 밀랍인형의 자리는 무척 넓었다. 커다란 무대 하나를 독차지하고 있었다. 바로 옆에 절친 매염방의 밀랍인형도 있었다. 하지만 지금은 시진핑의 자리도 마련해야 하고, K팝 스타들의 무대도 따로 만들어야 하기에 통로 비슷한 곳에 자리해 있다.

수많은 홍콩영화의 오프닝 클리셰가 되었던 빅토리아 피크에서 내려다보는 야경.
그야말로 홍콩 여행의 백미이다.

게다가 2018년에 15주기를 맞아 이곳을 찾았을 때, 매염방은 온데간데없이 사라지고 한 발리우드 스타의 무대가 이웃해 있었다. 장국영과 매염방의 노래는 거의 들리지도 않고, 그 공간에서는 오직 발리우드의 '마살라' 음악만이 크게 들려왔다. 이곳의 장국영 밀랍인형은 〈패왕별희〉(1993)에서 연기한 경극 배우 데이의 모습인데, 이루어질 수 없는 사랑에 고통받던 데이의 슬픔이 더 크게 느껴지는 것 같았다.

바깥으로 나오면, 〈금지옥엽〉(1994)에서 장국영이 증지위와 만나고 원영의와도 만나던 카페 데코Cafe Deco가 있다. 영화 속 자영(원영의)은 홍콩의 최고 여성 가수인 로즈(유가령)와 그의 매니저인 샘(장국영)을 우상으로 삼고 살아간다. 어느 날 로즈가 속한 제작사에서 남자 신인 가수를 뽑는다는 공고를 보고는 오로지 로즈와 샘을 직접 만나보고 싶다는 욕심에 남장을 하고 선발대회에 참가한다. 우여곡절 끝에 마지막 참가자인 자영이 뽑히게 되면서 남자로 분장한 자신을 숨겨가며, 심지어 거주지까지 샘의 집으로 옮겨 가수로서의 삶을 시작한다. 샘은 왠지 여자처럼 느껴지는 자영으로 인해 스스로 자신이 게이가 아닐까, 착각에 빠지게 되고 묘한 관계가 이어진다. 영화 속 장국영이 이곳에서 그런 고민을 털어놓기도 하거니와, 실제 이곳을 좋아했던 장국영을 추억하기에도 좋은 장소다. 비가 오는 날이나 겨울에는 야외 테이블을 개방하지 않지만 운 좋게 자리를 잡을 수 있다면 바깥 경치는 환상 그 자체다.

카페 데코는 피크 타워 맞은편의 '피크 갤러리아' 2층에 있는

통유리가 야외와 연결돼 마치 하늘에 떠 있는 느낌이 든다.

〈금지옥엽〉에서 장국영은 카페 데코에서 증지위와 사업 이야기도 나누고, 원영의와 인생 이야기도 나눈다.

데 두 개 층으로 구분된다. 1층에서는 인도, 이탈리아 음식을 맛볼 수 있고 2층에서는 스시를 즐길 수 있다. 요리가 아닌 음료를 주문해도 무방하다. 그래도 입구에서부터 탄두리 치킨 냄새가 코를 간질이는 곳이라 그냥 차만 마시기는 아쉽다. 그리고 낮에 들르는 것도 운치 있다. 〈금지옥엽〉에서 원영의와 만나는 장면 말고 증지위와 사업 얘기를 나누던 낮 장면 말이다. 통유리가 야외와 연결돼 마치 하늘에 떠 있는 느낌이었으니까. 안타깝게도 카페 데코는 코로나19를 이겨내지 못하고 문을 닫고 말았다. 현재 스테이크 전문점 '37 Steakhouse & Bar Hong Kong'으로

〈성월동화〉에서 장국영과 도키와 다카코가 사랑을 확인하던 피크 타워의
스카이 테라스. 홍콩에서 가장 아름다운 야경을 만날 수 있다.

바뀌었다. 내부 인테리어 등이 크게 바뀌지 않은 듯하여 다행이
긴 하나, 메뉴도 그렇고 업종 자체가 변경되어 예전 느낌이 나지
않아 아쉽긴 하다.

　또한 입장료를 추가로 지불해야 하는 피크 타워의 스카이 테
라스는 〈성월동화〉에서 장국영과 도키와 다카코가 서로의 사랑
을 확인하며 뜨겁게 포옹하던 곳이기도 하다. 어떻게든 입장료
를 더 걷어볼 생각으로 피크 타워를 지어 올린 것인데, 〈성월동
화〉야말로 "가장 아름다운 야경을 보여주겠어"라고 얘기하는 장
국영을 통해 최고의 마케팅 영화가 된 셈이다. 물론 그 장면만큼
은 무척이나 아름답지만 말이다.

수많은 홍콩 감독들이 상상력을 펼친
황후상 광장

현란한 조명이 인상적인 HSBC은행과 만다린 오리엔탈 호텔, 그리고 신고전주의 양식의 입법부 빌딩이 삼면을 이루며 에워싸고 있는 곳이 바로 황후상 광장이다. 광장에는 HSBC의 초대 은행장이었던 토마스 잭슨 경의 동상이 외로이 서 있으며, 차터로드Charter Road 건너편 북쪽 광장에는 1, 2차 세계대전 당시 희생된 병사들의 넋을 기리는 평화 기념비가 자리하고 있다.

〈영웅본색〉에서 주윤발이 맨 처음 등장했던 장면의 배경이 바로 여기 입법부 건물 앞이다. 노점에서 홍콩의 대표적인 길거리 음식 장펀을 먹던 그가 경찰의 노점 단속이 시작되자 헐레벌떡 뛰던 그곳이다. 주윤발과 적룡이 선글라스를 쓰고 롱코트를 걸치고 등장하던 그 순간, 잠시 후 주윤발이 유유히 지폐로 담뱃불을 붙이면서 홍콩 누아르의 위대한 전설은 시작됐다. 그런데

HSBC은행과 만다린 오리엔탈 호텔, 입법부 빌딩이 삼면을 에워싸고 있는 황후상 광장.

HSBC은행은 현란한 조명이 인상적이라 밤이면 찾는 관광객들이 많다.

처음 홍콩 여행을 갔을 때 그것이 의도적인 연출임을 깨달았다. 결코 기온이 영하로 내려가지 않는 홍콩에서 롱코트를 입을 일은 없기 때문이다.

〈영웅본색〉을 만들던 당시 주윤발의 의상과 연기 스타일 등 모든 것은 '프렌치 누아르'의 거장 장 피에르 멜빌 감독의 걸작 〈사무라이〉(1967)의 알랭 들롱에게서 가져온 것으로 유명하다. 그래서 그것이 전혀 홍콩의 기후와는 맞지않음을 알지만, 프렌

밤이 되면 은은한 조명이 불을 밝히는 입법부 건물.

치 누아르의 무드를 홍콩에 가져오기 위해 오우삼은 그 설정을
고스란히 살렸던 것이다. 탄알이 떨어지는 걸 걱정하지 않고 무
차별 난사하고, 총알이 주인공만 쏙쏙 피해가며 결코 죽지 않기
때문이어서가 아니라, 그런 의상 설정에서부터 홍콩 누아르는
이미 판타지라 할 수 있다. 심지어 적룡이 임무를 수행하기 위해
홍콩보다 더 더운 타이완으로 건너갔을 때도 머플러와 코트를
잊지 않는다. 오직 그 홍콩 누아르의 '룩'을 위해 배우들은 얼마
나 더위와 싸워야 했을까.

　황후상 광장은 짧게 홍콩여행을 하더라도 몇 번씩 지나가게
되는 곳인 만큼 홍콩영화에도 꽤 자주 등장한다. 〈신정무문2〉
(1992)의 마지막 대결신에서 주성치의 최후 일격을 맞은 원화가
경기장을 뚫고 새처럼 날고 날아 떨어진 곳도 바로 황후상 광장

주윤발처럼 선글라스를 끼고 롱코트 자락을 날리며 황후상 광장을 멋지게 걸어보자.

이었다. 엽위신의 〈살파랑〉(2005)에서는 야간 격투신이 벌어져 공중전화를 걸던 요계지가 오경에게 죽음을 맞기도 했다. 특히 입법부 건물은 밤이 되면 은은한 조명이 무척 멋진 곳으로 과거 대법원이기도 했는데 서극, 두기봉, 임영동의 옴니버스 영화인 〈트라이앵글〉(2007)에서는 이곳 지하에 막대한 양의 보물이 숨겨져 있는 설정으로 등장한다.

이처럼 황후상 광장은 홍콩의 수많은 감독이 다양한 상상력을 펼쳐 보인 곳이지만, 실제로는 단정한 잔디밭과 분수대 곁에서 빅토리아만의 푸른 바다를 바라보며 쉬어 가기 좋은 곳이다. 예상치 못한 비둘기 떼의 습격을 피할 수만 있다면 쾌청한 날의 황후상 광장은 빌딩 숲속에서 유일한 쉼터나 마찬가지다.

헤어진 이들은
미드 레벨 에스컬레이터에서
다시 만난다

〈중경삼림〉의 모든 주인공들은 미드 레벨 에스컬레이터에서 만나고 헤어진다. 만우절의 이별 통보가 거짓말이길 바라며 "내 사랑의 유통기한을 만년으로 하고 싶다"는 경찰 223(금성무)은 허탈한 마음에 자정이 지나 멈춰버린 에스컬레이터를 막 뛰어오른다. 매일 고단한 하루를 살아가며 술에 의지하는 금발머리 마약밀매상(임청하), 여자친구가 남긴 이별 편지를 외면하며 매일 똑같은 곳을 순찰하는 경찰 663(양조위), 경찰 663의 단골 식당에서 일하며 그의 맨션 열쇠를 손에 쥔 페이(왕정문) 모두 이 에스컬레이터에서 스치는 인연을 반복한다.

장장 800미터에 달하는 세계 최장 에스컬레이터인 미드 레벨 에스컬레이터는 〈중경삼림〉이 촬영되던 당시 막 운행을 시작했었다. 그 속도에 몸을 맡기고 천천히 올라가다 보면 마치 눈앞으

800미터에 달하는 세계 최장 에스컬레이터. 이곳에서 수많은 사람들의 인연이 만들어지기도 하고 스치기도 한다.

로 영화 슬라이드쇼가 펼쳐지는 것 같은 근사한 기분이 든다.

그러고는 누구나 〈중경삼림〉에서 양조위의 집을 훔쳐보던 왕정문처럼 고개를 숙이고 스쳐 지나는 창문과 그 안을 들여다보게 된다. 나의 앞뒤로 가만히 서 있는 사람들, 그리고 내 곁을 바삐 지나치는 사람들, 현지인과 관광객 모두 그렇게 뒤섞여 일렬로 한 방향만을 바라본다. 다 어디에서 온 사람들일까. 한참 세월이 흘러 〈2046〉에 출연한 양조위는 말했다. "다른 시간, 다른 공간에서 스쳤다면 우리의 인연도 달라졌을까?"

〈중경삼림〉에 나온 양조위의 집은 미드 레벨 에스컬레이터를 타고 올라오다 린드허스트 테라스Lyndhurst Terrace와 만나는 지점에 있는 카페 시암Cafe Siam의 뒤편 붉은색 간판 코크레인 Cochranes 바의 2층이다. 건물 뒤로 돌아 들어가면 가경대하家卿 大廈라고 쓰여 있는 정문이 나오는데 '대하大廈'는 우리식으로 말하자면 연립주택, 맨션 같은 의미다. 매일 흠모하는 양조위 몰래 집에 숨어 들어가 청소를 하고 어항의 물을 갈아주던 왕정문이 여기로 들어가려다 그만 양조위와 맞닥뜨리고 말았다.

그저 스쳐 지나가는 금성무, 임청하의 관계와 달리 왕정문은 양조위에게 첫눈에 반한 느낌이다. 특히 마마스 앤 파파스의 '캘리포니아 드리밍'이 흘러나오는 가운데 양조위가 왕정문이 일하는 가게로, 저 멀리서부터 천천히 걸어오는 첫 만남의 정면 숏 장면은 홍콩 멜로영화의 기념비적인 순간 중 하나다. 영화사상 가장 압도적인 정면 롱테이크 장면이 아닐까 싶을 정도로 왕정문에게 다가와 모자를 벗고 머리를 쓸어 올린 다음 "샐러드 주세요"라고 말하는 순간까지, 가만히 다가오는 그의 그윽한 눈빛에 빠져 숨을 참고 볼 수밖에 없다. 누군가를 쳐다보고 사랑에 빠지는 시간이 불과 0.2초라는 어딘가의 연구 결과가 틀린 얘기만은 아니라고 느껴졌다. 그렇게 〈중경삼림〉을 보며, 바로 그 순간 우리 모두 양조위와 사랑에 빠지고 말았다.

그런데 이제 〈중경삼림〉에서 양조위의 집은 사라지고 없다. 2018년경 센트럴을 찾았을 때 1층에 코크레인 바가 있던 양조위의 집은 헐리고 재건축에 들어가고 있었다. 평소 센트럴을 찾으면 코크레인 바에서 맥주 한잔하는 것이 변함없는 일과 중 하나였기에, 건물이 헐리고 텅 비어 있는 모습을 마주했을 때의 충

〈중경삼림〉에서 미드 레벨 에스컬레이터 바깥으로 보이던 양조위의 집을 훔쳐보는 왕정문.

〈중경삼림〉에서 양조위가 살던 집 1층에 있던 코크레인 바. 지금은 건물 자체가 사라지고 새로이 건축 중이다.

격을 잊을 수 없다. 왕정문이 아르바이트하던 패스트푸드점 '미드나잇 익스프레스'는 2001년 처음 홍콩을 찾았던 때부터 이미 다른 가게로 바뀌었기에 별 느낌이 없었건만, 여기만은 달랐다. 금방이라도 그 집에서 양조위가 나와 출근하고, 미드 레벨 에스컬레이터에서 왕정문이 노래를 흥얼거리며 내려올 것 같았기 때문이다.

개인적으로 〈중경삼림〉은 1995년 추석 즈음 첫 실연의 아픔을 겪은 뒤, 극장에서 넋을 잃고 내리 세 번을 연달아 본 적이 있다. 지금처럼 지정좌석제도 아니던 시절, 다음 회차 영화가 매진만 아니면 딱히 나가라고 하는 사람도 없었기 때문이다. 24시간 연속 상영관이었다면 아마도 밤새 이 영화를 봤을 것이다. 실연의 고통을 잊기 위해 금성무가 운동장을 열심히 뛰면서 "땀을 많이 흘려서 수분이 다 빠지면 더 이상 나올 눈물도 없겠지"라는 대사에 엉엉 울고, 마찬가지로 실연의 고통을 잊기 위해 집 안의 금붕어는 물론 야윈 비누와도 대화를 나누던 양조위를 보면서도 얼마나 눈물을 훔쳤던가.

스마트폰이란 게 없던 시절 '다시 전화를 해볼까 말까' 밤새 동네 어귀를 맴돌며 공중전화와 씨름하며 보냈던 그 시간을 위로해준 영화가 바로 〈중경삼림〉이었다. 묘하게도 그 위로의 대사는, 각각 다른 에피소드의 주인공인 금성무와 왕정문이 만나던 순간 "그녀와 나의 거리는 단 0.01cm였고 6시간 후 그녀는 다른 남자와 사랑에 빠지게 된다"라는 금성무의 내레이션이었다. 정지된 화면에 그 짧은 대사 하나로 완전히 다른 시간과 정서의 에피소드로 '바통터치' 하는 영화의 구조를 보면서, 힘들지만 전혀 다른 내 삶의 에피소드로 점프해야겠다고 생각했던 것 같다.

고통스러운 지금의 시간도 한참 지나고 보면, 기나긴 삶에서 단지 하나의 에피소드에 불과할 테니까.

왕가위의 택동영화사와
〈중경삼림〉

왕가위는 〈아비정전〉(1990) 이후 자신의 영화사인 택동영화사Jet Tone Production, 澤東電影有限公司를 차렸다. 〈아비정전〉의 흥행 참패 이후 그와 함께 일하고자 하는 사람들이 사실상 없었기 때문이다.

하지만 주성치의 출세작 〈도성〉(공동감독 원규, 1990)을 비롯해 〈서유기 월광보합〉과 〈서유기 선리기연〉 등을 만든 유진위 감독의 도움으로 영화사를 차릴 수 있었다. 작품 성향도 다르고 빨리 찍기의 달인, 코미디의 대가인 유진위와 왕가위가 오랜 친구라는 사실은 홍콩영화계의 미스터리다. 당시 이연걸, 임청하 주연, 정소동 감독 〈동방불패〉(1992)의 빅히트로 특수효과가 가미된 판타지 무협영화가 큰 인기를 끌면서 택동영화사는 김용 원작의 《사조영웅전》을 바탕으로 한 〈동사서독〉(1994)을 창립작으로 만들려고 했다. 〈아비정전〉은 실패했으나 장국영, 양조위, 장학우,

유가령 등이 출연해주기로 했고 〈동방불패〉의 임청하도 캐스팅할 수 있었기에 성공은 보장된 것이나 마찬가지였다.

드디어 중국 서북쪽 도시 은천의 사막 지역에서 〈동사서독〉의 촬영이 시작됐고, 유진위는 시간을 내어 촬영현장을 둘러봤다. 눈빛으로 기억되는 배우 양조위를 떠올려볼 때, 왠지 역설적인 설정이라 할 수 있는 '시력을 잃어가는 무사' 맹무살수 역의 양조위가 화려한 액션신을 펼치고 있었고 유진위는 '멋지군, 이 영화는 됐어!' 라고 생각하고는 홍콩으로 돌아갔다. 그로부터 한 달 뒤 다시 사막의 촬영장을 찾았다. 그런데 웬일인지, 양조위가 한 달 전과 똑같은 장면을 촬영 중이었다. 의아하게 여긴 빨리 찍기의 달인 유진위가 한 연출부에게 어떻게 된 거냐고 물었다. 그러자 그는 "모르겠어요, 감독님이 이 장면에 꽂혀서 한 달 내내 이것만 찍고 있어요"라고 울먹였다. 순간 〈아비정전〉의 몇몇 장면들이 주마등처럼 지나갔다. '아이고, 이러다가 내 친구 왕가위가 홍콩영화계에서 영영 퇴출될 수도 있겠구나.'

촬영일수가 길어지면서 제작비는 초과됐고, 영화 촬영이 완성되지 못할 것이란 불안감이 엄습하기 시작했다. 유진위는 자신의 장기를 발휘하여 장국영, 양조위, 양가휘, 장학우, 임청하 등 〈동사서독〉의 배우들을 그대로 데려다 〈동성서취〉(1993)라는 코믹 무협영화를 만들어 제작비를 마련했다. 그렇게 〈동사서독〉은 24개월, 꼬박 2년의 시간이 걸려 촬영을 완료할 수 있었다. 하지만 〈동사서독〉에 들어갈 '동사' 황약사(장국영)의 내레이션 녹음 등 후반작업 비용이 추가로 필요했다. 바로 그 비용을 마련하기

〈중경삼림〉 포스터. 왕가위는 이 영화에서 홍콩의 낮과 밤을 그린다.

위해 왕가위가 급하게 뚝딱 완성한 영화가 바로 〈중경삼림〉(1994)이다. 다행히 〈중경삼림〉이 흥행에 성공하면서 〈동사서독〉은 최종적으로 완성될 수 있었고, 그와 비슷한 현대 도시 배경의 영화를 만들어달라는 요구가 빗발치면서 〈타락천사〉(1995)까지 만들어진 것이다.

　〈중경삼림〉이라는 제목이 정해지기 전에, 왕가위가 맨 처음 떠올린 가제는 '홍콩의 낮과 밤'이었다. 파인애플 통조림을 먹으며 실연의 슬픔에 빠진 경찰 223(금성무)과 금발 가발을 쓴 마약 밀매상(임청하)이 침사추이의 중경빌딩과 더불어 등장하는 1부가 홍콩의 밤이자 과거라면, 역시 스튜어디스인 여자친구로부터 이별 편지를 받은 경찰 663(양조위)과 그의 단골집 점원 페이(왕정문)와 당시 막 운행을 시작한 센트럴의 미드 레벨 에스컬레이터가 등장하는 2부가 홍콩의 낮이자 현재다. 당시 홍콩에서도 무라카미 하루키의 소설이 유행이었기에, 하루키 소설의 주인공들과 같은 고독의 정서가 녹아 있는 내레이션으로 꽉 차 있는 영화다.

특히 어떻게든 택동영화사를 성공적으로 안착시키고 〈동사서독〉과 〈중경삼림〉을 동시에 완성시켜야 했던 왕가위로서는 집안일을 돌볼 틈도 없이 일에만 매달렸다. 그런데 마침 그때 그의 아내는 첫째 아이를 임신 중이었다. 그러던 어느 날, 아내가 거울 속 자신을 보면서 대화를 나누는 모습을 보게 됐다. 남편 왕가위가 일에만 빠져 있어 집에서도 서로 대화할 시간조차 없으니 보란 듯이 자기 자신과의 대화를 나누었던 것이다. 그에 충격받은 왕가위는 당장 모든 일을 때려치우고 휴가를 내어 집에만 머물게 된다고 말하면 거짓말이고 그 장면을 2부 양조위 캐릭터에 써먹게 된다. 실연의 고통을 잊기 위해 집에서 "왜 그렇게 야위었어?"라며 비누나 금붕어와 대화를 나누는 양조위가 그렇게 만들어지게 됐다.

실제로 상하이에서 홍콩으로 이주해온 왕가위의 아버지는 중경빌딩 지하에 있는 나이트클럽에서 매니저로 일한 적 있기에, 중경빌딩은 그에게 과거의 향수가 깊이 담긴 공간이었다. 어쩌면 그 클럽에서 봤을 법한 필리핀의 여자가수를 〈아비정전〉에서 아비(장국영)의 친엄마로 설정했을지도 모른다. 게다가 그 스스로 '홍콩의 미니어처'라고 부른 중경빌딩은 영화에도 잘 드러나듯이 여러 인종이 한데 어우러져 살아가는 다문화 공간으로서의 특성이 잘 드러나는 홍콩의 축소판 같은 곳이다. 1997년

실연의 고통을 잊기 위해 야윈 비누와 대화를 나누는 양조위(위)와 파인애플 통조림을 먹으며 실연의 슬픔에 빠지는 금성무(아래)를 보며 실연당한 많은 이들이 눈물을 훔쳤다.

홍콩 반환을 앞둔 정서가 〈중경삼림〉에도 배어 있다면, 왕가위가 생각하기에 1997년이 되면서 당장 사라져버릴지도 모를 과거 홍콩의 유산 같은 곳이 바로 중경빌딩이었다.

반면 2부의 미드 레벨 에스컬레이터는 당시 왕가위에게 신선한 충격을 줬다. 〈아비정전〉에서 아비가 살던 집이 있는 산쪽의 캐슬로드와 센트럴의 아랫동네를 한번에 잇는 에스컬레이터가 생겼기 때문이다. 장만옥이 장국영을 만나러 가기 위해서 한참을 걸었던 오르막길이자, 유덕화와 장만옥이 대화를 나누며 함께 내려오던 그 길의 시간을 단숨에 지워버린 문명의 이기였던 것이다. 그렇게 홍콩의 과거와 현재가 교차하는 풍경이 〈중경삼림〉에 담겨 있다.

中環

홍콩의 퐁피두 센터,
타이쿤

미드 레벨 에스컬레이터 주변은 딱히 어느 한 곳만 추천하기가 망설여질 정도로 보석 같은 식당과 가게가 많다. 린드허스트 테라스에는 과거 홍콩의 마지막 총독을 역임했던 크리스 패튼 경이 무척 아꼈다는 에그 타르트 전문점 타이청 베이커리Tai Cheong Bakery가 있는데, 침사추이의 제니 쿠키와 더불어 언제나 한국인 관광객으로 붐비는 곳이다.

미드 레벨 에스컬레이터, 린드허스트 테라스와 삼각형을 이루며 비스듬히 이어져 있는 게이지 스트리트Gage Street 초입에는 철제간판의 붉은색 글자가 인상적인 조그만 식당 란퐁유엔蘭芳園이 있다. 그리고 저 멀리 란콰이퐁의 화려함과는 거리가 먼 재래시장이 쭉 이어지는데, 〈중경삼림〉에서 청과물을 사서 지나가던 왕정문과 노천식당에 앉아 덮밥을 먹고 있던 양조위가 만나던

미드 레벨 에스컬레이터 주변의 재래시장. 란콰이퐁이나 근처 도심의 화려함과는 거리가 먼 시장이 쭉 이어져 있다.

게이지 스트리트 초입의 조그만 식당 란퐁유엔. 칠제간판의 붉은색이 인상적이다.

그 시장통이다. 생각해보면 〈중경삼림〉이 꽤 지리적 고증이 잘된 영화라고 해도 좋을 정도로 동선도 일치하는데, 왕정문의 무거운 짐을 대신 들어준 양조위가 제법 거리가 먼 란콰이퐁에 있는 가게 미드나잇 익스프레스까지 간 거라면 그는 꽤 하체가 튼실한 경찰이었을 것이다.

지난 10년 동안 베일에 가려 있다가 공개와 동시에 센트럴의 가장 핫한 지역으로 떠오른 곳이 있다. 바로 옛 센트럴 경찰서를 대규모로 리모델링한 타이쿤Tai Kwun, 大館 센터다. 무려 1864년에 지어진 센트럴 경찰서는 무척 효율적으로(?) 법원과 감옥까지 함께 있는 형태였는데, 재밌는 것은 '타이쿤'의 한자 뜻처럼 홍콩 사람들도 우리처럼 감옥을 '큰 집'이라고 불렀다는 점이다. 문화재로 지정된 이후 무려 10년간 보수공사를 거쳐서 아트갤러리와 공연장으로 재탄생한 곳으로, '홍콩의 퐁피두 센터'라고 보면 될 것 같다.

식민시대 옛 건물 느낌을 물씬 풍기며 경찰서로 쓰였던 본관은 여러 영화를 통해서 익숙한데, 지난 10년 동안 언제나 가림막이 쳐져 있어서 그 안을 들여다볼 수 없어 답답했었다. 역사가 워낙 오래된 곳이다 보니 심지어 전혀 다른 시대를 다루고 있는 성룡의 〈프로젝트A〉 시리즈와 〈폴리스 스토리〉 시리즈 모두에 등장했고, 〈영웅본색〉에서는 형이 범죄자라는 이유로 수사에서 배제된 장국영이 상관에게 항변하던 경찰서 건물로 등장했다.

감옥과 탄약창고로 사용됐던 공간에서 이제는 여러 설치 작

센트럴에서 가장 핫한 타이
쿤 아트센터. 아트갤러리와
공연장으로 재탄생하였다.

식민시대 옛 건물 느낌이 물
씬 풍기는 센트럴 경찰서는
여러 영화에 등장했다. 경찰
장국영이 매일 출퇴근하던
〈영웅본색〉의 한 장면.

품을 만날 수 있고 골동품 가게와 바, 레스토랑에서 음식을 즐길
수 있게 됐다. 박쥐와 열대식물 등 생태계를 보전하기 위해 통로
를 일부러 둘러서 냈기에, 시간이 허락한다면 너른 마당을 지나
산책하듯 각 공간을 둘러볼 수 있다. 무려 5천억 원의 예산이 들
어간 타이쿤 재생 프로젝트는 '문화예술 전시장'으로의 변신을
꾀하는 마천루의 도시 홍콩이, 옛 건물을 고스란히 되살리기 위
해 진행한 문화유산 보존 프로젝트의 성공적 사례라 할 수 있다.
수많은 홍콩영화 속 경찰서의 느낌은 전혀 찾아볼 수 없지만, 공
간의 성공적인 변화가 마냥 부럽다는 생각이 들 정도로 이곳은
찾을 때마다 발 디딜 틈 없이 많은 사람으로 붐볐다.

타이쿤에서 전시공간을 둘러본 뒤, 아래쪽으로 이어진 포팅어 Pottinger 스트리트를 걸었다. 센트럴을 한번쯤 방문한 사람이라면 사진만 봐도 바로 알 수 있는 곳인데, 마치 유럽에서나 볼 것 같은 낮은 단의 돌계단이 완만한 경사로 이어져 있는 길이다. 구불구불한 그 느낌과 어울리게 오랜 세월 센트럴을 대표해온 길이라 수많은 영화에 등장했다.

홍콩에서 촬영한 할리우드 영화 〈모정Love Is A Many-Splendored Thing〉(1955)에서 주인공 수인(제니퍼 존스)이 올라가던 계단이 바로 이 돌계단이다. 〈모정〉은 옛 홍콩의 풍경과 정취가 잘 살아 있어 한번쯤 꼭 보길 추천하는데, 1940년대 말 중국계 혼혈 여성인 의사 수인과, 아내와 별거 중에 홍콩으로 오게 된 미국 종군기자 마크(윌리엄 홀든)의 가슴 아픈 사랑을 그리고 있는 영화다. 두 사람은 한국전쟁이 발발하고 마크가 한국으로 가게 되면서 헤어진다.

다음으로 〈무간도3〉(2003)에서 전화를 받으며 내려오는 양조위의 모습이 촬영됐고, 두기봉의 〈참새〉(2008)에서는 포팅어 스트리트에 카메라를 고정해두고 홍콩의 풍경을 카메라에 담던 임달화가 갑자기 자신의 시야 안으로 들어온 임희뢰를 보고 멈칫하는 장면이 촬영됐다. 참새를 키우며 흑백 사진 찍기가 취미인 소매치기범 임달화에게, 어느 날 정체를 알 수 없는 여인 임희뢰가 접근해온 곳. "사라져가는 홍콩의 풍경을 필름 카메라로 남겨두고 싶은 마음으로 〈참새〉를 만들었다"는 두기봉 감독이 임달화의 카메라를 빌려 가장 먼저 찾아간 곳이 바로 포팅어 스

포팅어스트리트의 돌계단.
이 길에 서면 마치 영화 속
주인공이 된 것만 같다. 〈참
새〉에서 임달화가 서 있는
돌계단이 바로 이곳이다.

트리트였다.

사실 포팅어 스트리트는 몇 개의 구간으로 나뉘는데 어떤 구
간은 보수공사를 해서 반반한 바닥 돌이 있는 반면, 웰링턴 스트
리트에서부터 올라가는 구간은 다소 울퉁불퉁한 옛 모습 그대
로 남아 있다. 바로 그 옛길에 서면 마치 영화 속 주인공이 된 것
같은 착각이 든다.

中環

소호의 시작
스탠턴 바

미드 레벨 에스컬레이터를 타고 스탠턴 스트리트Staunton Street
까지 올라가면 소호Soho가 시작된다. 작고 개성 넘치는 가게들
이 경쟁하기보다는 조화롭게 오밀조밀 모여 있어 천천히 산책
하다 보면 그저 아무 가게나 다 들어가 보고 싶어진다.

홍콩영화 팬들에게 추천할 만한 곳은 역시 스탠턴 바Staunton's
Wine Bar and Cafe다. 에스컬레이터를 타고 올라가다 첫 번째 스탠
턴 스트리트가 시작하는 입구에 자리하고 있는데, 특유의 파란
색 2층 건물을 지나칠 일은 절대 없을 것이다. 소호는 그다음 엘
긴 스트리트Elgin Street까지 아담하게 이어진다. 스탠턴 바 앞은
세계 각국 여행자들이 모여 맥주 한 병 들고 서로 친구가 되는
곳이다. 늘 그곳을 지나칠 때마다 꼭 스탠턴 바 옆 계단에 걸터
앉아 에스컬레이터로 올라오는 사람들의 눈을 일일이 마주치며

스탠턴 스트리트와 소호. 천천히 산책하며 작은 가게들을 둘러보는 재미가 있다.

맥주 한 병 마시고 싶다는 생각을 한 적이 있다. 그러다 꼭 한 번 그런 적이 있었는데 정말 주변 계단에 걸터앉은 모든 사람이 한 마디씩 말을 걸어왔다. 여행자의 들뜬 마음을 만끽하기엔 더없이 좋은 곳이라고나 할까.

〈상성: 상처받은 도시〉(이하 〈상성〉, 2006) 도입부에서 양조위와 금성무가 바로 이 스탠턴 바의 2층 테라스에서 새해를 맞았다. 〈무간도〉의 성공 이후 유위강, 맥조휘 감독과 양조위가 〈상성〉에서 다시 조우하여 화제가 되었다. 산타클로스 복장을 하고 지나가는 사람들도 눈에 띄고 저마다 웃는 얼굴로 축복하는 그 모습에서 홍콩의 연말 풍경을 느낄 수 있는 영화다. 영화의 시작도 연말 크리스마스다. 경찰 일에 빠져 여자친구를 소홀히 대했던 아방(금성무)은 크리스마스에 여자친구가 자살하자 크나 큰 충격에 빠진다. 연인을 잃은 상실감에 경찰 생활도 접고 폐인이 되기 직전인 아방은, 선배 경찰 정희(양조위)의 도움으로 사립탐정 일을 시작하게 된다. 그러던 중 정희의 장인이 살해당한 사건을 아방이 조사하게 된다. 수사가 석연찮게 종결되자, 유정의 아내 숙진(서정뢰)이 몰래 아방에게 사건을 의뢰했던 것. 그런데 그 살인사건의 중심에 자신이 의지하던 선배 정희가 연루되어 있다는 것을 직감하면서 아방은 진실을 파헤치려 애쓴다. 그 과정에서 서로 믿고 의지했던 두 남자의 갈등이 시작된다.

당시 〈상성〉은 '양조위의 첫 번째 악역 연기'로 화제가 됐다. 경찰청에선 동료들의 존경을 받는 엘리트 팀장으로, 가정에선 아내 숙진에게 한없이 다정한 남편으로 행복한 삶을 살아가는 것처럼 보였지만, 그는 조사가 진행될수록 감춰진 비밀이 서서히 드러나는 캐릭터였다.

사실 양조위는 그보다 훨씬 오래전, 베니스국제영화제 황금사자상을 수상한 베트남 출신 트란 안 홍 감독이 연출한 〈씨클로〉(1995)에서 시인 역할을 통해 아마도 최초의 악역 연기를 한 바 있다. 평소 아무런 말도 없는 그는 범죄 조직의 보스로서 매춘업의 포주 일까지 하고 있다. 아버지로부터 인정받지 못한 채 살아왔고 애인을 학대하는 가운데, 영화 속 내레이션으로 "나는 흐느끼며 태어났네. 푸른 하늘, 광대한 대지, 시커먼 물줄기, 난 누구의 보살핌도 없이 세월 속에서 성장했네"라는 시를 써 내려가는 독특한 인물이었다. 한 편의 뮤직비디오를 보는 것처럼 이 영화의 명장면으로 언제나 회자되는, 라디오헤드의 노래 'Creep'

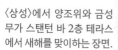

〈상성〉에서 양조위와 금성
무가 스탠턴 바 2층 테라스
에서 새해를 맞이하는 장면.

세계 각국의 여행자들이 맥
주 한 병을 들고 친구가 되
는 스탠턴 바.

이 시종일관 사연 많은 눈빛으로 입에서 담배를 떼지 않는 양조위의 위악적이고도 이중적인 이미지와 잘 맞아떨어졌다. 아마도 양조위였기에 '시를 쓰는 갱스터'라는 모순적인 캐릭터가 가능했으리라.

양조위가 맨 처음 〈상성〉에서 아방 역으로 캐스팅되었다가, 정희 역의 배우를 찾지 못하면서 두 감독이 그에게 '역할을 바꿔 정희를 연기하면 어떨까?' 제안하여 한동안 양조위가 삐쳐 있었다는 얘기는 꽤 유명한 일화다. 하지만 두 감독의 설득 끝에 마음을 돌렸고, 양조위는 그 특유의 눈빛을 차갑게 가리기 위해 안경을 쓰기로 했다. 그가 안경을 쓰고 영화에 출연한 경우는 거

中環

의 없기에, 다른 영화들과 꽤 다른 느낌을 준다. 그렇게 양조위가 정희가 되면서 〈상성〉이 추구하고자 했던, 한 치 앞을 예상할 수 없는 지속적인 추리의 구조가 가능했다. 왜냐하면 영화에서 금성무가 양조위라는 선배를 마지막 순간까지 신뢰한다는 것이 절대적으로 중요했기 때문이다. 〈씨클로〉와 마찬가지로 〈상성〉에서의 '절대 그럴 일을 하지 않을 사람'이라는 대책 없는 믿음 또한 양조위였기에 가능한 일이다. 안경으로도 막을 수 없는 눈빛이랄까.

〈상성〉의 도입부에서 연인에 대한 고민에 빠진 젊은 형사 금성무는 양조위에게 만남을 청한다. 금성무는 힘들 때나 즐거울 때나 그에게 도움의 손길을 구했다. 그러자 선배 양조위가 위스키를 예로 든다. "위스키가 어떻게 만들어진 줄 알아? 예전 연금술사들은 금, 은부터 잡동사니까지 다 만들려고 했지. 어느 날은 보리로 물건을 만들려고 하다가 알코올이 만들어진 거야. 처음엔 소독용으로 쓰다 남아돌아서 나무통에 담아 몇 년을 썩혔는데 누군가 그걸 마셔보고는 그 맛이 끝내줘서 술이 된 거래." 이 얘기는 세상일이란 게 자기 뜻대로 되는 게 아니니, 여자 문제도 지나치게 고민하지 말고 쉽게 생각하라는 충고다. 하지만 술을 전혀 입에 대지 못하는 금성무는 잘 알아듣지 못한 것 같다. "이게 뭐가 그리 좋죠?"라며 인상을 잔뜩 찡그릴 뿐이다.

스탠턴 바는 장애가의 〈심동〉(1999)에도 등장한다. 열일곱 살 때 처음 만난 호군(금성무)과 소루(양영기)는 집 앞 골목에서 첫 키스를 나눈 이후 사랑을 키워가지만, 예기치 않은 오해로 인해 헤어지게 된다. 그로부터 10년 뒤, 대학 진학을 포기하고 일본에서 관광 가이드로 일하고 있는 호군과 출장차 일본을 방문한 소루가 다시 만난다. 오랜 세월이 흘렀건만, 서로를 향한 거부할 수 없는 감정은 순식간에 그들을 10년 전으로 되돌린다. 하지만 소루는 호군의 청혼을 받아들이지 못하고 다시 헤어진다. 다시 한참 세월이 흐르고, 소루는 한 아이의 엄마가 된다. 그런데 오래전부터 그들 모두와 친했던 첸리(막문위)의 죽음을 알리는 팩스가 도착하고, 두 사람은 또다시 10년 만에 재회하게 된다.

〈최가박당〉 시리즈의 왈가닥 형사 역할로 큰 인기를 끌었던 배우 장애가는 〈심플 라이프〉(2011), 〈황금시대〉(2014)의 허안화, 〈가을날의 동화〉(1987)의 장완정과 더불어 홍콩을 대표하는 여성 감독이기도 하다. 〈심동〉은 영화 속 작가이기도 한 장애가가 써 내려 가는 시나리오로, 그 속에서 호군과 소루의 20여 년에 걸친 오랜 사랑이 함께 진행되는 독특한 구성이다.

극중 장애가는 한 번은 스탠턴 바의 길가 자리, 또 한 번은 창가 자리에 앉아 작품을 구상하고 막히는 부분에 대해 후배 작가와 이야기를 나눈다. 미드 레벨 에스컬레이터로 끊임없이 사람들이 지나가는 것을 보며 이야기를 나누는 풍경이 무척 호젓하다. 장애가의 얘기를 한참 듣고 있던 후배 작가는 "어쨌건 두 사람이 맺어지는 건 별로"라고 말한다. 그렇게 자신이 만들어낸 인물들을 헤어지게 할 것인가, 아니면 다시 만나게 할 것인가, 장애가는 소호의 스탠턴 바에서 한참을 고민하다 떠난다.

中環

막상 이곳에 앉아보면 감독이자 주연배우이기도 한 장애가가 왜 이곳을 그런 대화의 장소로 택했는지 알 것만 같다. 다른 곳에서는 단 한 자도 쓰지 못했던 장애가가, 그처럼 계속 오고 가는 사람들을 보면서 오직 이곳에서만 한 편의 작품을 다 쓸 수 있었던 이유, 그리고 깊은 고민 끝에 그들을 다시 만나게 한 이유도 알 것만 같다. 아마도 홍콩에서, 그리고 소호에서 말 그대로 '사람 구경'하기 가장 좋은 곳이기 때문이다.

한 명 한 명 만남과 헤어짐에 관한 얼마나 많은 사연을 가지고 있을까, 마음껏 상상하게 된다. 〈중경삼림〉에서도 그랬고 〈심동〉에서도 그랬지만, 미드 레벨 에스컬레이터를 지나친 그들은 언젠가 꼭 다시 만난다. 〈중경삼림〉의 전반과 후반에서 미드 레벨 에스컬레이터를 그렇게 자주 왔다 갔다 뛰어다니면서도 그냥 스치기만 했던 양조위와 금성무가 〈상성〉에서 선배와 후배로 만나 위스키 잔을 기울이고 있는 것처럼 말이다.

하나의 공간 안에 이렇게 서로 다른 영화가 만나고, 별개로 흘러갔던 서로의 시간이 겹쳐져 이야기를 건네는 곳이 홍콩 말고 또 있을까. 정말 홍콩은 그 자체로 영화 같은 곳이다. 이것이 우리가 홍콩을 다시 찾아야 하는 이유이다.

홍콩의 홍대 앞 란콰이퐁,
프린지 클럽에서 가스등 계단까지

란콰이퐁이 본격적으로 시작되는 다길라 스트리트D'Aguilar Street
에 서서 위를 올려다보면 여행자의 아드레날린이 마구 분출되
기 시작한다. 언덕 위로 길게 늘어선 수많은 광고판과 세계 각국
에서 모여든 인파 틈에 잠겨보면 감히 발길을 돌릴 수 없다. 흔
히 '홍콩의 홍대 앞'이라고들 얘기하는 란콰이퐁은 바와 클럽,
레스토랑이 오밀조밀 들어찬 홍콩 최고의 유흥가다. 홍콩의 밤
을 즐기고 싶다면 무조건 들러야 하는 곳이다.

　본격적인 밤이 시작되기 전, 〈금지옥엽〉에서 가수선발대회
오디션이 펼쳐지던 프린지 클럽Fringe Club을 찾았다. 둥근 벽면
과 따사로운 갈색 벽돌이 인상적인 이곳은 사진전이나 공연이
연중 끊임없이 열리고 레스토랑과 카페까지 갖춰져 있어 예술
의 향기가 폴폴 풍기는 곳이다. 〈금지옥엽〉에서 오디션을 보기

둥근 벽과 따사로운 갈색 벽이 인상적인 프린지 클럽. 이곳에서 가수의 꿈을 꾸던 원영의는 장국영과 마주친다.

프린지 클럽 내부로 들어서면 영화 속에 등장했던 계단이나 실내 연습실이 그대로 보인다.

위해 이 건물 벽면에 길게 늘어서 있던, 옥상에서 연습을 멈추지 않던 젊은이들이 프린지 클럽을 가득 채우고 있었다. 〈금지옥엽〉을 비롯한 진가신의 영화들은 그런 젊은 감성으로 톡톡 튀는 홍콩의 현실 감각을 세련되게 포장해냈다.

프린지 클럽은 란콰이퐁에서 가장 햇볕을 잘 받는 곳에 위치해 있다. 가수의 꿈을 꾸던 원영의는 프린지 클럽에서 장국영과 마주치게 되는데 그들의 머리 위로 내려앉던 햇살의 느낌이 생생하다. 반지하의 연습실이나 어두컴컴한 오디션장이 아니라 있는 그대로의 모습을 보여주는 것 같은 밝은 공간이었다. 그 느낌은 두 사람이 밝은 햇살 아래 피아노를 치며 함께 작곡한 노래인 '추追'가 흐르는 장면으로 이어진다. 영화 속에서 원영의가 대충 흥얼거리는 곡을 함께 앉은 장국영이 한 소절 두 소절 따라 부르며 피아노 연주로 완성하는데, '실제 장국영도 저렇게 작곡을 했을까' 상상하게 해준, 그의 수많은 노래 중 가장 사랑하는 노래이기도 하다. 프린지 클럽 내부로 들어가면 영화 속에 등장했던 계단이나 실내 연습실이 그대로 보인다. 마치 아무나 드나들 수 있는 교회나 성당처럼 개방돼 있어 구석구석 구경하고 즐길 수 있다.

프린지 클럽에서 아래로 쭉 내려오다 더들 스트리트Duddell Street와 만나면, 마치 타임머신을 탄 것처럼 가스등 계단과 마주친다. 1800년대 말에 만들어진 네 개의 가스등이 아직까지 불빛을 밝히고 있는 이곳에서 바로 〈희극지왕〉(1999)의 첫 장면인 교복을 차려입은 호스티스 장백지가 힘차게 회사(술집)로 출근하는 장면이 촬영됐다. 〈금지옥엽〉에서 기분 좋게 술에 취한 장국영이 동료들과 헤어져 퇴근하던 곳이기도 하다. 바로 프린지 클럽을 나와서 같은 경로로 걸어왔으리라. 몇 년 전 홍콩에 거대한 태풍이 불었을 때, 계단 주변의 오래된 나무들이 쓰러지는 등 심

中環

1800년대 말 만들어진 네 개의 가스등이 아직도 붉을 밝히고 있다.
〈금지옥엽〉, 〈희극지왕〉 등 여러 영화에 등장했다.

각한 고초를 겪었지만 현재는 깔끔하게 복원된 상태다.

가스등 계단이 더욱 인상적으로 남는 이유는 〈천장지구〉 마지막 장면이 촬영된 곳이기 때문이다. 비스듬한 오르막길 자리에 위치한 이 계단에서 유덕화가 칼을 숨기고 천천히 걸어 올라간다. 혼자서 모든 짐을 지기 위해 공중전화 부스에 함께 있던 오맹달의 머리를 술병으로 내리쳐 기절시키고, 세상 가장 슬픈 노래인 원봉영의 '천약유정'이 흘러나오는 가운데 제대로 말을 듣지도 않는 발을 한 걸음씩 옮긴다. 오천련과 성당에서 결혼식을 올리고 몰래 도망쳐 나온 그는 계속 피를 흘리고 이미 몸은 만신창이가 됐음에도 복수를 위해 그 길을 오른다. 카메라가 저 멀리서 그의 뒷모습을 잡았을 때 힘겹게 오르막길을 오르는 유

가스등 계단에서 〈천장지구〉의 마지막 장면을 촬영했다.
'천약유정'이 흘러나오는 가운데 피투성이가 된 유덕화가 이 계단을 힘겹게 오른다.

덕화의 피로감이 그대로 전해지는 듯했다. 공교롭게도 물어물어
이곳을 찾았던 날, 한 신혼부부가 계단에 앉아 웨딩 사진을 찍고
있었다. 저렇게 웨딩 의상을 차려입고도 사랑을 이루지 못한 유
덕화와 오천련을 생각하자니 괜히 우울해졌다.

센트럴에서 만난
유덕화와 양조위

센트럴의 이곳저곳을 여행하자니 마치 유덕화와 양조위의 뒤를 쫓는 듯한 느낌이 들었다. 유덕화와 양조위는 1980년대 이후 마치 돈키호테와 햄릿처럼 홍콩영화 남자 캐릭터의 서로 다른 두 유형으로 존재해왔다.

유덕화가 뛰어다닐 때 양조위는 걸어 다닌다. 유덕화는 겁이 없고 양조위는 겁이 많다. 유덕화는 비밀이 없고 양조위는 비밀이 많다. 유덕화에게는 의리가 어울리고 양조위에게는 실연이 어울린다. 유덕화는 기회를 만들고 양조위는 기회를 놓친다. 유덕화는 스스로 운명을 선택하고 양조위는 운명으로부터 선택당한다. 유덕화는 죽어야 멋있고 양조위는 살아야 멋있다. 이렇게 유덕화와 양조위를 곱씹어 비교해보는 것만으로도 홍콩영화의 1980~90년대가 훌쩍 지나가 버린다. 그들은 바로 지금에 이르

홍콩영화의 두 스타를 함께 만날 수
있었던 영화 〈무간도〉.

기까지 20년 가까이 홍콩영화가 보여주었던 과잉과 절제의 두
얼굴이다.

　두 사람의 '스타 탄생'은 당시 한국에서도 엄청난 인기를 누렸
던, 이른바 홍콩 TVB 방송국의 '무협 드라마 비디오'를 통해서
였다. '신필' 김용 작가의 무협지는 제목 앞에 연도를 넣어서 지
금까지도 배우를 바꿔가며 꾸준히 만들어지고 있는데, 〈83 신조
협려〉의 '양과' 유덕화와 〈86 의천도룡기〉의 '장무기' 양조위는
감히 우열을 가리기 힘들다.

　이후 두 사람은 주윤발이나 장국영과는 또 다른 영역에서 홍
콩영화계의 서로 다른 두 남자배우 이미지로 살아왔다. 그래서
였을까. 아류가 아류를 낳던 1980년대 중반 이후 홍콩영화계의
다작 관행과 겹치기 출연 속에서도 두 사람은 쉽사리 만나지 않

왔다. 건달과 시한부 인생의 샐러리맨 친구로 출연했던 황태래의 〈중환영웅〉(1991), 철없는 동료 형사로 출연했던 증지위의 〈오호장〉(1991), 그리고 역시 구제불능의 특수요원 동료로 출연했던 증지위의 〈쌍웅출사표〉(1992) 정도를 제외한다면 〈무간도〉에 이르기까지 그들은 묘하게 엇갈려 왔다. 심지어 함께 출연한 영화이면서도 〈아비정전〉(1990)에서는 양조위가 마지막에만 잠깐 나와 만나지 못했고, 반대로 〈호문야연〉(1991)에서는 유덕화가 초반에만 잠깐 나와 서로 만나지 못했다.

유덕화와 양조위를 가르는 가장 중요한 차이점 중 하나는, 유덕화라는 이름 그 자체는 홍콩영화에서 하나의 '장르'로 기능하지만 양조위는 그렇지 않다는 점이다. 홍콩 남자 스타들 중 영화 속에서 오토바이를 가장 많이 탔을 법한 유덕화는, '〈천장지구〉의 아저씨 버전'이자 그 자신의 고정된 이미지에 대한 반추와도 같은 왕정의 〈용재강호〉(1998)에서, 오토바이를 보며 "예전엔 오토바이 참 잘 탔는데"라고 회상에 잠긴 채 낮게 읊조린다. 그렇게 그는 홍콩 누아르 속에서 청재킷을 입은 삼합회의 잘생긴 똘마니 혹은 죽음을 향해 달려가는 반항적 터프 가이의 전형을 만들어냈다.

1961년생인 유덕화는 홍콩 무협영화의 전설적 거장 장철이 마지막으로 발굴한 미소년 배우로, 스타들의 등용문인 TVB 배우스쿨을 나온 후 〈열혈남아〉(1988), 〈천장지구〉(1990)를 통해 일련의 홍콩 누아르 영화들 속에서 이른바 '고혹자古惑仔(건달)' 스타일의 원형이 됐고, 그 자체로 홍콩영화 산업 속에서 하나의 장르가 됐다. 여기서 유덕화가 홍콩영화계의 다른 남자 스타들과 다른 점은 언제나 죽음을 통해 자신의 아우라를 드러낸다는 점이다. 그는 〈투분노해〉에서도 죽고, 〈천장지구〉에서도 죽고, 〈복수의 만가〉, 〈지존무상〉, 〈천여지〉, 〈용재강호〉, 〈풀타임 킬러〉, 〈결전〉, 〈파이터 블루〉, 〈삼국지: 용의 부활〉, 〈무간도〉 마지막 편에서도 죽는다.

'죽어야 사는 남자' 유덕화는 죽진 않았어도 두 눈을 잃어버렸던 〈지존무상2〉에서는 이렇게 노래했다. "그냥 잠든 채로 죽고 싶네. 살아 있어도 영혼이 없으니 생사의 차이를 이제 알겠네." 유덕화가 부른 광둥어 버전 '일기주과적일자一起走過的日子'로 〈신조협려〉에는 북경어 버전 '내생연來生緣'이 삽입됐다. 이렇게 유덕화에게는 암울한 죽음의 이미지가 스며들어 있고, 그것은 그를 지금껏 홍콩영화계 내 안티히어로의 표상처럼 만들었다. 그래서인지 유덕화는 영웅적인 면모의 황비홍 역할을 그렇게 탐내었지만 끝내 그 꿈을 이룰 수 없었다.

설령 그가 영화 속에서 죽지 않는다 하더라도 〈강호정〉에서는 죽을 '뻔'하고 〈암전〉에서는 죽은 '척'하며, 〈열혈남아〉와 〈연인〉에서는 거의 죽은 '듯'하다. 이렇게 유덕화는 언제나 생사의 경계를 넘나드는 육체의 훼손을 통해 서사를 완성해왔다. 조르주 바타유의 말을 빌리자면, "사람들이 죽은 자를 묻는 이유는 죽은 자를 보호하기 위해서가 아니라 죽음의 전염으로부터 자신들을 보호하기 위해서"다. 그것은 또한 마르키 드 사드의 말처럼 '극도에 다다른 사랑의 충동이 죽음의 충동과 일치되는 지점'일지

터프가이의 지존이라 할 수 있는 유덕화. 〈천장지구〉를 보며 그의 멋짐에 푹 빠졌다.

〈중경삼림〉을 보며 우리는 모두 양조위와 사랑에 빠지고 말았다.

도 모른다. 아마도 당시 반환을 앞두고 있던 홍콩의 운명과도 같은 절망의 그림자, 혹은 죽음의 대리자를 원하던 그 집단적인 무의식이 유덕화의 몸을 빌려 재현된 것인지도 모른다.

'왕가위의 페르소나'라고 불러도 될 법한 양조위는 유덕화보다 한 살 어린 1962년생이다. 유덕화와 비교해 수많은 감독 사이를 오가며 계속 스스로의 얼굴을 바꿨던 양조위 역시 1983년 TVB 탤런트로 경력을 시작하였으며 홍콩영화계에서 가장 기이한 성공의 궤적을 보여주는 스타다. 〈천왕〉(1991)에서 마치 〈택시 드라이버〉의 로버트 드니로처럼 모히컨족 머리를 하고 어색한 코미디를 하는 양조위, 〈비정성시〉(1989)의 벙어리 사진사 문청, 그리고 〈화양연화〉에서 앙코르와트 사원을 찾아가 오랜 비밀을 봉인

하는 차우 사이의 거리를 짐작하기란 늘 변화를 거듭하는 왕가
위 영화의 비밀을 밝혀내는 것만큼이나 어려운 일이다.

무엇보다 양조위가 유덕화와 가장 다른 점은 양조위는 언제나
조심스럽다는 점이다. 그는 언제나 말을 아끼고, 상대방의 반응을
유심히 관찰하며, 마치 주변의 공기마저 함께 정지시키는 것 같
은 침묵의 순간을 만들어낸다. 관금붕과 오우삼, 허우샤오시엔과
트란 안 홍, 그리고 장이머우의 〈영웅〉과 리안의 〈색, 계〉에 이르
기까지 아시아의 영화 작가들이 그를 통해 보편적인 상처와 연
민, 그리고 슬픔을 담아내려 했던 것은 다른 이유에서가 아니다.

양조위를 보고 있으면 언뜻 이 배우의 욕망이 잡히지 않는다.
친구의 죽음과 낙태를 보면서, 문득 자신의 지난 삶을 되돌아보
며 '그동안 난 무얼 하며 살았나'라는 표정으로 침잠하던 〈지하
정〉(1986)의 청년, 죽어가는 친구를 보면서 그저 방아쇠를 당겨
그 죽음을 도와줄 수밖에 없었던 〈첩혈가두〉(1990)의 아비, 헤어
진 애인이 다시 올까 봐 근무시간임에도 대낮에 집으로 뛰어 들
어가거나 종종 비누와 수건에 말을 건네던 〈중경삼림〉의 실연
당한 경찰, 차마 마음을 드러내지 못하고 여자를 떠나보내야 했
던 〈화양연화〉의 차우는 마치 형언할 수 없는 우울과 슬픔을 태
생적으로 안고 살아가는 사람처럼 보인다.

실제로 일곱 살 무렵 아버지가 집을 나간 후 학교와 집에서 아
무 말도 하지 않는 것이 습관이 됐다는 양조위는, 절망과 희망의
그 미묘한 간극 사이에서 언제나 힘든 줄타기를 하는 것 같다. 물
론 그 역시 〈강호대폭풍〉, 〈감옥풍운〉, 〈동경공략〉 등의 상업영

中環

화에서 자본이 요구하는 천편일률적인 캐릭터를 연기하기도 했지만, 〈오호장〉, 〈초시공애〉 같은 영화를 보더라도 그는 평소에 권총에 총알도 잘 넣어 다니지 않는 소심한 사람이다.

또한 여대위의 〈초시공애〉에서 유체이탈을 경험한 뒤, 시간의 겹을 뚫고 과거 〈삼국지〉의 시대로 떨어진 양조위가 춘추전국시대의 그 수많은 인물 중 제갈량으로 변해 있다는 점은 너무나도 적절해 보인다. 그래서 많은 사람이 〈적벽대전〉은 애초 기획대로 주윤발이 주유를 연기하고 양조위가 제갈량을 연기했었어야 한다고 안타까움을 표했다(최종적으로는 양조위가 주유, 금성무가 제갈량을 연기했다).

유덕화가 하나의 스타일로 서 있는 남자라면 양조위는 어떤 무드로 다가오는 남자다. 어쩌면 그 미묘한 차이가 둘을 가르는 결정적인 지점일지도 모른다. 영화가 아닌 실제의 유덕화를 보고 있으면 영화 속에서 그가 맡은 역할과 현실의 모습이 쉽게 겹쳐지지 않지만, 양조위는 언제나 영화를 보고 있으면 실제의 모습 또한 그리 다르지 않을 거라고 쉽게 짐작하게 만든다. 배우로서 그들의 서로 다른 연기관은 〈아비정전〉 이후 왕가위 감독의 작품 대부분을 프로듀싱한, 즉 그들 모두와 일한 재키 팽Jacky Feng이 왕가위 영화에서 결코 빼놓을 수 없는 장국영까지 더해 너무나도 깔끔하게 정리한 말이 있다.

"유덕화는 자신이 맡은 배역과 끝없이 경쟁하는 배우이고, 양조위는 자신이 맡은 배역과 쉽게 사랑에 빠지는 배우이고, 장국영은 자신이 맡은 배역을 유혹하는 배우다."

성완

上環 Sheung Wan

장국영과 유덕화와 장만옥이 만나고 헤어지던
캐슬 로드

홍콩섬에서 가장 좋아하는 지역이 바로 성완이다. 한 블록 안에 고층빌딩과 페인트가 다 벗겨진 낡은 건물, 그리고 왁자지껄한 재래시장이 복잡하게 자리해 있다. '홍콩의 인사동'이라 할 수 있는 골동품 거리 캣 스트리트Cat Street와 할리우드 로드Hollywood Road도 이곳에 있다.

특히 센트럴에서 성완까지 이어지는 지역은 최근 '올드타운 센트럴'이라는 이름으로 환상적인 도보여행지가 됐다. 아기자기한 가게들은 물론 다채로운 그래피티까지 골목 하나하나 사연이 숨겨져 있는 듯하여 하루종일 돌아다녀도 시간이 부족하다.

십자가 모양으로 교차하는 할리우드 로드와 미드 레벨 에스컬레이터를 중심으로 란콰이퐁과 타이퀀이 있는 미드 레벨 에스컬레이터의 동쪽이 오래전부터 익숙한 '소호SOHO, South Of

'홍콩의 인사동'이라 불리는 올드타운 센트럴. 아기자기한 가게들과 그래피티까지 하루 종일 돌아다녀도 볼거리가 넘친다.

Hollywood Road'이다. 그 소호와 구분하기 위하여 다소 오래된 건물들이 많은 북쪽을 '노호NOHO, North OF Hollywood Road'라 불렀다. 그리고 현재 가장 힙한 곳은 당장이라도 쓰러질 것 같은 오래된 철물점과 고급 레스토랑이 아무렇지도 않게 머리를 맞대고 있는 서쪽의 '포호POHO'다. 인근의 포힝퐁 스트리트Po Hing Fong Street, 포에 스트리트Po Yee Street 등의 앞글자를 따 포호라 부른다. 물론 이 세 구역이 자로 잰 것처럼 구분되는 것은 아니고 센트럴과 성완 사이에 넓게 겹쳐져 있다.

그처럼 '홍콩의 원도심'이라 할 수 있는 성완에는 장국영도 가

장국영이 가끔 찾았다는 만모사원.
왼쪽 문으로 들어가 오른쪽 문으로 나오면 소원이 이루어진다고 한다.

끔 찾았던 신비스러운 느낌의 만모 사원이 있다. 무려 1847년에 세워진 홍콩에서 가장 오래된 도교 사찰 만모 사원을 중심으로 북쪽이 노호, 서쪽이 포호, 남쪽이 소호라고 보면 된다. 만모 사원은 이곳을 여행하다 보면 반드시 지나치게 되는 곳인데, 왼쪽 문으로 들어가 오른쪽 문으로 나오면 소원이 이루어지지만 들어갔던 문으로 되돌아 나오면 현재의 고민을 평생 끌어안고 산다고 한다. 안타깝게도 이런 정보를 이미 만모 사원에 수도 없이 다녀온 다음에 알게 된 터라, 왠지 들어갔던 문으로 되돌아 나온 경우가 더 많은 것 같다는 괜한 불안감이 엄습하기도 했다. 하지만 그런 심각한 고민도 꼬불꼬불 이어져 있는 〈아비정전〉의 캐슬 로드를 도심 트레킹을 하는 기분으로 찾다 보면 싹 사라지고 만다.

上環

손중산(쑨원) 기념관Dr Sun Yat-Sen Museum, 孫中山紀念館이 있는 카이네 로드Caine Road까지 간 다음, 기념관을 등지고 왼쪽으로 쭉 가다 보면 캐슬 로드Castle Road와 세이무어 로드Seymour Road가 교차하는데, 거기서 왼편 위 세이무어 로드로 쭉 가다 보면 세이무어 테라스Seymour Terrace와 만나게 된다.

바로 이곳이 〈아비정전〉에서 아비의 집이 있던 곳이다. 아비를 만나러 오는 모든 사람이 그 집 계단에서 한참을 망설였다. 이제는 영화 촬영 당시의 흔적을 전혀 찾을 수 없어 아쉽지만, 2층 테라스에서 음악에 맞춰 맘보춤을 추던 장국영의 모습을 상상하며 가만히 건물들을 둘러봤다. 수많은 배우가 패러디한 장국영의 맘보춤 장면은 영화에서 사실상 느닷없이 등장한다. 그 장면을 쏙 빼도 서사를 진행하는 데 아무런 문제도 없다.

그런데 현장에서 장국영이 촬영을 기다리며 무료함을 견디지 못해 춤을 추는 메이킹 영상처럼 보이는 장면이 왜 굳이 영화에 들어가게 됐을까. 나는 그때 장국영에게 완전히 매혹된 왕가위의 그림자를 읽을 수 있었다. 거울을 바라보던 그가 맘보춤을 추면서 서서히 이동하고 카메라는 가만히 그를 좇는다. 마치 왕가위가 촬영 감독에게 몰래 부탁한 것처럼, 즉 온전히 훔쳐보는 시선으로 촬영된 그 장면은 그저 숨죽이고 바라볼 수밖에 없다.

아마도 거울을 바라보는 장면을 장국영만큼이나 많이 찍은 배우는 전 세계 영화 역사에서 그 말고는 없을 것이다. 오죽하면 영화에서 그의 거울 장면만 따로 모아본 적도 있다. 딱 한 번 죽을 때 세상에 내려오는 '발 없는 새'에 대한 얘기가 끝난 뒤 맘보춤을 추는 그 장면은, 영화에서 예민하고 섬세한 나르시시스트 장국영을 표현하는 데 있어 더없이 어울린다. 그러한 면모는 이후 그가 현실과 픽션의 경계 위에서 길을 잃은 〈패왕별희〉나 갈수록 자신의 존재를 의심하면서 망가져가는 마지막 작품 〈이도공간〉(2002)으로도 이어진다. 왜 수많은 감독이 기어이 그를 거울 앞에 서게 했을까. 〈아비정전〉 제작 당시 놀랍게도(!) 장국영보다 두 살 어린 1958년생 왕가위는 홍콩 대중문화산업 최고의 스타였던 '장국영 형'을 캐스팅한 것에 무척 들떠 있었다.

왕가위가 장국영에게 완전히 빠져버린 단서라면, 원래 장국영이 주인공인 1부와 양조위가 주인공인 2부 구성의 영화를 구상하고 촬영했던 그가 2부를 사실상 통째로 날려버린 것에서 찾을 수 있다. 그 1부 또한 장국영과 유덕화가 균형을 이루고 있는 이야기였는데, 장국영의 비중이 훨씬 늘어났다. 앞뒤 이야기 진행과 무관해 보이는 맘보춤 장면이 길게 들어간 이유가 바로 그 때문이다. 하지만 당시 홍콩영화계의 대표 멀티 캐스팅 영화였던 〈아비정전〉은 계약관계상 양조위 장면이 무조건 들어가야 했기에, 영화의 마지막에 담배를 피우고 머리를 빗으며 외출을 준비하는 양조위 장면이 아주 조금 들어가게 됐다.

세이무어 테라스에서 로빈슨 로드Robinson Road를 경유하여 콘드윗 로드Conduit Road까지 올라가면 본격적으로 〈아비정전〉의 1960년대에 도착한 것 같은 느낌의 돌담길이 펼쳐진다. 유덕화가 순찰을 다니고, 장만옥이 머뭇거리며 배회하고, 장국영이 엄마와 말다툼을 하고 걸어가던 바로 그 길이다. 돌담길을 왼편으

캐슬 로드로 향하는 돌담길을 걷고 있노라면 미지의 세계로 빠져들어 가는 기분이 든다.

로 두고 쭉 걷다 보면 내리막길로 이어지는 캐슬 로드와 만난다.

장국영의 집에 짐을 가지러 갔던 장만옥이 결국 장국영을 만나지 못하고 우연히 오렌지를 까먹고 있는 경찰 유덕화를 만나던 그 길이다. 한없이 비가 쏟아지던 날, 이 길에서 이별을 겪은 장만옥이 멍하게 서 있었고 순찰을 돌던 유덕화가 말을 건네면서 새로운 관계가 시작됐다. 그 길의 끝에서 오른쪽 아래 고가도로 아래쪽으로 휘어져 들어가는 길이 바로 〈아비정전〉에서 전화 부스가 있던 곳이다. 여기서 그 둘은 만나고 헤어졌다. 마치 흐르고 흘러 미지의 세계로 빠져들어 갈 것처럼 보이는 그 길은 〈화양연화〉에서 오랜 비밀을 봉하던 앙코르와트의 건물 벽돌 같은 분위기가 풍긴다. 공중전화는 영화 촬영을 위해 따로 설치한 것이라 지금은 없다.

왕가위의 〈열혈남아〉와 〈아비정전〉이 가장 다른 점이라면 공간이 주는 정서의 차이라고 생각한다. 〈열혈남아〉가 구룡반도 침사추이나 몽콕의 와자지껄한 젊은이들의 얘기였다면, 1960년대를 배경으로 한 〈아비정전〉에서 풍기는 정적이고 아련한 느낌은 전적으로 공간에서 기인한다.

경찰 유덕화와 장만옥이 이야기를 나누며 밤거리를 느릿느릿 걸을 때 딸랑딸랑 경적을 울리며 천천히 다가오는 트램의 속도는 그야말로 노스탤지어의 속도다. 트램의 그 딸랑거리는 소리는 들을 때마다 좋아서 걷다가도 가만히 멈춰 서곤 한다. 거의 산 중턱에 있는 캐슬 로드에서 트램이 있는 아래 동네까지는 한참 먼 거리이니 그 둘은 천천히 걸으면서 얼마나 많은 얘기를 나눴을까. 장국영에게 버림받은 장만옥이 안돼 보였던 유덕화는 그녀의 말동무가 되어주면서 가까워진다. 우연한 계기로 사랑에 빠졌던 장만옥은 갑작스러운 이별로 아파하다 유덕화를 통해 위로받는다. 그렇게 사랑은 오고 가고 머무르고 떠나간다.

놀라운 것은 진짜 자신의 영화를 만들고자 했던 왕가위만큼이나, 장국영과 장만옥 모두 〈아비정전〉을 기점으로 전혀 다른 예술가가 됐다는 점이다. 당대의 특급 가수일 뿐만 아니라 영화에서는 귀여운 청춘스타 이미지가 강했던 장국영과 〈열혈남아〉 때만 해도 긴 대사 연기나 감정 표현에 어려움을 겪었던 장만옥 모두, 영화에서 과거에 집착하는 인물을 연기한 것과 별개로 각각 배우로서 자신의 과거와 멋지게 결별한 셈이다.

당시 장국영은 고별 콘서트를 끝으로 연예계 생활을 접고 캐나다 밴쿠버로 떠날 준비를 하고 있던 때였기에, 어쩌면 〈아비정전〉이 그가 홍콩에서 찍는 마지막 영화일 수 있었다. '내 마지막 영화'라는 간절함이 아비 역할에 충분히 담겨 있고, 실제로 당시

〈아비정전〉 속 전화부스가 있던 장소. 유덕화와 장만옥은 이곳에서 만나고 헤어진다.

여러 편의 영화를 동시에 찍고 있던 유덕화와 달리 장국영은 오직 〈아비정전〉 한 편에만 집중했다. "상대적으로 장국영과 함께 작품에 대한 얘기를 나누는 시간이 많아지다 보니 그가 애초에 구상한 이야기보다 더욱 깊숙이 중심으로 들어오게 됐다"는 게 왕가위 감독의 얘기다.

한편, 장만옥은 〈열혈남아〉를 통해 이른바 '연기의 맛'을 느낀 뒤 관금붕의 〈인재뉴약〉(1989), 허안화의 〈객도추한〉(1990) 등에 출연하며 계속 자신의 이미지를 바꾸고자 노력했다. 미스 홍콩으로 뽑힌 뒤 성룡의 〈폴리스 스토리〉 시리즈 등에 출연하며 쾌

활한 말괄량이 같은 이미지로 사랑받던 장만옥의 모습은 전혀 찾아볼 수 없었다. 배우로서 변화하고 싶다는 마음과 태도로 〈아비정전〉에 매진한 후, 불과 25세의 나이로 자살한 비극적인 전설의 상하이 영화배우 완령옥을 연기한 관금붕의 〈완령옥〉(1991)으로 드디어 베를린국제영화제 여우주연상까지 수상하게 된다. 완령옥 또한 버림받고 사랑에 실패한 인물이었다는 점에서 〈아비정전〉이 중요한 연기적 밑거름이 되지 않았을까.

또한 〈아비정전〉은 당시 홍콩영화계에서는 사실상 처음으로 동시녹음을 시도했던 영화다. 인물들의 세밀한 발성과 호흡까지 담아내어 감정의 결을 살리고 싶다는 생각에서였다. 당시 장르영화 위주의 홍콩영화는 대부분 후시녹음이었다. 왜냐하면 배우들이 워낙 바빠서 제대로 대사를 외울 시간조차 없었기 때문이다. 바쁜 배우들을 불러놓고 일단 빨리 촬영하는 것이 목표였기에 〈아비정전〉부터의 왕가위처럼, 최고의 순간을 얻어내기 위해 아까운 필름을 계속 써가면서 촬영을 반복하는 것에 기존 배우들이 적응하기란 여간 힘든 일이 아니었다. 〈아비정전〉에 임하는 왕가위 야심의 핵심이 바로 거기 있었고, '홍콩에서의 내 마지막 작품을 최고로 만들고 싶다'는 장국영과 '소모적인 역할만 맡으며 더 이상 배우 인생을 허비할 수 없다'는 장만옥은 그 힘든 조건과 싸워 이겼다. 돌이켜 보면, 〈아비정전〉은 왕가위의 새로운 시작이었던 것만큼이나 장국영과 장만옥 모두에게도 중요한 리부트의 순간이었다.

上環

홍콩의 구가옥 밀집지역, 윙리 스트리트

주성치 팬들에게 그와 함께했던 상대 여성 배우 중 누구와 가장 잘 맞았느냐고 묻는다면 아마도 오군여를 꼽을 것 같다. 초창기 주성치 영화에서 멋진 호흡을 과시했던 그녀는 주성치의 서민적 이미지를 공유했고, 무엇보다 그 못지않게 망가지며 웃었다. 주성치에게 좌청룡이 이제는 고인이 된 오맹달이라면 우백호가 바로 오군여다.

〈도성〉(1990)에서 주성치가 짝사랑하던 여인 장민의 겨드랑이 점을 흉내 내며 주성치의 마음을 흔들었던 그녀는 〈도성〉의 흥행 대성공과 더불어 같은 해 〈망부성룡〉은 물론 〈무적행운성〉까지 찍었다. 〈무적행운성〉에서 쓰레기 청소부로 등장한 그녀는 외모가 닮았다는 이유로 졸지에 부잣집 딸의 대타가 되어 주성치와 사랑에 빠졌고 〈망부성룡〉에서는 주성치와 부부로 등장

〈망부성룡〉에서 주성치와 오군여가
신혼살림을 꾸린 윙리 스트리트.

했다.

〈망부성룡〉에서 하수(주성치)는 신계 지역 조그마한 식당에서 휴일도 없이 일하는 종업원으로, 식당 주인의 딸(오군여)과 연인 사이다. 두 사람은 홍콩 도심으로 가서 함께 살고 싶어 한다. 역시 고인이 된 홍콩영화계의 대표적인 악역 배우 성규안이 바로 오군여의 아버지이자 식당 주인이었는데, 처음에는 그들의 계획을 반대하다가 모른 척 그들을 떠나보낸다. 야반도주를 한 그들이 신혼살림을 꾸린 곳이 바로 성완 지역 윙리 스트리트Wing Lee Street에 있는 낡은 아파트 이층집이다.

윙리 스트리트는 홍콩의 대표적인 구가옥 밀집지역인데 재개

上環

발로 사라질 뻔했다가 최근 다시 보전이 결정됐다. '웡리 스트리트 가든'이라는 이름으로 여러 개의 건물을 남겨두었는데, 일부 건물은 외관을 깔끔하게 꾸며서 관광객을 맞고 있다. 1960년대 웡리 스트리트를 배경으로 이곳에서 살던 구두 수선공 임달화, 오군여 부부와 그 가족들의 삶을 그린 〈세월신투〉(2010)가 그 결정에 제법 큰 영향을 미쳤다고 한다. 임달화는 이 영화로 2010년 홍콩금상장 시상식에서 남우주연상을 받았다. 어찌 보면 〈세월신투〉의 임달화, 오군여 부부처럼 〈망부성룡〉의 주성치, 오군여가 바로 1980년대 웡리 스트리트에 살던 가난한 부부의 삶을 보여주고 있다. 공교롭게도 같은 공간에서 촬영한 서로 다른 시간대의 두 영화에 모두 출연한 오군여는 소탈하고 서민적인 이미지의 배우로 홍콩 사람들의 큰 사랑을 받고 있다.

〈망부성룡〉에서 주성치와 오군여는 삐걱거리는 문에 금방이라도 무너져 내릴 것 같은 집인 데다 다른 입주민들과 거실과 화장실까지 함께 쓰지만 "테라스도 있어!"라고 기뻐하며 그들만의 공간이 생겼다는 사실에 행복해한다.

신기하게도 〈세월신투〉와 〈망부성룡〉에서 서로 다른 두 부부가 살던 집들이 무려 지금까지도 이곳에 남아 있다. 그때나 지금이나 빨래가 이곳저곳 아크로바틱하게 널려 있고, 고양이는 사람이 지나가도 아무 관심 없다는 듯 하품을 하고 있으며, 나이든 어르신들은 역시 하루 종일 마작을 하고 있다. 영화에서 함께 살다 헤어진 그들은 각자 성공하여 잘살게 되는데, 마지막에 이르러 옛 추억을 잊지 못한 두 사람이 다시 성완의 그 집을 찾아

윙리 스트리트와 붙어 있
는 성황가의 계단. 아파트
가 들어서 영화 속 모습과
는 다르지만, 계단에 올라
서니 주성치와 오군여의 키
스 장면이 떠오른다.

온다. 정말 우연히 그곳에서 주성치와 오군여가 마주치게 되는
것. 어색하게 서로의 안부를 묻고 그들은 그냥 그렇게 다시 헤어
지고 주성치는 뭔가 결심이라도 한 듯 그녀를 찾아 계단을 뛰어
오른다. 바로 윙리 스트리트와 붙어 있는 성황가Shing Wong Street

의 계단을 따라 한참을 뛰어 올라간 그는 그 길이 끝나며 카이네 로드와 만나는 지점에서 다시 오군여를 만나 뜨거운 키스를 나눈다.

그 길은 이제 새로운 아파트가 들어서 영화 속 모습 그대로는 아니지만, 내려다보고 있으면 주성치가 얼마나 가파른 계단을 쉬지도 않고 뛰어 올라왔는지 짐작할 수 있다. 그토록 가쁜 숨을 내쉬면서도 주성치 영화사상 가장 정열적이고도 오랜 키스를 나눴으니 오군여는 진정 주성치의 첫사랑이다.

영화 속 낡은 아파트에서 복합문화단지로 화려한 변신, PMQ

영화 속 낡은 아파트에서
복합문화단지로 화려한 변신,
PMQ

김지운의 '메모리즈', 논지 니미부트르의 '휠', 진가신의 '고잉 홈'으로 이뤄진 〈쓰리〉(2002)는 아시아의 세 감독이 모여 만든 공포 옴니버스 영화로 꽤 무섭게 봤던 기억이 있다.

그중 '고잉 홈'에는 성완에 있는 철거 직전의 아파트가 등장한다. 한의사 페이(여명)는 아내가 환생할 것이라 믿으며 3년 동안 한약재로 아내의 시체를 보살피고 있다. 아내를 돌보는 것 외에 외출도 하지 않는 그의 일상은 수수께끼로 가득 차 있다. 그러던 어느 날, 이곳으로 이사 온 경찰 웨이(증지위)의 아들이 사라지고 그는 페이를 의심한다. 페이의 집으로 몰래 들어간 그는 페이 아내의 시체를 발견한다. 하지만 페이는 3일 후면 아내가 살아난다며 웨이를 감금한다. 3일 뒤 아침, 페이는 경찰을 피해 아파트의 철문을 뛰어 달아나다 그만 차에 치여 죽는다. 그리고 아내는 진짜 손을 까딱거리기 시작한다. 지극 정성으로 3년을 기다렸건만 아내가 살아나 움직이던 그 순간 남편은 세상을 뜨고 만다.

낡은 아파트 안에서 아내가 손을 움직일 때, 그러니까 그 3년의 세월이 물거품이 되던 그 순간 정말 바닥이 꺼지는 듯한 안타까움을 느꼈다. 〈쓰리〉 중 가장 가슴 아픈 이야기인 '고잉 홈'은 그 공간만으로도 쓸쓸하고 안타까운 정서를 대변한다.

'고잉 홈'의 아파트는 원래 1889년 홍콩 최초의 공립학교 센트럴 스쿨로 지어진 건물이었다가, 일제강점기 이후 PMQ(Poilce Married Quarters)라는 영어 약자를 보면 알 수 있는 것처럼 결혼한 경찰관들을 위한 아파트로 1951년경 용도가 변경되어 경찰 기숙사로 사용됐다. 난민을 포함하여 수많은 사람이 홍콩으로 유입되며 인구가 기하급수적으로 늘어나자 경찰 수도 늘어나게 된다. 그러다 건물의 수명이 다하면서 꽤 오랜 시간 폐건물로 남게 되다 보니, 〈쓰리〉는 물론 유덕화가 킬러 세계의 일인자가 되고자 하는 두기봉의 액션영화 〈풀타임 킬러〉(2001)에서도 건물 전체를 자유로이 사용하는 화려한 액션신들을 촬영할 수 있었다.

매번 을씨년스럽게 남아 있던 이곳이 2013년 아트 바젤 홍콩을 준비하며 멋지고 화려하게 재탄생하였다. 역사유적지가 도시재생 프로젝트를 통해 새로운 랜드마크로 변모한 가장 훌륭한 사례 중 하나로 손꼽힌다. 신진 예술가들의 집합소로 130여 개의 숍과 갤러리, 레스토랑, 카페 등이 자리해 있어 쇼핑과 예술, 휴식을 동시에 즐길 수 있는 복합문화공간이 됐다.

영화에도 나오는 것처럼 서로 마주 보는 두 개의 건물이 있는

을씨년스럽게 남아 있던 공간이 복합문화단지로 멋지고 화려하게 재탄생했다.

데 공중정원을 통해 이어지는 구조다. 인사동의 쌈지길이 바로 연상되는데 그보다 훨씬 더 큰 규모다. 한국어로도 페이스북과 인스타그램이 개설되어 있어 방문하기 전에 새로운 전시회나 새로이 입점한 디자인 제품 등을 두루 살펴보고 가면 좋을 것이다. 1층에 위치한 '가든 미아오'는 대만 스타일의 고양이 테마 북스토어 카페로 고양이 마니아라면 무조건 들러야 한다. 고양이 관련 책과 소품은 물론 간단한 식사와 음료도 즐길 수 있다.

　2008년 여명이 〈매란방〉(2008) 홍보차 한국을 찾았을 때 이곳 얘기를 꺼낸 적이 있다. 그때 여명은 무척 반가워하면서 "촬영이 끝나면 곧장 철거될 줄 알았는데, 아직 남아 있다"며 "어느 날 갑자기 신식 건물로 바뀐 모습을 보면 참 많이 아쉬울 것 같다. 변하지 않는 사랑, 혹은 홍콩 사람들의 깊은 향수 같은 건물이 아닐

'고잉 홈'에서 서로 마주 보고 있던 두 개의 건물은 이제 공중공원을 통해 이어지는 구조로 변했다. '고잉 홈'에서 증지위와 아들이 이곳 아파트로 이사 오는 장면.

까"라고 말했다. 그런 시적인 표현을 들으면서 〈쓰리〉는 물론 그가 출연한 〈첨밀밀〉(1996)의 모습까지 자연스레 겹쳐졌다.

그날 인터뷰를 끝내고 돌아서려는 나를 여명이 다급하게 불렀다. 얘기하지 못한 게 있다며 직접 지도까지 그리더니, PMQ가 있는 애버딘 스트리트Aberdeen Street에서 건물 위로 좀 더 올라가면 오른쪽에 '오이스터 맨'이라는 오이스터 바가 있는데 굴 요리가 정말 끝내준다는 거였다. 촬영이 끝나면 종종 거기서 진가신과 와인을 마시기도 했다면서 "생각난 김에 홍콩으로 돌아가면 당장 가봐야겠다"는 얘기까지 덧붙였다. 그처럼 친절하게 지도까지 그려줬으니 나 또한 들르지 않을 수 없는 일이었다.

그런데 그로부터 1년 정도 뒤에 그곳을 찾았을 때, 안타깝게도 가게는 간판만 남은 채로 이미 내부가 텅 비워져 문을 닫은 뒤였다. 그려준 지도를 계속 뚫어지게 쳐다보다 때로는 '무슨 지도가 이따위야'라고 불평하며 PMQ 주변을 몇 바퀴나 돌았는지 모르기에 더 허무했다. 홍콩에서의 첫 번째 굴 요리 식사는 그렇게 훗날을 기약하고 돌아설 수밖에 없었다. 마치 '고잉 홈'에서 부활한 아내를 만나지 못한 여명의 안타까운 기분을 느꼈다면 과장일까.

아쉽게도 영화 속 PMQ는 재탄생하고 여명이 소개한 그 가게도 문을 닫았지만, 더 많은 볼거리와 관광객들이 애버딘 스트리트를 꽉 채우고 있다.

上環

아빠가 된 장국영의 집
미룬 하우스

우리가 기억하는 가장 나이 든 모습의 장국영은 〈유성어〉(1999)의 아버지 역할일 것이다(물론 친아버지는 아니다). 실제로는 아버지에 대한 기억이 전혀 없는 것이나 마찬가지인 장국영에게 그 역할은 어떤 의미였을까. 아니 다른 영화들을 다 제쳐두고 그 역할을 받아들인 이유는 무엇이었을까.

〈유성어〉는 장국영의 필모그래피 안에서도 유독 쓸쓸한 섬처럼 느껴지는 영화다. 금융대란으로 막대한 손해를 본 증권사 직원 이조영(장국영)이 빈털터리가 된 상태로 한 아이를 발견해 키우게 된다. 잠시 돌볼 생각이었는데 무려 4년의 세월이 흐른다. 혼자서도 집안일을 잘하는 아들과 허드렛일을 전전하면서 아들을 키우는 장국영, 두 사람의 모습은 거의 친구 같다. 그래서인지 주성치의 〈CJ7-장강7호〉(2008)의 아버지와 아들을 보면서 떠

장국영 영화 중 유독 쓸쓸한 느낌을 주는 영화 〈유성어〉.
뒤로 보이는 곳이 바로 오랜 역사를 자랑하는 다이파이동 싱흥유엔이다.

오른 영화도 바로 〈유성어〉였다. 힘든 일을 마치고 온 장국영의
옷을 벗겨주는 아들의 모습도 귀엽다. 그런데 아버지의 사랑이란
걸 전혀 경험하지 못한 현실의 장국영을 생각하면, 〈유성어〉 속
그들의 모습이 너무 자연스럽고 사랑스러워 더 슬프게 느껴진다.

더불어 〈유성어〉는 〈영웅본색〉의 팬이라면 더없이 뭉클한 영
화이기도 하다. 〈영웅본색〉에서 장국영의 형이었던 적룡이 이
동네의 경찰로 나오는데(어쩌면 〈중경삼림〉의 경찰 양조위와 구역이 겹칠
지도 모른다) 아란(오가려)이라는 여자를 좋아하던 그는 차마 마음
을 고백하지 못하던 중 그녀의 죽음을 마주하게 된다. 서툴게나
마 애정을 표하면서 조금씩 가까워지던 순간에 말이다. 특별히
가진 것도 없이 쓸쓸히 살다 간 여자를 생각하다 너무나 가여운
마음에 적룡은 그만 벽에다 대고 펑펑 운다. 그러고는 사복을 입
은 모습으로 장국영을 찾아와 "살아야 할 이유가 없다. 이곳을

上環

〈유성어〉에서 혼자 아들을 키우며 살아가던 장국영이 일을 마치고
힘겹게 오르던 계단. 미룬 스트리트 계단 아래에 있던 미룬 하우스.

떠나야겠다"며 하소연한다. 그런 그를 너무나 해맑은 미소로 달
래는 장국영을 보고 있으니 두 사람이 10년 전의 형제였던 〈영
웅본색〉이 떠오르는 건 너무나 당연한 일이다. 〈영웅본색〉에서
의 장국영은 형 적룡을 그리 쌀쌀맞게 대하더니 참 많이 컸네,
하는 생각도 든다.

　〈유성어〉에서 장국영의 집은 영화 속 모습 그대로 남아 있다.
미룬 스트리트Mee Lun Street 계단 아래에 있는 장국영이 살던
집은 'Mee Lun House'라고 쓰여 있고, 붉은 벽돌로 대문의 테
두리가 쳐져 있다. 장국영이 아들을 보내고 쓸쓸히 걸어 올라오
던 미룬 스트리트 계단의 노천 다이파이동인 싱흥유엔勝香園도
여전히 영업 중이다. 백종원의 〈스트리트 푸드 파이터〉 등에 나

센트럴을 대표하는 다이파
이둥 싱흥유엔.연유가 뿌
려진 크리스피 번과 토마토
라면이 유명하다.

오면서 1시간 이상 줄을 서야 겨우 착석할 수 있는 관광명소가
됐다. 다이파이둥大牌檔이란 우리식으로 말하자면 야외 포장마
차 같은 홍콩의 길거리 음식점을 말한다. 엄청나게 번성을 하다
가 이제는 공중위생이나 안전 문제 등을 이유로 허가받은 몇 개
의 다이파이둥만 역사를 이어오고 있다. 저렴한 만큼 합석은 기
본이지만, 싱흥유엔에서만 맛볼 수 있는 토마토 누들과 연유 토
스트는 언제나 머릿속을 맴도는 메뉴다.

미룬 스트리트와 연결되는 고흐 스트리트Gough Street는 양조

上環

싱흥유엔의 맞은편에 있는 카우키.
'쇠고기 안심 국수'는 홍콩 최고의 누
들이다.

위의 〈류망의생〉(1995)에 빈민가로 등장한 곳이다. 원제목은 〈류
맹의생〉인데 국내에 처음 소개될 때 잘못 소개됐으며, 영화 속에
서 '등용 거리'로 등장하는 고흐 스트리트에서 양조위는 무료 진
료소를 운영하는 천사 같은 남자였다. 무엇보다 양조위가 무반주
로 에브리 브라더스의 'Let It Be Me'를 직접 부르는 장면이 인
상적이었다. 정말 많은 가수가 이 노래를 계속 리메이크했는데
양조위가 부른 버전이 가장 좋다고 느끼는 사람은 나뿐일까.

　〈유성어〉의 장국영과 〈류망의생〉의 양조위가 종종 식사를 했
던 카우키Kau Kee, 九記 식당도 들러볼 만하다. 싱흥유엔 바로 맞

은편으로, 워낙 인기가 좋은 이곳은 찾아갈 때마다 단 한 번도 줄을 서지 않았던 때가 없다. 감히 홍콩에서 맛본 최고의 누들이라 얘기할 수 있다. 언제나 '쇠고기 안심 국수'를 먹다가 맛본 '카레 누들'도 의외의 별미였다.

오래전 홍콩을 찾았을 때 미룬 스트리트에 들렀다. 주말이라 그런지 카우키도 싱흥유엔도 사람들로 넘쳐 도저히 줄을 설 엄두가 나지 않아서 포기한 채 길을 걸었다. 그때 정말 기적 같은 일이 일어났다. 만다린 오리엔탈에서 관지림을 만난 것만큼 꿈같은 일이었다. 고흐 스트리트를 따라 센트럴 쪽으로 가던 중 진가신, 오군여 부부와 마주친 것이다. 정말이지 내 눈을 믿을 수 없었다.

진가신의 '고잉 홈'의 아파트를 지나 〈망부성룡〉에서 오군여가 살던 집을 찾다 내려온 것인데! 누가 들으면 분명 작위적인 시나리오라고 얘기할지도 모르겠다. 그들은 '홈리스'라는 디자인 숍에 들른 거였다. 전 세계 톱 디자이너들의 독특한 상품을 찾아 판매하는 이곳은 참신한 발상이 돋보이는 가게로 부부의 감각을 짐작하게 했다. 이곳 상품들은 하나같이 'Take me home'이라는 태그가 붙어 있는데 그래서 가게 이름이 'Homeless'란다. 아무튼 두 사람은 영화인이 아닌 현실의 생활인이 되어, 그리고 오군여는 주성치나 임달화가 아니라 실제 파트너 진가신과 함께 영화에서처럼 우스꽝스러운 모습이 아닌 선글라스를 낀 세련된 모습으로 성완 지역을 거닐고 있었다.

2006년 금상장 시상식에 오군여가 만삭의 몸으로 진가신과 함께 등장한 사진을 보면서 두 사람이 커플이라는 사실을 알았

上環

〈망부성룡〉의 집을 찾아가다 만난 진가신, 오군여 부부.
이런 기적 같은 만남이 또 있을까.

는데, 쓸데없는 선입견이긴 하지만 의외의 커플이라 생각했었다. 가게에 들어가기 전 사진을 찍어도 괜찮겠냐는 얘기에 두 사람은 흔쾌히 응해줬다. 홍콩영화계를 대표하는 감독 중 한 명인 진가신은 말할 것도 없고, 2000년대 들어서도 활발하게 활동하던 오군여는 출산 후 〈가유희사 2009〉에 출연하면서 변함없는 연기를 뽐냈다. 최근에는 홍콩의 패럴림픽 금메달리스트 쑤화웨이의 이야기를 그린 넷플릭스 영화 〈마마적신기소자〉(2021)로 홍콩 금상장 여우주연상 후보에 오르며 배우로서 새로운 전성기를 열어가고 있다.

〈망부성룡〉에 나온 집을 찾아 내려오던 길이라고 말하자 "얼마 뒤 여기서 또 영화를 찍을 예정"이라고 말해줬는데, 그때 제목을 알아듣지 못했던 영화가 바로 나중에 나온 〈세월신투〉였다. 살면서 이런 기적 같은 만남이 또 있을까.

애드미럴티

金鍾 Admiralty

파란색 타일이 인상적인
애드미럴티 역

애드미럴티는 센트럴과 코즈웨이베이 사이에서 좀 애매한 느낌을 준다. 하지만 온통 빨간색인 MTR 센트럴 역 내부와 대조적으로 파란색 타일의 실내가 인상적인 애드미럴티 역은 나름의 존재감을 뽐내려 애쓰고 있다. 한자 이름인 금종金鐘이라는 뜻도 오묘하고, '깜종'이라는 광둥어 발음도 꽤히 매력적으로 느껴진다.

애드미럴티 역은 장국영과 장만옥, 그리고 매염방이 출연한 〈연분〉(1984)의 마지막 장면으로 더욱 기억에 남는다. 영화에서 폴(장국영)은 지하철에서 우연히 본 모니카(장만옥)에게 첫눈에 반한다. 폴의 옆자리에 앉아 있던 아니타(매염방)가 그의 마음을 눈치채고 짓궂은 장난으로 그를 웃음거리로 만들면서 세 사람의 만남은 시작된다. 폴과 모니카는 급속도로 가까워지지만 모니카 앞에 이미 결혼한 옛 남자가 접근하고, 모니카는 두 남자 사이에서 고민에 빠진다.

장국영과 장만옥의 인상적인 세 번의 만남이 〈연분〉을 시작으로 〈아비정전〉과 〈동사서독〉으로 이어진다면, 〈연분〉에서는 뒤의 두 영화와 달리 장국영이 장만옥에게 '매달리는' 작품이었다. 두 남자 사이에서 고민하던 장만옥은 장국영에게 "이 넓은 지하철역 안에서 막차가 끊기기 전에 다시 만난다면 우리 둘의 '연분'은 확실하다"며 "그럼 그때 다시 시작하자"고 말한다. 떠나는 장만옥을 잡지 못했던 장국영은 애타게 애드미럴티 역 안을 헤매고, 이미 떠났던 장만옥은 초이홍 역까지 갔다가 다시 애드미럴티 역으로 돌아온다. 막차가 끊기고 둘의 연분이 끝났다는 생각이 들 때쯤 둘은 기적적으로 재회하게 된다. 홍콩섬의 애드미럴티 역과 구룡반도의 초이홍 역은 꽤 멀기 때문에 그들이 얼마나 뜸들이다 만났을지 참으로 안타깝다. 말하자면 그들은 다시 만나기 위해 바다를 건넌 것이다.

〈연분〉은 〈아비정전〉에서 만나기 전의 풋풋한 장국영과 장만옥을 보는 즐거움도 있지만, 매염방의 존재감도 새삼 눈길을 끈다. 떠나는 장만옥을 잡지 못해 절망에 빠진 장국영을 다시 일으켜세우는 사람이 바로 매염방이다. 장국영과 매염방은 '남매'라고 불릴 정도로 실제로도 매우 가까운 사이였는데, 두 사람은 〈연지구〉(1987)에서 절묘하고 인상 깊은 연기를 보여준다.

안타깝게도 두 사람은 2003년 함께 세상을 떴는데, 4월 1일 먼저 세상을 떠난 장국영으로 인한 충격이 매염방의 병세를 더 악화시켰을 거란 추측이 많다. 그렇게 매염방도 그해를 넘기지

빨간색인 센트럴 역과 대조
적인 파란색 타일의 애드미
럴티 역. 〈연분〉에서 장만
옥을 찾아 장국영이 애타게
찾아 헤매던 역이 바로 이
곳이다.

못하고 12월 30일 영원히 잠들었다. 그래서일까, 두 사람이 함께
부른 영화의 주제곡 '연분緣份'을 다시 듣는 느낌이 더 애절하다.

　"안녕이란 한마디도 없었네, 서글픈 원망조차 없었네. 아무 말
도 없이 담담히 가버리네. 과거는 과거일 뿐, 처음의 그리움만
남겨놓았네"라고 장국영의 음성으로 시작한 노래는 "그대와 나
는 많은 거리를 두고 떨어져 있네. 언제 다시 만날 수 있을까?"
라는 두 사람의 합창으로 마무리된다.

통유리 경찰서의 진실,
퀸스웨이 플라자

퍼시픽 플레이스와 마주 보고 있는 애드미럴티 역 C1 출구와 연결된 '퀸스웨이 플라자'도 빼놓을 수 없다. 어느 순간 홍콩영화에서 형사들이 무척 세련된 정장을 입고 나오기 시작한 시절이 있었다. 지금은 〈무간도〉 시리즈로 인해 너무나 당연한 설정처럼 받아들이고 있지만, 홍콩 형사들도 한때는 〈공공의 적〉(2002)의 강철중(설경구)처럼 점퍼 하나만 입고 다녔었다. 그 변화의 기점으로 삼는 작품이 바로 성룡 주연, 황지강 감독의 〈중안조〉(1993)다.

경찰서가 담배 연기로 자욱한 실내가 아니라 통유리에다 마치 대기업의 으리으리한 사무실처럼 깔끔하게 묘사됐고, 성룡을 비롯한 형사들도 단정한 정장 차림으로 출연했다. 바로 그 〈중안조〉는 특정 경찰서를 빌려 촬영한 것이 아니라 바로 퀸스웨이 플라자에서 촬영된 것이다. 〈폴리스 스토리〉 시리즈로 대표되

세련된 정장을 입은 형사들
을 만날 수 있을 것만 같은
퀸스웨이 플라자. 〈중안조〉
에서 경찰서로 등장했다.

는 자신의 과거 1980년대 경찰 이미지와 완전히 결별하기 위해
성룡은 기존 경찰서를 섭외하지 않았다. 얼핏 봐도 이곳은 세련
된 외관의 쇼핑몰이지 우리가 이제껏 보아온 홍콩 경찰서와는 완
전히 다르다. 어쩌면 그런 트렌드가 이후 〈무간도〉에도 적지 않
은 영향을 미쳤고, 마찬가지로 여러 한국 경찰영화에서도 지극히
일상적인 풍경으로 자리 잡게끔 했다.

　애드미럴티의 또 하나의 명물은 리포 센터Lippo Center다. 마치
코알라가 나무 기둥을 부둥켜안고 있는 모습과 같다 하여 '코알
라 빌딩'이라고 부르는데 SF영화에서나 볼 수 있을 것 같은 번
쩍번쩍 미래지향적인 디자인이 인상적이다. 〈식신〉(1996)에서
몰락하기 직전의 주성치가 주변 건물들이 내려다보이는 근사한

金鍾

코알라가 나무 기둥을 부둥켜안고 있는 모습과 비슷한 리포 센터. 〈식신〉에서 주성치가 주방장들을 야단치던 곳이 바로 이 건물의 옥상이다.

건물 옥상에서 주방장들을 야단치는 장면이 있는데, 이곳이 바로 리포 센터 옥상이다.

온통 하늘뿐인 탁 트인 풍경 속에서 와인으로 러브샷을 하는 주성치와 오맹달을 보고 있으면, 말 그대로 '하늘 높은 줄 모르고' 건방진 그들의 이미지가 그대로 드러난다. 홍콩에서 가장 큰 레스토랑을 거느리고 손대는 사업마다 성공하며, 음식에서만큼은 하늘의 신에게 범접할 수 있는 '식신食神'이라는 거창한 별명으로 불리는 주성치가 있어야 할 곳이 바로 이곳 옥상이다. 하지만 이후 요리의 본질보다는 포장과 광고에만 열을 올리다 동료와 제자에게 배신을 당하고 마는데, 한순간에 고꾸라진 그의 인생사를 보면 왜 굳이 안하무인 격의 그를 하늘만 보이는 이곳으로 데려와 촬영했는지 알 것만 같다.

성룡의 모든 것,
홍콩 컨벤션 센터

완차이의 가장 유명한 랜드마크는 '홍콩 컨벤션&엑시비션 센터'다. 바다를 메워나가면서 최종적으로 1997년 마치 시드니의 오페라 하우스를 연상시키는 매머드급 컨벤션 센터를 만들었다. 연중 쉬지 않고 박람회와 전시회가 열리며 매년 3월 아시아 최대 규모의 영화축제 중 하나인 '홍콩 필름마트'와 더불어 '홍콩 국제영화제'도 열린다.

이 거대한 센터의 지붕으로 올라가 촬영한 영화가 바로 성룡의 〈뉴 폴리스 스토리〉(2004)다. 신종 인터넷 게임으로 홍콩을 교란시키는 복면 괴한 5인조를 쫓는 진국영(성룡) 경찰팀의 활약을 그린 영화의 마지막 장면에서, 성룡은 당국의 아낌없는 협조를 얻어 이를 촬영할 수 있었다. 떨어질 듯 떨어지지 않으면서 악당들과 대치하던 곳이 바로 이곳의 지붕이다. 날고 기는 홍콩

灣仔

완차이의 랜드마크인 홍콩 컨벤션&엑시비션 센터.
시드니의 오페라 하우스를 연상시킨다.

무협영화의 다른 영웅들과 달리 성룡은 언제나 땅에 발을 딛고 서 있는 영웅이었다.

〈프로젝트A〉(1983)에서 시계탑에 힘겹게 매달려 있다가 땅으로 떨어지는 장면이라든지, 〈폴리스 스토리〉(1985)에서 5층 높이의 쇼핑몰에서 샹들리에를 타고 장식용 전구를 모두 깨트리며 땅에 떨어지는 장면을 보고 있으면, 무협지에서 흔히 볼 수 있는 깃털 같은 경공술로 위기를 헤쳐나가는 것이 아니라, 언제나 반드시 착지할 것을 알고 있는 '중력의 지배를 받는 영웅'이라는 점이 그를 독보적인 액션 스타로 만들었다. 게다가 이소룡은 매번 이길 것 같아서 매력적이었던 반면, 성룡은 매번 질 것 같아서 매력적인 배우였다. 그래서 팬들이라면 그가 그 지붕에서 결국 아연실색할 액션을 펼치며 기어이 하강할 것을 알고 있으리라. 그런데 홍콩 컨벤션 센터는 그가 지금껏 홍콩에서 올라가 본 곳 중에 가장 높은 곳이었기에 감탄을 자아냈다.

찬찬히 살펴보면 성룡의 현대 영화는 기본적으로 '경찰 영화'이기도 했다. 그 시초라 할 수 있는 〈프로젝트A〉 시리즈에서도 그는 육경과 대립하는 해경으로 나왔고 〈폴리스 스토리〉 시리즈도 마찬가지다. 〈복성고조〉(1985)나 〈용적심〉(1985), 〈중안조〉(1993)에서도 경찰이었고 할리우드에서 만든 〈러시아워〉(1998) 시리즈에서도 경찰이며, 〈상하이 눈〉(2000)에서도 미국으로 파견된 청나라 경찰이나 다름없었다. 세월이 흘러 2010년대 이후에도 마찬가지였다. 조니 녹스빌과 호흡을 맞춘 〈스킵트레이스: 합동수사〉(2016)에서도 홍콩 경찰이었고, 〈블리딩 스틸〉(2017)에서는 SWAT 팀의 리더였으며, 최근작 〈뱅가드〉(2020)에서는 국제 민간 경호업체 뱅가드를 이끌었다. 정의 구현과 약자 보호, 보편적 가치의 설파를 최우선 덕목으로 내세우는 '보수파' 성룡에게 경찰은 더없이 좋은 직업이었다. 하지만 경찰의 길은 언제나 순탄하지 못했다. 〈용적심〉에서 여자친구 주보의는 "부모님이 경찰하고만 사귀지 않으면 된다고 했어"라고 말하고, 〈폴리스 스토리〉 시리즈에서 장만옥의 이모도 "경찰만 아니면 좋을 텐데"라고 읊조린다. 〈뉴 폴리스 스토리〉의 여자친구 양채니 역시 성룡과 함께 작전에 투입됐던 남동생을 잃고 만다.

그래서였을까. 〈뉴 폴리스 스토리〉에서 가장 감동적인 순간은 바로 여자친구 양채니의 상처 입은 얼굴이 드러나던 때다. 〈폴리스 스토리〉 시리즈에서 장만옥은 늘 성룡의 여자친구라는 이유

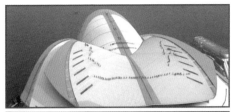

이 거대한 센터의 지붕에서 〈뉴 폴리스 스토리〉가 촬영되었다. 성룡은 이곳에서 떨어질 듯 떨어지지 않으며 악당들과 대치했다.

만으로 악전고투했다. 무너져 내리는 공중전화 부스에서 전화를 하고, 도미노처럼 쓰러지는 철근 구조물 사이를 정신없이 뛰어다녔다. 그렇게 매번 위험천만한 스턴트 장면 두어 신 정도는 직접 해야 했고, 경찰 남자친구인 성룡으로 인해 납치당하거나 부상당하는 일도 부지기수였다. 그런데 〈뉴 폴리스 스토리〉에서 성룡이 경찰로서 살아왔던 힘든 날을 드러내주는, 자신의 커리어가 과연 어떤 희생 속에서 이루어져왔는지를 보여주는 단 하나의 컷이 바로 거기 있다. 양채니의 상처가 과거 성룡으로 인해 입었을 상처인 것은 지극히 당연한 추론이다. 여기서 양채니는 성룡의 여자친구로서 갖은 고초를 겪는다는 점에서 1편부터 3편까지 고생했던 여자친구 장만옥과 같은 위치에 있다. 그 장면을 통해 성룡은 오랜 시간 묵묵히 자신의 곁에 있어준 여자친구를 향해 최선의 예의를 갖춘다.

하지만 성룡이 과거만큼의 액션을 선보이지 못하는 것은 슬프고도 자명한 사실이다. 그래서 그는 꾸준히 해외로 나가 물량으로 승부하기도 했다. 〈쾌찬차〉(1984)와 〈용형호제〉(1986)를 필두로 성룡 영화의 해외 로케이션과 대형화 경향이 시작됐다. 양자경과 파트너를 이뤄 말레이시아에서 촬영한 〈폴리스 스토리 3〉(1992) 이후 캐나다에서 촬영한 〈홍번구〉(1995)가 북미 박스오피스 1위를 차지하며 그 정점을 찍게 된다. 그 성공을 바탕으로 할리우드로 진출해 크리스터 터커와 파트너를 이룬 〈러시아워〉(1998)와 오웬 윌슨과 파트너를 이룬 〈샹하이 눈〉(2000)을 각각 시리즈로 성공시켰던 그가 다시 홍콩으로 돌아와 만든 영화가 바로 〈뉴 폴리스 스토리〉다. 〈뉴 폴리스 스토리〉에 다시 등장한 홍콩의 이층버스가 그렇게 반가울 수가 없었다.

게다가 〈대병소장〉(2009)은 2000년대 성룡의 최고작이다. 과거의 영광을 뒤로하고 이제는 나이 든 총잡이가 되어 자신이 오래도록 몸담았던 웨스턴 장르에 대한 반성적 사유를 펼쳐 보인 〈용서받지 못한 자〉(1992)의 클린트 이스트우드처럼, 〈대병소장〉은 '성룡의 〈용서받지 못한 자〉'처럼 느껴졌다. 〈황야의 무법자〉 시리즈에서 클린트 이스트우드가 늘 이름이 없는 총잡이였던 것처럼 〈대병소장〉의 성룡이 이름 없는 병사로 나오고, 자신이 축적한 이른바 쿵푸영화의 공식들을 헤집으며 반추하는 모습이 묵직한 감동으로 다가왔다. 아버지에 대한 얘기를 하면서 독백으로 참새를 쓰다듬으며 "우리 아버지가 참새도 봉황이 될 수 있다 했어"라고 얘기할 때는 특히 울컥했다. 자기 때문에 아버지가 죽었

灣仔

다는 얘기도 하고, 심지어 〈대병소장〉 다음 작품인 〈베스트 키드〉
(2010)에서는 아버지로부터 무술을 배웠다고 말하며 아버지에 대
한 그리움을 표현한다.

성룡이 평소 존경해 마지않던 실제 아버지가 2008년 세상을
떴는데 〈대병소장〉의 홍콩 개봉일이 바로 아버지의 기일인 2월
26일이었다. 생각해보라. 과거 〈사형도수〉(1978)나 〈취권〉(1978),
〈소권괴초〉(1979) 같은 영화에서 그는 늘 자신의 말썽으로 아버
지나 스승을 위기에 빠트려 심지어 죽음에 이르게 하기도 했다.
그렇게 〈대병소장〉은 자신의 장난기 많던 과거 '소자小子' 장르
를 반추하는 영화다. 〈베스트 키드〉에서는 그가 옛날 '소자'일
때 혹독한 수련으로 무술을 가르쳐준 〈사형도수〉와 〈취권〉의
스승 원소전처럼 제이든 스미스를 지도하는 모습에 무한한 향
수가 일었다. 어쨌거나 성룡은 지금도 명절이면 떠오르는 영원
한 동네 형이다.

홍콩의 아침은
완차이에서 시작한다

홍콩에 최초의 외국인이 첫발을 내디딘 곳이 바로 완차이다. 최초로 문호를 개방한 곳이라고나 할까. 왁자지껄한 재래시장과 화려한 유흥가가 공존하는 이곳은 그 오랜 역사만큼 홍콩 사람들에게는 묘한 향수를 불러일으키는 지역이다.

두기봉이 홍콩의 사라져가는 것들을 카메라에 담기 위해 〈참새〉(2008)를 완차이에서 촬영한 것은 다른 이유가 아니다. 가장 먼저 서구 문명의 손길이 닿았던 곳인 만큼 쌓인 그 세월의 흔적이 깊다. 〈참새〉 오프닝에서 남자들이 모여 신문을 펼쳐 들고 에그 타르트에 밀크티로 하루를 시작하는 정겨운 차찬텡의 모습이 무척 반갑다. 차찬텡茶餐廳이란 아침 일찍 문을 열어 홍콩식 밀크티와 커피에 샌드위치 등 가벼운 식사가 함께 제공되는 '홍콩식 분식집'이다. 그 자체로 홍콩 서민들의 일상이 농축된 곳이다.

에그 타르트와 밀크티로 하루를 시작하는 정겨운 차찬텡.
두기봉의 영화 〈참새〉는 완차이의 아침 풍경을 담았다.

물론 홍콩을 다니다 보면 수도 없이 마주치는 것이 차찬텡이지만 〈참새〉는 바로 '완차이의 아침'으로 시작한다.

유명 소매치기범 케이(임달화)는 집에서 참새를 키우며 흑백 사진 찍기가 취미다. 어느 날, 케이 일당에게 정체를 알 수 없는 미모의 여인이 접근해오고, 그녀를 따라가는 가운데 크고 작은 사건이 일어나기 시작한다. 수동 카메라를 든 임달화는 이곳저곳을 자전거로 누비며 사라져가는 홍콩의 풍경을 담는다. 그가 자전거로 완차이의 트램 길을 누비는 장면은 무척 평화롭다.

2009년 부산국제영화제에서 인터뷰했던 두기봉은 자신의 작품 중 가장 좋아하는 영화로 〈참새〉를 꼽았다. 아무래도 그런 추억과 향수가 깃들어 있어서일 것이다. 임달화가 자전거로 존스턴 로드Johnston Road를 가로지를 때 뒤편으로 식민지 시대의 기억을 불러오는 듯한 무척 고풍스러운 건물이 하나 보인다. 존스턴 로드에서 대왕동가Tai Wong East와 대왕서가Tai Wong West 사이에 위치한 건물인데, 지은 지 100년도 더 된 옛 전당포 건물이다.

〈참새〉에서 임달화가 자전거로 존스턴 로드를 달릴 때
뒤편으로 보이는 고풍스런 건물이 바로 더 폰 레스토랑이다.

사실 이 주변은 재개발 지역인데 이 건물만큼은 보존이 결정
돼 레스토랑 더 폰The Pawn이 입점했다. 원래 전당포였던 건물
의 느낌을 살려 Pawn(전당포)이라는 이름의 레스토랑을 연 것이
재미있는데, 센트럴에도 옛 인쇄소 자리에 레스토랑을 열면서
The Press Room(인쇄소)이란 이름을 붙인 곳도 있다. 마치 과거
와 현재가 조화롭게 공존하는 것 같은 홍콩 사람들의 그 작명법
이 부럽기만 하다. 현재 건물은 그대로이지만 아쉽게도 더 폰 레
스토랑 자체는 코로나19로 인해 휴업 상태이며, 우청 티하우스
Woo Cheong Tea House, 和昌飯店와 이탈리안 레스토랑인 크러스트
이탈리안Crust Italian이 함께 이 건물에 입점해 있다.

홍콩의 옛 모습,
이절화원

완차이에서 홍콩의 옛 향수를 느낄 수 있는 곳이 또 있다. 바로 〈우견아랑〉(1989)의 오프닝에서부터 등장하는, 주윤발이 아들과 단둘이 살던 낡은 당루 형태의 집이 현재까지 이절화원Li Chit Garden, 李節花園이라는 이름으로 보존되어 있다.

이절 스트리트Li Chit Street에서 이절화원을 바라보고 있으면 영화에도 등장했던 높다란 도미니언 센터Dominion Centre가 보인다. 물론 지금은 영화 속 모습은 전혀 떠올릴 수 없을 정도로 리모델링을 하여 옛 건물의 앞부분만 유적처럼 남겨놓았다. 중국어로 '통라우'라 부르는 당루唐樓는 발코니 형식을 갖춘 홍콩의 대표적인 근대 양식 건축물로, 많은 인원을 수용해야 하기에 단층이 아닌 여러 층으로 지어졌다.

〈우견아랑〉을 촬영하던 즈음에는 홍콩에서 거의 당루가 사라

〈우견아랑〉에서 주윤발이 아들과 살던 당루 형태의 집인 이절화원. 홍콩의 옛 향수를 느낄 수 있다.

이절화원의 현재 모습. 지금은 리모델링을 하여 옛 건물의 앞모습만 남아 있다.

저가던 때였는데, 실제로 주윤발은 〈우견아랑〉을 촬영하며 옛 생각이 많이 났다고 한다. 홍콩에서 가까운 라마섬에서 태어난 그는 열 살 때 가족과 함께 홍콩으로 건너와 살았다. 하지만 가정 형편이 좋지 않아서 실제로 '한 지붕 세 가족'이 사는 낡은 당루에서 살았다. 세 가족의 수를 다 합치면 거의 서른 명이었기에 복도에도 2층 침대를 여러 개 둘 수밖에 없는 좁은 당루에서 그는 언제나 외할머니, 누나, 여동생까지 넷이서 거실에서 잤다고 한다. 어려서부터 극장에서 거의 살다시피 하며 영화를 봤던 이유도, 집이 너무 더워서 오직 에어컨 바람을 쐬기 위해서였단다.

〈우견아랑〉의 아랑(주윤발)은 전직 모터사이클 경주 선수로, 이제는 공사장에서 일용직 노동자로 일하며 어린 아들 포키(황곤현)와 함께 단둘이 살아간다. 비록 가난하지만 씩씩한 아들과 함께라면 세상 부러울 것이 없다. 그러던 어느 날, 포키가 광고회사의 눈에 띄어 아동 모델로 선발되는데 그 광고 담당자가 바로 오래전 아랑과 헤어졌던 포포(장애가)다. 포키를 보면서 묘한 친근감을 느끼던 포포는 결국 그가 자신의 아들임을 알게 된다.

미래가 없어 보이는 아랑과의 교제를 반대했던 포포의 부모가, 출산하며 정신을 잃은 포포에게 아이가 유산되었다고 거짓말을 하고는 유학을 보내버렸던 것이다. 이미 다른 남자와 결혼한 포포는 광고 촬영차 잠시 홍콩에 들른 것이기에, 일만 끝나면 포키를 미국으로 데려가고자 한다. 포키는 아버지와 떨어지려 하지 않지만 아들의 더 나은 삶을 위해 보내주고자 한다. 그리고 그는 다시 위험천만한 모터사이클 경주에 나선다.

한국에서 〈영웅본색〉의 엄청난 흥행 이후, 주윤발은 이소룡과 성룡을 잇는 특급 스타가 됐다. 그때부터 그의 모든 영화가 앞다퉈 개봉하기 시작했는데, 〈영웅본색〉의 자장 안에 있는 누아르 액션 계열의 영화들이 대부분이었지만 그 속에도 보석 같은 작품들은 있었다. 특히 〈용호풍운〉(1987), 〈감옥풍운〉(1987), 〈타이거 맨〉(1989) 등 바로 임영동 감독의 초기 3대 걸작이라고 할 만한 영화들은 주윤발의 다재다능함이 빛나는 영화다. 가령 〈감옥풍운〉에서 교도소가 통제 불가의 아수라장이 되었을 때, 광기어린 모습으로 교도관의 귀를 물어뜯는 후반부의 장면들은 마치 〈뻐꾸기 둥지 위로 날아간 새〉(1975)의 잭 니콜슨을 연상시킬

灣仔

정도로 주윤발이라는 배우가 지닌 한계 없는 스펙트럼을 보여 줬다.

그보다 더한 확장성이라면 정통 멜로 장르와 로맨틱 코미디 장르를 숨 가쁘게 오가며 엄청나게 많은 멜로영화에도 출연했다는 것이다. 장만옥과 호흡을 맞춘 〈로즈〉(1987), 종초홍과 호흡을 맞춘 〈귀신랑〉(1988)과 〈가을날의 동화〉(1987)가 정통 멜로 장르라면 왕조현과 호흡을 맞춘 두 편의 영화 〈공처 2인방〉(1986)과 〈장단각지연〉(1988), 〈주윤발의 미녀사냥〉이라는 황당한 제목으로 개봉한 〈정장추녀자〉(1987), 바람둥이 생활을 즐기다 왕조현과 엽천문과 오가려 등 세 여성으로부터 통쾌한 복수를 당하는 〈대장부일기〉(1988)는 그의 코미디 연기가 빛나는 영화들이다. 그 가운데에서도 〈우견아랑〉은 비슷한 시기에 스케줄을 조정해가며 이처럼 서로 다른 영화를 어떻게 다 헷갈리지 않고 찍을 수 있었을까, 하는 생각이 들 정도로 가슴 절절한 신파 멜로영화의 정수다.

그런데 당시에 〈우견아랑〉은 모든 예상을 비켜가는 멜로영화이기도 했다. 10년 만에 다시 만난 남녀가 해묵은 오해를 풀게 되면서 아들을 위해 재결합을 하리라 기대했건만, 포포는 자신의 일이 더 중요하기에 한사코 그를 거부한다. 아들이 재결합을 종용하는데도 흔들리지 않는다. 주윤발 또한 과거 자신이 저지른 잘못에 대한 책임을 지기 위해 그 뜻을 따르려 한다.

수많은 TV 드라마를 비롯해 한국영화 〈미워도 다시 한 번〉(1968) 부류의 영화들처럼 여성이 눈물을 머금고 자식을 부잣집

당시 엄청난 인기를 누렸던 주윤발은 〈우견아랑〉과 유사한 의상을 입고 국내 음료 '밀키스' CF에도 등장해 오토바이를 탔다.

남편에게 맡기며 희생자가 되는 구조에 익숙했기에, 거꾸로 여성이 경제적 주도권을 쥐고 전개되는 이야기라는 점이 당시 중학생인 내가 봐도 놀라웠다. 물론 당장이라도 쓰러질 것 같은 낡은 집에 살면서도 당당하고, 굳이 총을 들고 있지 않더라도 오토바이에 다시 올라타는 주윤발의 카리스마가 대단했다. 이후 한국에서 찍게 되는 음료 '밀키스' CF 또한 〈우견아랑〉과 거의 같은 의상을 입고 오토바이를 탄 모습으로 완성됐기에, 당시 한국에서도 얼마나 큰 인기를 누렸는지 짐작할 수 있으리라.

장학우와 탕웨이는
호놀룰루 차찬텡에서

완차이에 대한 홍콩 사람들의 애정과 향수를 깊이 보여주는 영화는 바로 장학우, 탕웨이 주연의 〈크로싱 헤네시〉(2010)다. 〈색, 계〉로 국제적 주목을 받은 탕웨이의 두 번째 영화라 큰 관심을 모았는데, 그보다 앞서 탕웨이는 〈색, 계〉 속 역할이 상하이 친일 정부를 미화했다는 정치적 논란에 휩싸이며 중국 정부로부터 중국 내 전 매체 출연금지령을 받은 뒤였다. 이후 홍콩시민권을 획득한 탕웨이는 〈크로싱 헤네시〉를 촬영하고 곧장 김태용 감독의 〈만추〉(2010)에 캐스팅됐다. 〈크로싱 헤네시〉가 중국 본토에서도 개봉하고, 〈만추〉 역시 당시 중국에서 개봉한 한국영화로서는 최고 흥행을 기록하면서 출연금지령이 풀리게 됐다. 이후 알다시피 두 사람은 결혼했고, 허안화의 〈황금시대〉(2014), 장완정의 〈사랑: 세 도시 이야기〉(2015), 마이클 만의 〈블랙코드〉(2015), 비

장학우와 탕웨이는 호놀룰루 차찬텡에서
서로의 연인에 대한 이야기를 나누며 가까워진다.

간의 〈지구 최후의 밤〉(2018)을 통해 더욱 자신의 세계를 넓혀가
는 모습을 보고 있자니, 특히 〈크로싱 헤네시〉에서 보여준 자립
심 강한 모습과 자연스레 겹쳐진다. 10년 만에 다시 남편 김태
용의 연출로 만나게 된 〈원더랜드〉와 박찬욱 감독의 〈헤어질 결
심〉 등 어느덧 탕웨이는 임청하나 공리, 그리고 장만옥의 뒤를
잇는 이른바 '대배우'의 길을 걷고 있는 것 같다.

　〈크로싱 헤네시〉에서 탕웨이와 장학우는 거의 반강제적으로
맞선을 보게 된다. 하지만 두 사람의 마음속에는 이미 다른 사
람이 자리하고 있다. 그들은 우연히 함께 헤네시 로드를 걷고 호
놀룰루 차찬텡Honolulu Coffee Shop, 檀島咖啡餅店에서 서로의 연인에
대한 이야기를 나누며 조금씩 가까워진다. 〈첨밀밀〉의 시나리
오 작가로 유명한 안서 감독의 작품으로 장학우와 탕웨이가 완

灣仔

장학우, 탕웨이가 시간을 보
내던 호놀룰루 차찬텡 그
자리.

많은 사람들이 자리를 탐하
며 두 주연 배우의 얼굴에
낙서를 해놓았다. 지켜주
지 못해 미안할 따름이다.

차이의 헤네시 로드Hennessy Road 인근에서 일하는 사람들로 나
온다. 장학우는 아침마다 이모가 때려서 깨우는 마흔 살 넘은 지
질한 노총각이고 탕웨이는 친척 집에 기거하며 일을 돕는다. 무
엇보다 옛 홍콩영화 팬이라면 한동안 활동을 쉰 것 같은 〈첩혈
쌍웅〉(1989)의 배우 이수현이 장학우의 엄마 포기정과 사귀는
중년의 바람둥이 아저씨로 나와 반가울 것이다.

　장학우가 일하는 가전제품 숍과 탕웨이의 가게가 있는 빌딩
은 헤네시 로드를 가운데 두고 있는데, 둘은 늘 헤네시 로드에
있는 호놀룰루 차찬텡에서 만나 이야기를 나눈다. 센트럴에도

밀크티 한잔에 에그 타르트 하나를
시켜 느긋하게 책 한 권을 읽어도 될
편안한 곳.

지점이 있는 호놀룰루는 무려 50여 년의 역사를 자랑하는 곳으
로 홍콩 특유의 밀크티와 신선하고 부드러운 빵 번Bun으로 유명
하지만 간단한 음료나 면, 덮밥 등 없는 메뉴가 없다. 특히 호놀
룰루만의 비법이 빛나는 밀크티는 처음에는 적응하기 힘든 맛
이지만 마시다 보면 중독되는 지경에 이른다. 특별히 붐비는 시
간만 아니면 밀크티 한잔에 에그 타르트 하나만 시켜 느긋하게
책 한 권 다 읽고 나와도 될 정도로 편안한 분위기다.

　실제로 〈크로싱 헤네시〉의 장학우와 탕웨이는 각자의 애인
얘기는 물론 책을 잔뜩 쌓아놓고 토론까지 나눈다. 그들이 늘 앉
던 벽 쪽 자리도 영화 속 그대로이며, 알아보기 쉽게 그 자리에
영화 포스터도 붙여 놓았다. 바로 이 자리에서 보낸 시간만큼 그

사이는 깊어진다. 물론 영화 개봉 이후 너무 많은 사람이 이 자리를 탐하면서 탕웨이와 장학우의 얼굴에 낙서를 해놓은 것이 못내 안타깝다. 지켜주지 못해 미안할 따름이다. 한가한 오후 시간, 바로 그 자리에 혼자 앉아 밀크티를 홀짝거리고 있으면 종업원들의 광둥어가 귀에 쏙쏙 들어온다, 고 말하면 거짓말이고 아무튼 현지인이 된 것 같은 착각이 든다. 홍콩 그 어떤 고급 호텔의 커피나 홍차와도 바꿀 수 없는 맛이다.

노스포인트

北角 North Point

〈리틀 청〉의 동네 건달
프루트 챈을 기억하며

프루트 챈의 〈리틀 청〉(1999)에서 관리비를 뜯으러 다니던 민머리 동네 건달 데이비드를 기억하는 사람이 있을까. 〈메이드 인 홍콩〉(1997)으로 혜성처럼 등장한 이후 〈그해 불꽃놀이는 유난히 화려했다〉(1998), 〈리틀 청〉(1999), 〈두리안 두리안〉(2000), 〈할리우드 홍콩〉(2001) 등 매해 꾸준히 작품을 발표하며 주목받던 프루트 챈은 장혁, 조인성을 주연으로 기용해 〈화장실 어디에요?〉(2002)라는 합작영화까지 찍으면서 한때 잘나갔었다.

하지만 지금 데이비드를 기억하는 사람을 찾는 게 힘든 것만큼 프루트 챈도 희미한 이름이 돼 버렸다. 이른바 데뷔작부터 〈리틀 청〉까지를 그의 '홍콩 3부작'으로 부르는데 여기까지는 그래도 좋았다고들 얘기한다. 물론 〈두리안 두리안〉, 〈할리우드 홍콩〉 모두 홍콩의 구석구석 현실감 넘치게 묘사한 장면들은

프루트 챈의 〈리틀 청〉. 민 머리 건달 데이비드가 바 로 노스포인트 동보식당 의 사장님이다.

무척 좋다.

아홉 살 소년 '리틀 청'의 눈으로 반환을 앞둔 홍콩의 쓸쓸한 자화상을 그린 〈리틀 청〉은 그야말로 홍콩 뒷골목에 대한 치밀한 기록이다. 조그만 식당을 운영하는 아버지를 도와 가끔 배달 일을 다니면서 건달도 만나고 동남아 불법취업자도 만나고 대륙에서 건너온 이민자들도 만나면서 세상에 눈을 떠간다. 그러면서 홍콩이 중국으로 반환되던 즈음의 현실이 겹쳐진다. 학교에서 의무적으로 북경어를 배우고 중국식 경례법도 배운다. 그렇게 홍콩은 조금씩 변해간다. 프루트 챈은 〈리틀 청〉을 준비하면서 홍콩섬의 노스포인트부터 구룡반도의 몽콕 뒷골목까지 안 다녀본 곳이 거의 없을 정도로 촬영 장소를 찾아다녔다.

리틀 청이 살던 동네의 터줏대감 건달 데이비드로 출연한 남자가 바로 장성초인데 영어 이름으로는 그냥 '로비 청'이라 부른다. 전문 배우는 아니고 프루트 챈과의 인연으로 〈그해 여름 불꽃놀이는 유난히 화려했다〉에 단역으로 출연했고 이후 〈엄마는 벨리 댄서〉(2006)에도 잠깐 모습을 비췄다. 〈리틀 청〉에서는 자신의 배우 인생에서 가장 비중이 많은 데이비드로 출연해 금상장 조연상 후보로도 오른 적 있다.

바로 〈리틀 청〉의 배경이기도 한 노스포인트에 가면 그가 운영하는 동보식당Tung Po Kitchen, 東寶小館이 있다. 노스포인트 역 A1 출구로 나가면 보이는 큰 상가 건물 'Java Road Municipal Services Building' 내 2층에 자리하고 있다. 하지만 주말이면 기다리는 사람이 많아 번호표를 받고 한참 기다려야 한다. 몇 번 그런 고초를 겪고는 오픈 시간인 오후 5시 30분에 맞춰 방문했던 기억이 있다.

해산물 요리를 비롯하여 거의 모든 메뉴를 다 파는데, 가장 인

주말이면 기다리는 사람이 많아 번호표를 받아야 하는 동보식당.

상적인 건 막걸리 사발 같은 잔에 맥주를 부어 마신다는 점이다. 물론 이곳만 그런 건 아니고 홍콩 여러 노천식당에서 그렇게 마시는 사람들을 많이 봤는데, 과학적으로 설명할 수 없으나 주량을 대폭 '업'시키는 효과가 있다. 여기서 단 하나의 메뉴를 고르라면 단연 돼지족발튀김이다. 겉에 윤기가 흐르고 기름진 한국 족발과 달리 바삭하고 달콤한 게 정말 맛있다. 예전에는 한자 메뉴판밖에 없어서 적당히 '돼지 발목'으로 알아들을 것이란 생각에 '포크 넥'을 외쳤지만, 이제는 사진이 곁들여진 영어 메뉴판도 생겨서 주문하기 어렵지 않다.

가게에서 정말 눈 한번 마주치기 어려운 로비 청 사장은 이 지역에서는 제법 유명한지 줄 서서 사진 찍어달라고 하는 사람들이 엄청 많다. 사진 촬영을 마다하지 않기 때문이기도 하다.

막걸리 사발 같은 데 맥주를 부어 마
시며 돼지족발튀김을 먹으면 없던
주량도 생긴다.

손님과 함께 가끔 술잔도 기울이면서 웃어주고 안아주고 사진
찍어주며 하여간 무지 친절하게 잘해준다. 맨 처음 이곳을 방문
했을 때도, 그저 한국에서 왔다고 하니 일단 어깨동무부터 했던
기억이 있다.

　비록 전업배우는 아니지만 홍콩영화계 내에서도 제법 유명한

사람이라 촬영 협조도 잘해줘서, 장만옥의 옛 남편이기도 한 올리비에 아사야스의 〈보딩 게이트〉(2007)를 바로 이곳에서 촬영할 수 있었다. 달아나던 아시아 아르젠토가 바로 이 식당을 통과해 헐레벌떡 지나갔다. 센트럴 역의 붉은색이 인상적인 것처럼, 홍콩은 매 MTR 역마다 마치 정해져 있는 것 같은 고유 색깔들이 하나씩 있는데 노스포인트 역은 주황색이다. 〈보딩 게이트〉에도 나오는 노스포인트 역에서 수많은 인파를 헤치며 그 화려한 벽면을 뒤로하고 달아나던 아시아 아르젠토의 다급한 눈빛이 잊히지 않는다.

장국영의 팬이라면 반드시 들러야 할
퀸스 카페

〈아비정전〉에서 나른한 얼굴을 한 아비(장국영)는 퀸스 카페 Queen's Cafe, 皇后飯店에 하염없이 앉아 어머니에게 불만을 늘어놓는다. 어머니는 젊은 남자와 바람이 났고 장국영은 그게 영 못마땅하다. 그 '놈 씨'가 어머니의 돈을 보고 접근한 것이라 얘기하지만, 어머니는 뒤늦게 찾아온 사랑이 위험한 것이라 해도 그 순간에 충실하고 싶어 한다. 그렇게 어머니와 아들은 퀸스 카페에서 한참 말다툼을 한다. 사실 엄마는 계모다. 아비는 계모가 친모가 어디 있는지 알면서도 말해주지 않는 것도 늘 불만이었다. 하지만 계모는 다시 한번 장국영의 가슴에 못을 박는다. "이제는 너를 잊었을걸?"

장국영이 세상을 떴을 때, 팬들이 가장 많이 떠올린 영화는 〈아비정전〉이었다. 영화 속에서 아비는 "내가 정말 궁금했던 게 내

영화 속 모습과 가장 비슷한 노스포인트 역의 퀸스 카페.
창가의 커튼 너머에 장국영이 앉아 있는 것만 같다.

삶의 마지막 장면이었어. 그래서 난 눈을 뜨고 죽을 거야"라는 말을 남기고 숨을 거두었다. 언제나 결핍과 고통으로 채워진 시간을 보내던 아비는 퀸스 카페에서 친구들과 그나마 휴식의 순간을 가졌다. 친모를 찾아 필리핀으로 떠나겠다고 선언하던 장소도 바로 퀸스 카페다.

〈아비정전〉을 비롯해 현재까지 왕가위와 작업하고 있는 재키 팽 프로듀서가 당시 거의 두 달 동안 매일 퀸스 카페에 가서 점심과 저녁을 먹으며 주인과 친해져 섭외에 성공할 수 있었다고 한다. 이미 그때만 해도 골드핀치 레스토랑처럼 1960년대의 내부 인테리어를 유지하는 식당이나 카페가 드물었기 때문이다. 하지만 실제로 영화를 촬영한 코즈웨이베이의 퀸스 카페는 아

장국영, 장만옥, 장학우, 왕가위의 사인이 들어간 〈아비정전〉 오리지널 포스터 액자.

카페 한가운데의 공중전화 부스는 캐슬 로드의 것과 똑같이 생겼다.

쉽게도 2000년대 들어 문을 닫았다. 그러다 2010년 이후 퀸스 카페가 홍콩 여러 곳에 지점을 내며 반갑게도 영업을 재개했다. 그중에서도 영화 속 모습과 가장 닮아 있는 곳이 바로 노스포인트 지점이다. 노스포인트 역 B3 출구로 나와서 킹스 로드King's Road를 따라 동쪽으로 더 가면 나온다.

일단 창가의 커튼 느낌이 영화와 비슷한 데다 결정적으로 장국영, 장만옥, 장학우, 왕가위 등이 사인을 한 개봉 당시 〈아비정전〉 오리지널 포스터 액자가 걸려 있다. 또 장만옥과 유덕화가 만나던 캐슬 로드의 공중전화 부스와 똑같이 생긴 부스가 카페

北角

한가운데 자리해 있다. 가장 눈에 띄는 것은 바로 카페 입구의 '퀸스 카페' 글자다. 'QUEEN'S CAFE'라는 글씨가 닳아서 페인트칠이 벗겨진 것까지 영화 속 모습 그대로다.

〈아비정전〉과 장국영의 팬이라면 반드시 이곳을 들러야 한다. 대문자 Q로 만들어진 카페의 큼직한 손잡이를 당겨서 여는 순간 〈아비정전〉의 노스탤지어가 그대로 펼쳐진다.

사이잉푼,
케네디타운, 홍콩대학

西營盤, 堅尼地城, 香港大學
Sai Ying Pun, Kennedy Town, HKU

홍콩영화의 무드가 물씬 느껴지는
사이잉푼

개정판을 준비하던 10여 년의 시간 동안 새롭게 발견한 지역이라면, 단연 성완에서도 더 왼쪽으로 뻗어나가는 홍콩섬 서쪽 지역인 사이잉푼과 홍콩대학, 그리고 케네디타운이다. 장국영과 매염방이 출연한 관금붕 감독 〈연지구〉(1987)의 주 무대였던 섹통추이Shek Tong Tsui, 石塘咀가 바로 이곳에 있다.

굳이 시기별로 구분하자면, 2010년대 초반에는 노스포인트와 쿼리베이, 타이항 쪽의 매력에 흠뻑 빠져들었다가 그 이후로는 언제부턴가 사이잉푼이나 홍콩대학 쪽에 숙소를 구하고 하이스트리트High Street 쪽에서 브런치를 먹는 것이 일상이 됐다. 그건 아무래도 성완에서 케네디타운까지 지하철이 이어졌기 때문이다. 오래전 〈연지구〉에 나오는 섹통추이의 그 높다란 고가도로를 찾기 위해 석당저石塘咀라고 쓴 메모지만 들고 얼마나 택시

〈연지구〉에 나오는 섹통추이의 고가
도로. 저 높은 고가도로를 올려다보
며 귀신 여화는 사랑하는 사람을 찾
을 수 없다는 슬픔에 눈물을 흘렸다.

기사분들을 괴롭혔던가.

1930년대를 배경으로 한 〈연지구〉에서 기생이었던 여화(매염
방)는 부잣집 청년 진방(장국영)과 신분을 초월한 사랑에 빠지지
만, 집안의 반대를 이기지 못해 결국 동반 음독자살을 하게 된
다. 하지만 내세에서 만나기로 약조했던 진방이 오지 않자, 귀신
여화는 기다리다 못해 1980년대 홍콩에 나타난다. 그리고 신문
사를 찾아가 사람을 찾는다는 조그만 광고를 낸다.

결국 진방이 그때 함께 죽지 않았고 여전히 70대 노인으로 영
화 촬영 현장의 엑스트라로 근근이 살아가고 있음을 알게 된다.
경극 배우를 꿈꾸던 부잣집 도련님이 가세가 기울면서 이제 입

에 풀칠하기도 힘든 쓸쓸한 노년을 보내고 있는 것이다. 여화는 오래전 진방이 자신과 함께 죽지 않았다는 것을 알고는 한없이 풀이 죽은 채로 섹통추이의 이곳저곳을 다닌다. 함께 경극을 보러 가던 극장은 24시간 편의점으로 바뀌고, 기방은 식당으로, 기방이 있던 자리 위로는 한없이 올려다봐야 하는 고가도로가 걸린 모습을 본다. 사랑하는 사람은 약속을 지키지 않았고, 일상처럼 오고 가던 곳들은 모두 바뀌었다. 어쩌면 다시는 진방을 만나지 못할지도 모르겠다는 서글픔이 눈가에 맴돈다.

같은 해 만들어진 〈천녀유혼〉(1987)에서 본 도포 자락을 휘날리며 하늘을 날아다니는 귀신의 판타지는 전혀 찾아볼 수 없다. 어쩌면 여화는 내가 지금껏 본 영화 속 귀신들 중에서 가장 연약하고 소심하다. 사람을 찾기 위해 신문사를 찾아가 광고를 내는 귀신이 또 어디 있을까. 메모지 하나만 달랑 들고 아무런 정보도 없이 섹통추이를 찾으려 사이잉푼과 케네디타운을 하염없이 헤매던 내 기분도, 어쩌면 모든 것이 다 바뀌어버린 섹통추이에 뚝 떨어진 여화의 심정과 비슷했을지도 모른다.

이제 MTR 홍콩대학 역에 내리면 〈연지구〉의 고가도로가 바로 보인다. 코로나19 이전 마지막으로 이곳을 찾았던 2020년 초, 홍콩대학 역 근처는 우산시위대의 구호가 적힌 전단지가 주변 이곳저곳을 가득 채우고 있었다. 〈연지구〉가 1997년을 바라보는 홍콩의 중국 반환 정서를 귀신의 비애로 치환한 것이었기에, 혹시나 〈연지구〉를 리메이크한다면 바로 2010년대 우산혁명 시대의 홍콩에 뚝 떨어진 귀신의 이야기로 바꿔도 좋겠다는 생각

센트럴의 미드 레벨 에스컬레이터와 쌍둥이라 할 수 있는
사이잉푼의 야외 에스컬레이터. 언젠가 이곳을 배경으로 만남과
헤어짐의 영화가 만들어질 수 있지 않을까.

이 들기도 했다. 그렇다면 여화는 과연 무슨 생각을 하게 될까.

사이잉푼이 매력적인 이유는 바로 센트럴의 미드 레벨 에스컬레이터와 쌍둥이라고 할 수 있는 야외 에스컬레이터가 있기 때문이다. 〈중경삼림〉처럼 언젠가 이곳의 미드 레벨 에스컬레이터를 배경으로 영화가 만들어질 수도 있겠다는 상상을 해보았다. 그래서 이곳을 '작은 소호'라고 부르기도 하는데, 번잡한 센트럴보다는 '로컬' 냄새가 진하고 둘러보기에 아기자기한 맛이 있다. 산의 맨 아래 도로에서부터 'First(第一街), Second(第二街), Third(第三街) Street'로 차례대로 이름을 붙인 것도 재미있다. 그래서 길 찾기가 쉽고, 특히 왕가위 감독도 종종 들른다고 하는 하이 스트리트High Street는 다국적 브런치의 천국이다.

사이잉푼, 케네디타운, 홍콩대학

세월의 흐름을 그대로 흡수한 듯한 골목 깊숙이 자리한 콩티카페.

사이잉푼에서 홍콩영화의 무드를 즐길 수 있는 곳이라면, 먼저 발견과 동시에 눈이 휘둥그레졌던 1980년대 분위기의 콩티카페Congteakafe, 茶咖里가 있다. 좁은 골목 저 멀리 낡은 벽돌 건물들로 둘러싸인 테이블 하나를 발견함과 동시에 '이건 찐이다!'라는 직감이 왔다. 세월의 흐름을 그대로 흡수한 듯한 골목 깊숙이 자리한 콩티카페는 커피는 물론 홍콩 로컬식 브런치까지 제공하는 현대식 차찬텡이다. 닭날개 마카로니 수프 등 마카로니 수프에 모든 걸 다 풍덩 빠트려 먹는 현지인들의 입맛을 제대로 느낄 수 있는 멋진 곳이다.

다음은 왠지 홍콩 누아르 영화 속 은밀한 접선 장소처럼 느껴지는 핑퐁 129 진토네리아Ping Pong 129 - Gintoneria다. 아마도 예전부터 있었다면 왕가위가 〈아비정전〉의 촬영지로도 썼을 법한 1960년대의 흔적이 짙게 남아 있다. 실제로 그때부터 운영하던

西營盤, 堅尼地城, 香港大學

홍콩 누아르 영화 속 인물
들이 은밀한 접선을 하고
있을 것만 같은 핑퐁성.

지하 탁구장을 칵테일바로 변화시킨 곳으로, 그 역사를 그대로
간직한 것 같은 핑퐁성丘乓城이라는 글자가 짙붉은 두꺼운 대문
과 함께 반긴다.

　일단 이곳은 비주얼에 압도당하는 느낌이다. 높다란 천장과
분위기에 취하게 만드는 인테리어까지, 발견과 동시에 '이곳만
큼은 아무에게도 알려주지 않겠다'라고 결심하게 만들었으나,
지금은 TV 여행 프로그램 등에도 소개가 되면서 홍콩에서 가장
핫하고 유명한 스피크이지 바Speakeasy Bar가 됐다. 탁구장 전체
를 철거하지 않고 적당히 남겨둔 채로 바를 설치했는데, 바 뒤편

에 붉은 네온사인으로 단련신체鍛鍊身體라는 문구가 인상적이다. 진토네리아라는 이름처럼 세계 각지의 진을 위주로 판매하고 있는데, 진 본연의 맛을 추구하는 곳이다. 물론 지금도 진에 대해 잘 모르지만 무언가 전문가의 손길이 들어간, 다른 어느 곳에서도 접하지 못한 맛이었던 것 같다.

케네디타운 서쪽 사이완 수영창고와
〈색, 계〉 양조위의 집

케네디타운은 예전에도 별생각 없이 종종 들르는 곳이었다. 왜 나하면 홍콩여행 중 아무런 의욕도 없는 날은 괜히 트램을 타고 홍콩섬 서쪽 끝인 케네디타운에서 동쪽 끝인 샤우케이완까지 왕복하곤 했기 때문이다. 더구나 케네디타운이나 샤우케이완은 센트럴 지역 분위기와는 사뭇 다른데, 식당에 영어 메뉴판도 거의 없을 정도로 로컬 분위기가 물씬 풍겨서 동네를 둘러보는 재미도 쏠쏠했다.

1904년부터 트램이라는 도시철도가 홍콩섬에서 운행을 시작했으니 트램의 역사는 이미 100년을 훌쩍 넘었다. 지금도 2.6홍콩달러면 탈 수 있으니 우리 돈으로 500원도 안 되는 가격으로 무제한 관광열차를 탈 수 있는 셈이다. 에어컨이 없다는 것이 치명적인 단점이긴 하나 2층 앞쪽으로 자리를 잡을 수 있다면 딱

500원 정도를 투자해 탈 수 있는 무제한 관광열차인 트램. 아무 계획 없이 트램을 타고 홍콩의 오후를 즐겨보는 것도 여행의 묘미이다.

히 더위 걱정은 안 해도 된다. 바쁜 날이면 아무 계획 없이 트램을 타고 홍콩의 오후를 만끽하던 한가로운 시간이 그리워진다.

지명에 들어가는 케네디라는 이름은 전직 영국령 홍콩 총독 중 한 명이었던 아서 에드워드 케네디 경의 이름에서 따왔고, 실제로 이 일대 개발에 큰 기여를 했다고 한다. 그렇게 트램으로만 갈 수 있던 곳은 2014년부터 지하철이 운행하며 집값도 엄청나게 올랐고 방문객도 늘어났다. 최근에는 코로나 시기임에도 불구하고 홍콩섬 서부지역에서는 유일한 영화관인 골든 신 시네마Golden Scene Cinema, 高先電影院가 생기기도 했다.

빅토리아 로드를 따라 서쪽으로 더 가면, 아마도 익청빌딩과 더불어 최근 홍콩에서 최고의 인스타 명소로 떠오른 사이완 수

西營盤, 堅尼地城, 香港大學

영창고Sai Wan Swimming Shed, 西環鐘聲泳棚와 만날 수 있다. 케네디 타운에서 1번이나 54번 버스를 타고 가도 되지만 그냥 바다 구경하며 걷는 것이 좋다.

홍콩 올로케이션으로 촬영한 두 편의 뮤직비디오에 이곳이 등장하는데, GOT7의 'You Are'에서 바다가 보이는 계단 같은 곳에서 진영이 앉아 있다가 돌아보던 곳이고, 혼성 듀오 디에이드의 '예쁜 쓰레기' 뮤직비디오에도 이곳이 등장한다. 이제는 웨딩 사진을 찍으려는 사람들까지 포함해서 방문객이 너무 많아졌다. 주말이면 바다와 맞닿은 통로의 끝, 즉 계단이 바닷속으로 잠기는 지점까지 가서 사진을 남기려면 족히 1시간은 기다려야 한다. 나 또한 평일에 방문했음에도 대여섯 팀이 줄을 서 있어 그저 멀리서 찍는 것으로 만족했다.

홍콩에는 동네 곳곳마다 수영장이 있을 정도로 사람들이 수영을 즐기는데, 1960년대 들어 바다 수영이 가능한 스위밍 셰드도 10개 정도 만들었다고 한다. 그중에서도 사이완에 있는 이곳이 가장 유명했다고 한다. 하지만 하나둘 없어지던 끝에 현재까지 과거의 모습을 유지하고 있는 유일한 곳이 바로 사이완 수영창고다.

이곳에 더 관심을 갖게 된 이유는, 어렸을 적 장국영이 찾기도 했던 곳이라는 점 때문이다. 꽤 많은 사람이 소셜 미디어에 그렇게 써놓았는데, 사실 그가 이곳을 즐겨 찾았다는 정보의 출처를 정확하게 찾지는 못했다. 다만 수소문 결과 '홍콩 지인으로부터 들었다'는 얘기가 돌고 돈 것으로 보인다. 이곳이 돈이 되는 관

햇빛을 받으며 바다로 뛰어들 때 장국영은 얼마나 멋졌을까. 과거의 모습을 현재까지 유지하고 있는 유일한 수영창고.

광지도 아니기에 그런 얘기를 누군가 일부러 지어냈을 것 같지는 않고, 홍콩에서 아는 사람은 아는 이야기일 거라 생각하기로 했다. 당시 안 가본 사람이 없을 정도로 홍콩 젊은이들에게 꽤 인기가 많은 곳이었다고 하니 꽤 신빙성 있는 얘기이리라. 물론 만능 스포츠맨이었던 장국영이 이곳에 서서 햇빛을 받으며 바다로 뛰어들 때 얼마나 멋졌을까 상상하는 재미까지 더할 수 있었다. 이제 와서 그에 관한 새로운 추억을 하나 추가할 수 있어서 감사했다고나 할까.

케네디타운에서 힘을 내어 조금 더 걸어가면, 리안 감독의 〈색, 계〉에서 친일파의 핵심인물이자 정보부 대장인 양조위의 집이 나온다. '막 부인'으로 위장한 탕웨이와 그 동료들이 그를 암살하기 위해 신분을 위장하고 접근했던 대저택의 촬영지가 있기에 찾아가기까지 고생이어도 그만큼 보람이 있다. 마운트 데이비스 패스Mount Davis Path, 摩星嶺徑가 시작되는 지점에서 멋진 바다 풍광을 그대로 품고 있는 시카고 대학 홍콩 캠퍼스에 바로 그 집의 흔적이 남아 있다.

양조위가 연기한 친일파 '이'의 경비가 삼엄한 대저택은 아무나 출입할 수 없는 견고한 성채나 마찬가지다. 홍콩에 온 탕웨이는 대학교 연극부에 가입하고, 연극을 통해 애국심을 고취하려는 급진파 왕리홍을 흠모하게 되면서 자연스레 그가 주도하는 항일단체에 몸담게 된다. 드디어 이 암살계획을 세운 그들은 신분과 정체를 위장한 채 그의 부인(조안 첸)에게 접근하는 데 성공한다. 홍콩에 온 지 얼마 안 되어 센트럴과 리펄스베이밖에 가보지 못했다는 부인에게 침사추이 구경을 시켜주러 탕웨이 일행이 오게 되는데, 왕리홍은 잔뜩 긴장하고 있는 일행들에게 말한다. "이건 리허설이 아니야!" 그런 다음 굳게 닫힌 저택의 문이 열리고 양조위가 등장한다. 곧이어 거대한 저택의 모습이 드러나며 그들의 목숨을 건 연극의 막이 오른다.

'어디까지나 이것은 연기일 뿐'이라며 자신의 연기로 임무를 완벽하게 수행하겠다는 자존심과 애국심으로 양조위를 매혹하지만, 점차 서로에게 진심으로 끌리며 영혼까지 탐하려 드는 '색'의 본능으로 나아간다. 교내 선전 연극을 하면서는 아무런 긴장감도 느끼지 못했던 탕웨이의 진짜 연기가 시작되고, 결국 모든 것이 항일운동의 일환일 뿐이라는 현실과 양조위를 사랑하는 척

〈색, 계〉에서 친일파 대장인 양조위가 살던 대저택. 흰 벽과 초록색 대문이 영화 속 모습 그대로다.

해야 한다는 픽션의 경계마저 넘어버리는 경험을 하게 된다.

이곳은 1990년부터 2000년대 말까지 사실상 버려져 있던 곳이었기에 영화 제작진은 캠퍼스 구석구석을 잘 써먹었다. 실제로 처음 이곳을 찾은 것이 캠퍼스가 세워지기 전이자 〈색, 계〉촬영 후인 2010년경이었는데 영화에서처럼 초록 대문이 굳게 잠겨 있어, 마치 양조위를 암살하기 위해 숨소리를 죽이고 잠입하는 자객처럼 바다 쪽 비탈길로 몰래 들어가 구경한 적이 있다. 지금보다는 더 구치소 느낌이 나고, 금방이라도 문밖에서 무언가 튀어나올 것 같아 스산했던 기억이 있다.

西營盤, 堅尼地城, 香港大學

내부에 들어서면 홍콩 역사
를 알아볼 수 있는 전시물과
만날 수 있다. 당시 홍콩 경찰
의 복장도 전시되어 있다.

　규모가 꽤 커서 입구는 두 곳이다. 원형 야외 입구가 있는 곳
은 캠퍼스이고, 오른편에 따로 마련된 문화재 보존 센터heritage
courtyard and interpretation centre가 바로 〈색, 계〉의 양조위 집이다.
흰 벽과 초록색 대문은 물론 그 위의 철조망까지 영화 속 모습
그대로다. 내부에는 박물관처럼 이곳의 역사가 여러 전시물 형
태로 비치되어 있고 당시 홍콩 경찰들의 복장도 전시되어 있다.
바로 이곳이 과거 1961년부터 1990년까지 VRDC(Victoria Road
Detention Centre)라고 불린, 홍콩 경찰의 훈련소이자 구치소였기
때문이다. 여기서 〈색, 계〉가 촬영되었음을 알려주는 영화 속 스
틸 사진들도 비치되어 있다.

　그 외에도 이 지역의 역사는 물론 홍콩에서 사회운동과 인권
운동을 하다가 이곳에 잡혀 온 사람들의 이야기, 이제는 사라진
티우갱렝처럼 홍콩 외곽도시의 과거 모습과 역사까지 연도별로
잘 전시되어 있다.

〈색, 계〉〈유리의 성〉 속 젊은이들의 학교,
홍콩대학

〈색, 계〉의 항일운동을 하는 젊은이들이 다니던 학교가 바로 홍콩에서 가장 오랜 역사를 지닌 홍콩대학HKU이다. 본관의 경우 건물과 복도 모두 원형을 잘 보존하고 있어서 그때로부터 무려 50년도 더 지난 시점에도 무난하게 영화 촬영이 가능했다.

홍콩에서 두 번째로 역사가 오랜 홍콩중문대학과 또 다른 유명 대학인 홍콩폴리텍대학이 바다 건너 구룡반도에 있는 반면, 아무래도 보다 남쪽에 있는 홍콩섬의 학교여서 그런지 몰라도 야자수를 비롯한 열대, 아열대 식물들이 캠퍼스를 가득 채우고 있어 교내를 둘러보는 것만으로도 시간 가는 줄 모를 정도다. 학교 전체가 마치 거대한 식물원에 온 것 같은 기분이 들게 한다고나 할까.

〈색, 계〉의 탕웨이는 당시 유행하는 해외 멜로영화를 즐겨 보

西營盤, 堅尼地城, 香港大學

홍콩에서 가장 역사가 오래된 홍콩
대학.

던 평범한 학생이다. 그런 그녀가 영화에서 눈물을 펑펑 쏟으며
보는 영화는 스웨덴 출신 배우 잉그리드 버그먼의 할리우드 데
뷔작 〈인터메조〉(1936)다. 사랑하는 사람을 위해 가정을 버린 바
이올리니스트 홀거(괴스타 에크먼)와 아니타(잉그리드 버그먼)의 가슴
절절한 사랑을 그리고 있다.

　탕웨이 역시 중국 본토 출신으로 홍콩과 미국의 합작영화인
〈색, 계〉에 출연했으니 〈인터메조〉로 할리우드에 진출하여 이
후 톱스타의 길을 걷게 되는 잉그리드 버그먼과 꽤 의미심장한
연결고리를 찾을 수 있다. 영화를 보고 감동받고 연기의 매력에
호기심을 느낀 탕웨이는 친구와 함께 홍콩대학의 연못에 앉아

〈색, 계〉에서 탕웨이는 친구와 이 연못에 앉아 '학생운동'과 '예술' 사이의 고민을 이야기한다.

'학생운동'과 '예술' 사이에서 미래에 대한 깊은 얘기를 나눈다. 원형 연못도 영화 속 모습 그대로인데, 바로 탕웨이가 연기자가 되기로 결심한 곳이다.

　하지만 그들이 무대에 올리는 연극은 하나같이 일제강점기의 중국인들에게 애국심을 고취하는 선전 연극이었다. 통속적인 멜로영화 〈인터메조〉의 잉그리드 버그먼을 보며 연기의 꿈을 키운 탕웨이가, 정작 교내 연극에서는 전쟁터로 떠난 오빠 때문에 묵묵히 가족의 생계를 책임져야 하는 소녀 가장을 연기한다.

西營盤, 堅尼地城, 香港大學

〈색, 계〉의 원작자인 장아이링도 실제 상하이에서 홍콩대학으로 유학을 온 경험이 있으니 이곳의 복도와 계단은 장아이링과 탕웨이가 모두 흔적을 남긴 곳이다. 어렵사리 학교를 올라갔더니 여름방학이라 그런지 동네 꼬마들이 뛰어놀고 배드민턴을 치며 한가로이 시간을 보내고 있었다. 새로 지은 대학들처럼 정문과 본관이 한참 떨어져 있는 구조가 아니어서 더 아담하고 정겨워 보였다.

홍콩대학은 아시아에서는 도쿄대학 등과 더불어 최고 대학 중 하나로 꼽힌다. 1994년부터 매년 세계대학순위를 발표하는 영국의 고등교육평가기관 QS(Quacquarelli Symonds)의 2021년 평가를 보면 싱가포르 국립대, 중국 칭화대학, 싱가포르 난양공과대학에 이어서 아시아 4위이자 세계 22위다. 10년 전 첫 번째 책에서는 당당하게 아시아 1위였으니 개정판을 쓰는 시점에 순위가 뚝(?) 떨어진 것 같아 아쉽긴 하다.

홍콩대학이 가장 많이 등장하는 영화는 1960년대 말 혼란스러운 홍콩을 배경으로 한 여명, 서기 주연의 〈유리의 성〉(1998)이다. 런던에서 한 중년 남녀가 교통사고로 사망하게 되고, 데이비드(오언조)와 수지(진혁시)가 각각 부모님의 장례식을 위해 런던으로 온다. 두 사람은 각자의 아버지와 어머니가 젊은 시절 애틋한 사랑을 나눴던 사이임을 알게 된다. 남자는 미국에, 여자는 홍콩에 따로 가정을 꾸려 살아가고 있었지만 결코 서로를 잊지 못했다. 그런 사고로 만나게 된 데이비드와 수지는 결국 부모 세

여명, 서기 주연의 〈유리의 성〉. 아치 사이로 멀리 시계탑이 보이는 복도에서 두 사람은 풋풋한 첫사랑의 감정에 젖는다.

대가 이루지 못했던 사랑에 빠지게 된다.

정말 곳곳에 두 주인공의 사랑의 떨림과 아쉬움이 깊이 배어 있다. 얼핏 본관만 보면 무척 작게 느껴지지만 홍콩대학은 본관 뒤 산 쪽으로도 한참 교정이 펼쳐져 있고, 폭푸람 로드Pok Fu Lam

西營盤, 堅尼地城, 香港大學

Road 위로 한참 더 가서 오른쪽 건너편에는 여명이 지내던 남자 기숙사 리치 홀Ricci Hall이 있다. 또 리치 홀 앞에는 서기가 살던 여자 기숙사인 호통홀Ho Tung Hall도 있다. 영화 후반부에서 이미 각자의 가족이 있는 중년의 처지로 만난 두 사람은 호통홀이 곧 새 건물로 지어진다는 얘기를 나누면서 무척 아쉬워한다.

아마도 가장 기억에 남는 장면은 은은한 달빛이 스며드는 가운데 1층 마당에서 키스하려고 마주 서 있던 두 사람의 모습이다. 아치 사이로 멀리 시계탑이 보이는 복도에서 두 사람은 풋풋한 첫사랑의 감정에 젖는다. 하지만 수줍은 나머지 키스는 다음에 하기로 하고 헤어진다. 그런데 그 '다음'이 그렇게 오랜 시간이 걸리게 되리라 누가 예상했을까.

시계탑과 야자수가 길게 자라 조화를 이룬 모습은 홍콩의 한복판에서 마치 모로코를 배경으로 한 〈카사블랑카〉(1942)의 공간 같은, 마치 아프리카나 중동 어딘가에 온 것 같은 느낌을 준다. 그런데 그 여러 개의 나무는 무척 아름답지만 각자 평행하게 위로 곧게 뻗을 뿐 결코 서로 만나지 않는다. 마치 대학 졸업 후 세월에 휩쓸려 각자의 삶을 사는 그들의 운명 같다고나 할까. 〈유리의 성〉은 첫사랑은 절대 이루어지지 않는다는 말을 다시 한번 되새김하게 되는 영화다.

리펄스베이

淺水灣 Repulse Bay

양조위와 탕웨이가 마음의 문을 열었던
베란다 카페

리펄스베이는 〈색, 계〉에서 양조위와 탕웨이가 처음으로 따로 만나 데이트를 하던 베란다The Verandah 카페가 있는 곳이자, 과거 장국영이 꽤 긴 시간 살았던 동네이기도 하다.

베란다 카페의 경우 맨 처음에는 호텔로 시작했다. 1920년에 지어진 과거 리펄스베이 호텔은 작가들과 부호들이 즐겨 찾던 곳이었지만 이후 고층 아파트가 지어지면서 해체됐고 베란다 카페도 문을 닫았다. 바로 리펄스베이의 명물이기도 한, 가운데가 네모나게 뻥 뚫린 리펄스베이 아파트 말이다. 그러다 이후 1980년대 재개장해 지금에 이르렀다. 여러 번 내부 공사를 거쳤고 현재는 베란다 카페 외에도 갤러리까지 생겨 이곳의 과거 모습까지 엿볼 수 있다.

현재 베란다 카페는 홍콩에서도 대표적인 애프터눈 티 세트

〈색, 계〉에서 양조위와 탕웨이가 처음으로 데이트를 하던 베란다 카페.

식민지 시절 홍콩의 옛 정취를 짙게 머금고 있다. 〈경성지연〉의 한 장면.

맛집으로 유명한데, 이는 영국의 대표적인 차 문화가 홍콩 스타일로 이식된 경우라 할 수 있다. 홍차 문화를 바탕으로 상류층 사람들이 점심 식사 후 차와 간식을 친구들과 함께 나누며 담소를 즐기던 것이 점차 사회 전반으로 확대되었다. 이곳은 언제나 사람이 많고 행사도 많아서 '착석'하는 것 자체가 여간 힘든 일이 아니었는데, 그럴 때마다 〈색, 계〉에서 "여기는 왜 사람들이 없죠?"라는 탕웨이의 질문에 "워낙 맛이 없어서"라는 양조위의 대사만 떠올렸던 기억이 난다.

　베란다 카페는 역시 장아이링 원작으로 주윤발이 주연을 맡은 〈경성지연〉(1984)에도 등장할 정도로 내부 인테리어에서부터 식민지 시절 홍콩의 옛 정취를 짙게 머금은 곳이다. 〈경성지연〉

바다를 향해 거대한 창이 열려 있다.
양조위는 탕웨이를 베란다 카페로 초대하면서 마음의 문을 열었다.

을 보고 있으면 전쟁의 포화 속에 부자들의 피난처로 사용되고, 군수창고로도 활용되는 리펄스베이 호텔의 옛 풍경을 볼 수 있다. 〈영웅본색〉으로 홍콩 누아르의 히어로가 되기 직전 말끔하고 훤칠한 신사 주윤발의 다소 느끼한 모습을 볼 수 있는 즐거움은 덤이다.

장아이링은 평소 "사람들은 전쟁이나 혁명보다 사랑을 할 때 더욱 진실되고 자율적으로 된다"고 말해왔는데, 어쩌면 그의 작품들을 관통하는 주제이기도 하다. 아마도 양조위를 향한 탕웨이의 미세한 마음의 떨림과 흥분, 이후 그들의 사랑이 오래도록 지속되리라는 막연한 기대는 이 공간을 통해 드러난다.

가만히 바다를 바라보는 베란다 카페의 쓸쓸함은 양조위가 놓인 상황과도 연결되는데, "여기는 왜 사람들이 없죠?"라는 탕웨이의 질문은 "당신은 왜 친구가 없나요?"라는 말로 바꿔 물을 수도 있다.

양조위는 영화 속 그 지위에 올라서기까지 주변 사람 모두를 의심하고 때로는 짓밟으면서 아무런 여유도 없이 인간성이 말살된 채 살아왔다. 어쩌면 그의 유일한 휴식처처럼 느껴지는 베란다 카페는, 이동하는 장소마다 도청장치를 체크하고 낯선 이들을 검문해야 하는 일상과 완전히 대비되는 공간이다. 숨 막힐 정도로 견고한 성채처럼 생긴, 안전을 이유로 창문도 거의 없는 자신의 집과 달리 이곳은 바다를 향해 거대한 창이 열려 있는 곳이다. 그가 종종 이곳에 들러 시간을 보냈을 거라 예상하는 건 어렵지 않다. 그리고 탕웨이는 그가 이곳으로 초대한 유일한 사람일 것이다. 그렇게 양조위는 탕웨이를 베란다 카페로 초대하면서 마음의 문을 열었다.

영화 속 주인공들이 일탈을 꿈꾸던
리펄스베이

해변으로 난 계단을 따라 내려가면 리펄스베이 비치도 멋진 풍경을 자랑한다. 나무 그늘 아래 낮잠을 즐기는 친구들부터 책을 읽고 있는 사람들까지 이보다 더 여유로울 순 없다. 수영을 즐길 수 있는 탈의실, 샤워실 등이 무료이며 수상요원들의 하얀 전망대도 무척 낭만적이다.

〈식신〉에서 깡패 두목(리조기)은 식신의 자리에서 추락한 뒤, 밑바닥 인생을 살아가며 재기를 꿈꾸는 주성치가 만든 '오줌싸개 완자'를 맛보게 된다. 한 입 베어 무는 것과 동시에 그는 환상 속에서 갑자기 하얀 천이 휘날리는 바닷가를 껑충껑충 뛰어다니는데, 그렇게 온몸으로 황홀한 맛을 표현하는 장면을 촬영한 장소가 바로 이곳이다.

〈가유희사 97〉에서 말썽쟁이 백수 주성치와 종려제가 처음

주성치처럼 뛰어다니지 않으면 안될 것 같은 기분이 드는 리펄스베이.

만나 뛰어놀던 경치 좋은 바닷가도 바로 여기다. 두 영화 속 그들의 모습을 보고 있으면, 왠지 리펄스베이는 뛰어다니지 않으면 안 될 것 같은 기분도 든다.

리펄스베이 비치를 가장 아름답게 담아낸 영화는 윌리엄 홀든, 제니퍼 존스 주연의 〈모정〉(1955)이다. 1952년 출판된 베스트셀러 소설을 영화화한 것으로, 1949년 홍콩에서 이야기가 시작된다. 의사 수인(제니퍼 존스)은 영국인과 중국인 사이에서 태어난 혼혈로 군인이었던 남편이 전쟁터에서 세상을 떠난 후 홀로 지내고 있다. 어느 날, 병원이 주최한 파티에서 미국인 신문 기자 마크(윌리엄 홀든)와 알게 되면서 사랑에 빠진다. 하지만 마크

리펄스베이

〈식신〉에서 추락한 깡패 두 목이 하얀 천이 휘날리는 바닷가를 껑충껑충 뛰어 다닌다.

〈가유희사 97〉에서 말썽쟁이 백수 주성치는 종려제와 처음 만나 이 해변을 뛰어 다닌다.

에게는 별거 중인 아내가 있었기에, 혼혈아와 유부남의 불륜이라고 비난하는 주변 사람들의 눈을 피해 홍콩의 이곳저곳을 다니며 사랑을 나눈다. 그러던 중 한국전쟁이 발발하고 마크가 종군기자로 한국으로 떠나면서 가슴 아픈 이별을 하게 된다.

〈색, 계〉의 양조위와 탕웨이가 그랬던 것처럼, 〈모정〉의 윌리엄 홀든과 제니퍼 존스가 몰래 만나던 곳도 리펄스베이다. 특히 두 사람이 해수욕을 즐기던 투명한 리펄스베이 비치의 햇살이 잊히지 않는다. 남들의 시선을 신경 쓰지 않을 수 없는 그들이 해변에서 담배를 나눠 피우던 장면이 유독 기억에 남는다. 그들의 일탈을 더욱 강조하는 것 같은 긴장감 가득한 장면으로 느껴졌다.

〈모정〉의 윌리엄 홀든과 제니퍼 존스가 몰래 만나던 리펄스베이.

〈모정〉은 실제 홍콩에서 대부분 촬영한 영화라 홍콩 사람들의 가슴에도 깊이 새겨진 것 같다. 〈첨밀밀〉에서 여명의 고모는 오래전 홍콩에 왔던 할리우드 스타 윌리엄 홀든을 잊지 못하는 독신녀로 나온다. 영화 촬영 당시 10대 소녀였을 고모는 심지어 그와 함께 찍은 사진, 함께 저녁을 먹었던 페닌슐라 호텔 레스토랑의 식기 세트까지 고이 보관하고 있다. 언젠가 다시 만날 날을 기다리면서 그렇게 말이다. 베란다 카페 또한 페닌슐라 호텔에서 운영하는 곳이니 식기 세트를 유심히 살펴보길 권한다.

〈이도공간〉 용감각공원,
세상의 끝에서 사랑을 외치다

장국영의 팬이라면 센트럴 페리 터미널 남쪽에 있는 IFC 빌딩의 익스체인지 스퀘어에서 2층 버스 6번이나 6X 버스를 타고 용감각공원Chung Hom Kok Park, 春坎角公園에 가보길 권한다. 바로 장국영의 마지막 영화 〈이도공간〉(2002)에서 장국영과 임가흔이 첫 번째 데이트를 했던 곳이다.

버스를 타고 가다가 용감각 비치Chung Hom Kok Beach에서 내린다. 이곳에서 다시 16M 버스를 타고 공원까지 바로 가도 되지만, 이왕이면 걸어갈 것을 권한다. 운동이나 산책 겸 걸어다니는 사람들도 많고, 어떤 사정이 있는지는 모르겠으나 내가 이곳을 찾았던 날은 16M 버스가 운행하지 않았다. 30분 정도 기다렸는데도 안 왔으니 배차시간이 더 길어서일지도 모르겠다.

이곳은 대한민국 최고의 장국영 팬클럽인 다음 카페 '장국영

팬클럽 '장국영 사랑' 회장님의 블로그를 통해 알게 된 용감각공원. 〈이도공간〉에서 잠깐 나오는 장소를 알아낸 팬들의 열성이 대단하다.

사랑' 회장님의 블로그를 통해 알게 됐다. 사실 영화에서 채 1분여도 나오지 않는 곳이라 이런 곳을 찾아낸 장국영 팬들의 열성은 정말 대단하다고, 마치 남 일처럼 말하는 나 자신을 발견하게 된다.

이곳에 개인적인 사연이 더해진 이유는, 바로 용감각공원으로 20분 정도 걸어가던 중 집채만 한 멧돼지를 마주쳤기 때문이다. 지난 2010년 책에서는 홍콩 야산에서 쉽게 원숭이를 만날 수 있다고 했는데, 이번 개정판에서는 멧돼지가 등장한다. 최근 홍콩에서는 산은 물론 시내에서도 멧돼지를 목격했다는 뉴스가 심심찮게 등장한다.

2021년 봄에는 새끼 멧돼지 한 마리가 혼자 전철을 타고 바다를 건넌 이야기가 화제에 오르기도 했다. 뉴스에 따르면, 한 새끼 멧돼지가 오후 4시쯤 홍콩섬에 있는 쿼리베이 역에 들어와 전철을 타고는 인근 노스포인트 역까지 간 뒤에 바다 건너 구룡반도로 넘어가는 청콴오선 열차로 '환승'까지 했다는 내용이었다. 결국 동물보호단체 관계자들에 의해 전철 종착지에서 붙잡혀 인근 공원에 방사되긴 했지만, 홍콩 사람들이 찍은 영상을 보면 심지어 그 새끼 멧돼지가 무임승차에다 노약자석에 편안히 앉아 가는 모습을 볼 수 있어 심각한 사회문제로 대두될 것만 같았다. 이런 사연을 접하면 멧돼지 에피소드가 귀엽게(?) 느껴질지도 모르지만, 실제로 지난 5년간 홍콩에서는 멧돼지 관련 포획 뉴스가 심심찮게 보도되고 있다. 원숭이처럼 사람을 때리고 습격하는 일은 벌어지지 않고 인명피해 없이 돌아다녀서 다행이라고 해야 하나.

그런데 정작 그런 정보 없이 멧돼지를 불과 2, 3초 정도 마주쳤을 때의 공포는 어마어마했다. 나보다 몸집이 족히 두 배 이상은 돼 보이는 멧돼지가 산책로를 걷다가 나를 보고는 순식간에 더 깊은 산속으로 달아나버렸다. 그렇게 용감각공원으로 향하는 길은 험난했다.

〈이도공간〉에서 부모의 이혼으로 홀로 남겨진 임가흔은 자살 시도를 한 적이 있을 정도로 심각한 상태에 놓여 있다. 그러다 낡은 아파트로 이사를 오게 되는데, 이사 첫날부터 아파트에 감도는 이상한 기운을 느낀다. 자신 말고 다른 존재들이 집에 함께

淺水灣

있다는 생각에 불안감이 엄습한다.

아파트의 한 이웃으로부터 듣게 된 그의 죽은 가족들이 귀신의 모습으로 임가흔 앞에 나타난 것이다. 임가흔을 진정시키기 위해 사촌 언니는 정신과 의사 장국영을 소개해주고, 그는 수시로 나타나는 그 귀신의 존재는 자신의 과거 상처로 인해 비롯된 것이라는 말로 안심시켜준다. 그렇게 두 사람은 조금씩 가까워지고 임가흔이 회복해 나감과 동시에 사랑의 감정이 싹튼다. 하지만 그때부터 장국영이 알 수 없는 행동을 하기 시작한다.

두 사람의 첫 번째 데이트는 장국영이 용기를 내어 시작된다. 임가흔 집 앞에서 기다리고 있던 그는 조심스레 "친구가 되어줄래요?"라고 말하고, 임가흔이 "지금 데이트 신청하는 거예요?"라고 되묻고는 용감각공원으로 향한다. 10년 전 〈아비정전〉에서 막무가내로 들이대던 아비의 모습과는 정반대다.

용감각공원은 국내 '인스타 성지'로 유명한 경남 거제도의 매미성에 가본 사람이라면 꽤 비슷하다고 느낄 만한 장소다. 벽돌로 둘러싸인 좁은 입구와 탁 트인 바다의 풍경이 가슴이 뻥 뚫리는 것 같은 쾌감을 준다.

답답한 낡은 아파트에서만 지내는 임가흔에게 최고의 힐링 장소라는 생각이 들어서, 데이트 장소를 정하는 데도 고심을 거듭한 장국영의 배려심을 읽을 수 있다. 두 사람은 아이스크림도 나눠 먹고 입가에 크림을 묻혀가며 아이들처럼 행복한 시간을 보낸다. 여기에 오기까지 꽤 긴 대화를 나눴을 거란 것도 직접 이곳에 오고서야 알게 됐다. 영화에서 장국영 또한 친구들과의

국내 인스타 성지로 유명한 거제도의 매미성과 비슷한 느낌이다.
탁 트인 바다 풍경이 가슴이 뻥 뚫리는 쾌감을 준다.

왕래 없이 집에서 책만 읽던 사람이었으니 그 시간이 꽤 달달하고 소중했을 것이다.

짧게 등장한 곳이긴 하지만 이곳에서의 첫 야외 데이트가 영화에서 중요한 전환점을 이루기에 꽤 의미 있는 장소다. 게다가 용감각공원은 홍콩섬에서 일반인이 교통수단을 이용해 여행차 닿을 수 있는 사실상 홍콩섬의 '땅끝마을'이라고 할 수 있다. 물론 스탠리 남쪽으로 쭉 이어지는, 2차 세계대전 당시 영국군과 일본군의 치열한 전투가 벌어졌던 스탠리 반도가 있긴 하다. 하지만 그곳에는 1937년에 세워져 일제강점기에는 홍콩의 독립운동가들이 잡혀 와서 고문을 당하고 지금은 삼합회 조직원들이 주로 수감된 스탠리 교도소를 비롯해 접근을 통제하는 군사

淺水灣

기지와 레이더 기지 등이 있어 사실상 일반인들이 딱히 가지 않는 지역이다.

용감각공원은 고생해서 들른 만큼 잊을 수 없는 풍광을 자랑하는 곳이다. 실제로 이곳을 찾았을 때 너른 바다를 배경으로 웨딩 사진을 찍으러 온 커플을 볼 수 있었다.

'장국영의 유작'이라는 이유만으로 보기 힘들었던 〈이도공간〉을 접하는 기분은 지금도 마찬가지다. 영화 속에서 장국영은 겉으로는 아무렇지 않은 듯 잘 살아가다가 어느 날 노부부를 만나며 깊이 감춰두었던 기억을 떠올린다. '유령이란 존재는 인간의 경험으로부터 재구성된 것이기에, 잊힌 기억은 절대 꺼내서는 안 된다'고 말하며 임가흔을 안심시켰던 정신과 의사 장국영이 정작 자신이 잊고자 했던 기억, 즉 학창 시절 자살했던 여자친구의 유령에 휘말리게 되는 것이다. 연인이 세상을 떠난 이후의 삶에 대해 "지금까지 나는 한 번도 행복한 적이 없었어"라는 장국영의 대사는 지금도 내 가슴을 후벼판다.

〈이도공간〉과 함께 그보다 앞서 출연한 〈창왕〉(한국에는 〈스피드 4초〉라는 제목으로 DVD 출시, 2000)을 연출한 나지량은 2000년대 이후 장국영이 유일하게 2편 이상 작업한 감독이다. 나지량은 영화감독을 꿈꾸었던 장국영이 영화감독으로 출연한 〈색정남녀〉(1996)를 이동승과 공동 연출하고, 장국영이 1인 2역으로 출연한 〈성월동화〉(1999)의 각본을 썼다. 그가 각본을 쓴 〈환영특공〉(1998)이나 연출한 〈코마〉(2004)를 보면 알 수 있듯 가상 현실이나 판타지, 공포라는 감정과 주인공의 정신질환이라는 주제에 관심이 많았다. 장국영이 왜 배우 경력의 후반기에 그와 '코드'가 맞았을지 생각해보는 것은 굉장히 중요하다.

〈창왕〉에서 "잠을 잘 수가 없어요. 가슴과 머리가 너무 아파요"라고 힘들어하던 장국영과 〈이도공간〉에서 몽유 현상으로 잠들지 못한 채 집 안을 돌아다니는 장국영의 모습은 지금도 가슴 아픈 장면들이다. 두 영화 모두 당시 이런저런 일들로 힘들어하던 그의 모습이 깊이 반영됐을 거라 보기 때문이다.

하나 더 중요한 것은, 장국영은 당시 홍콩 대중문화계 최고의 톱스타 지위를 누리고 있었음에도 배우로서의 도전을 멈추지 않았다는 점이다. 앞서 얘기한 것처럼 나지량 감독이 참여하거나 연출한 영화에서, 인기 없는 영화감독을 연기하고(〈색정남녀〉), 힘든 1인 2역에 도전하고(〈성월동화〉), 생애 처음으로 사이코패스를 연기하고(〈창왕〉), 정작 자신의 정신적 문제를 해결하지 못하는 정신과 의사(〈이도공간〉)로 출연했다. 심지어 〈창왕〉에서는 매서운 눈빛을 만들기 위해 눈썹 숱을 정리하여 외모의 변화를 꾀하기도 했다. 40대 중반을 넘어 50대를 향해 가던 장국영은 끊임없이 스스로 깨나가면서 변화를 모색하였다.

〈이도공간〉을 비롯한 이 시기 장국영의 영화들이 그것을 증명한다. 홍콩섬의 땅끝 공원인 용감각공원에서 그를 향한 더 큰 그리움을 느꼈다.

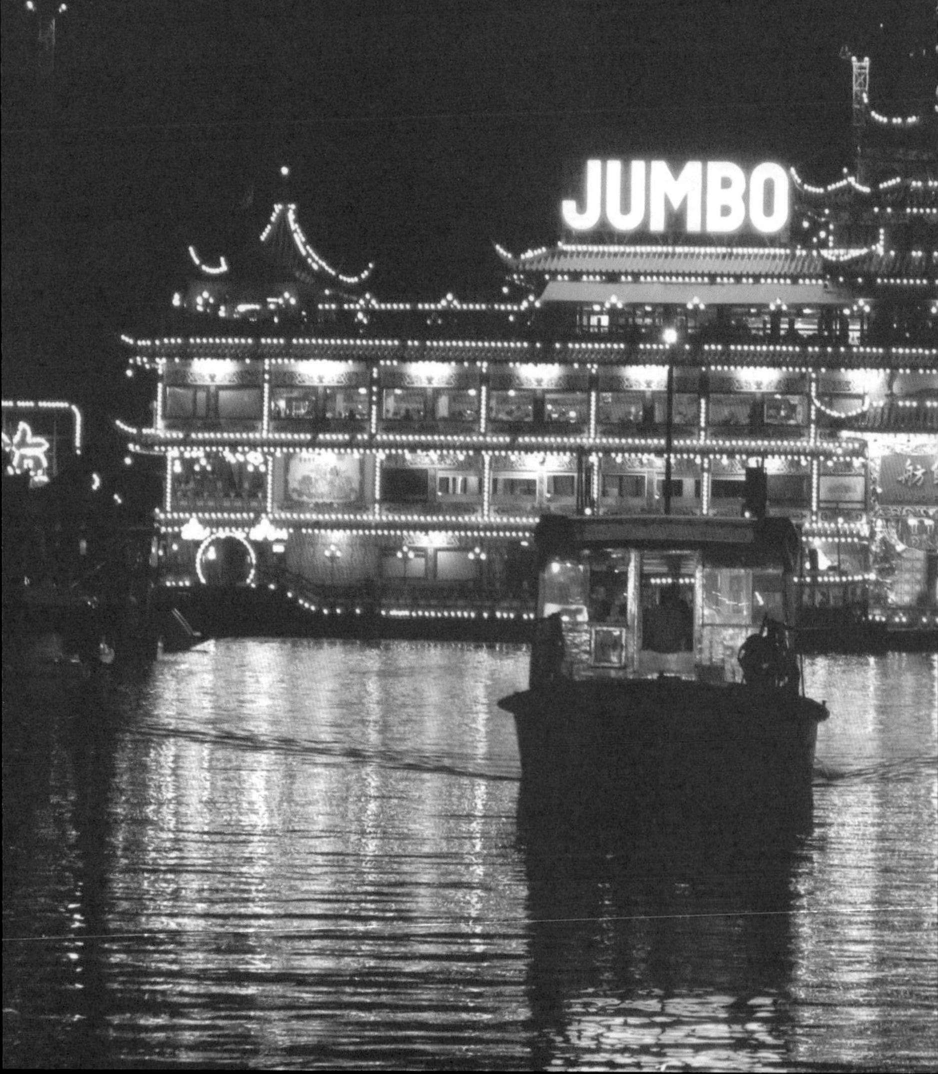
JUMBO

애버딘과 섹오 비치

香港仔, 石澳 Aberdeen, Shek O Beach

주성치가 마지막 요리 대결을 펼친
태백 레스토랑

애버딘은 홍콩영화에서 흔히 보던 수상생활자들의 밀집 지역이었다. 물론 지금은 수상가옥보다는 요트들이 더 많아서 1990년대 이후 영화들에서는 옛 애버딘의 풍경을 볼 수 없다.

과거의 애버딘은 홍콩을 대표하는 이미지였지만 이제는 유덕화의 〈용의 가족〉, 〈지존무상2〉, 〈홍콩탈출〉 같은 영화들에서나 당시 모습을 볼 수 있다. 〈툼레이더2: 판도라의 상자〉에서 IFC 빌딩에서 뛰어내린 안젤리나 졸리가 착지한 곳도 이곳 수상가옥이었다. 하지만 너무 섭섭할 것도 없는 게 수상가옥들 사이에 떠 있던 거대한 '점보 레스토랑JUMBO Floating Restaurant, 珍宝海洋舫' 은 지금도 성업 중이다. 점보 레스토랑은 〈무간도2〉(2003)에서 삼합회가 회식을 하던 중 황국장(황추생) 팀에게 급습을 당한 장소이기도 하고, TV 드라마 〈에덴의 동쪽〉에서 한국을 떠난 송승헌

수상생활자들의 밀집 지역인 애버딘.
지금은 수상가옥보다는 요트가 더 눈에 들어온다.

이 터프하게 일하던 곳이기도 하다. 〈용쟁호투〉(1973)에서 세계 격투기 대회에 출전하기 위해 떠나는 이소룡의 배도 애버딘에서 출발했는데, 그 장면에도 점보 레스토랑이 나오니 그만큼 역사가 오랜 곳이다. 아쉽지만 현재는 코로나19로 인해 휴업 중이다.

점보 레스토랑 바로 옆에는 조금 더 작은 규모의 '태백太白 레스토랑'이 있는데, 거의 같은 메뉴로 운영되는 일종의 '자매점'이다. 두 곳은 자유롭게 오갈 수 있도록 길이 이어져 있다.

태백은 〈모정〉에도 나오는데, 윌리엄 홀든과 제니퍼 존스가 식탁을 젓가락으로 두들기며 음식이 나오기만을 기다리는 유쾌한 장면도 있다. 〈식신〉의 마지막 요리 대결이 촬영된 곳도 바로 태백이다. 그래서 어차피 같은 메뉴라면, 그리고 주성치의 팬이라면, 점보보다 태백으로 건너가길 권한다.

〈무간도2〉에서 삼합회가 회식을 하던 점보 레스토랑과 〈식신〉의 마지막 대결이
펼쳐진 태백 레스토랑. 두 곳은 자유롭게 오갈 수 있도록 길이 이어져 있다.

영화에서 수많은 기자들이 몰려들고, 주성치와 곡덕소가 레스
토랑 입구에 발을 딛는 순간부터 본격적인 대결이 시작된다. 주
성치는 '암연소혼반'을 만들어 심사위원들의 넋을 빼놓는데, 특
히 한 여성 심사위원이 돼지고기 차슈를 씹자마자 소리를 지르
며 경악하는 것은 물론 그 차슈에 뒹구는 환상 장면이 압권이다.

주성치는 김용의 《신조협려》에서 양과가 쓰는 암연소혼장을
패러디해 암연소혼반이라는 이름을 붙였다. 돼지고기 차슈에 달
걀 프라이, 청경채가 곁들어져 윤기가 좔좔 흐르는 암연소혼반
은 사실 '차슈판'이라는 이름으로 홍콩에서 손쉽게 먹을 수 있는
기본 메뉴이다. 그런데 막상 달걀 프라이까지 얹어주는 차슈판
은 찾기 힘들었다.

구룡통 역과 붙어 있는 쇼핑몰 '페스티벌 워크'에 있는 '킹스

香港仔, 石澳

두 레스토랑이 등장했던 영화로 위부터 〈무간도2〉, 〈식신〉, 〈모정〉.

팰리스 콘지 앤 누들 바King's Palace Congee & Noodle Bar'에서 〈식신〉에서 봤던 것과 똑같은 암연소혼반을 만났다. 심지어 메뉴이름이 식신차슈판食神叉燒飯이었다. 안타깝게도 킹스 팰리스는 현재 코로나19로 인해 폐업 상태이다. 한때 첵랍콕 공항에도 지점이 들어섰을 정도로 성업하던 곳이었으니 곧 재개업 소식이 들리길 기대해본다.

〈희극지왕〉에서 주성치가 연극을 하던
정겨운 동네 섹오 비치

홍콩영화 중 〈희극지왕〉만큼 공간의 정서가 깊이 배어든 영화는 없는 것 같다. 영화 속 영화촬영장이나 나이트클럽 정도를 빼면 홍콩섬 동남쪽 끝에 자리한 섹오 비치에서 거의 모두 촬영됐다.

사우(주성치)는 대배우의 꿈을 갖고 있지만, 정작 영화 촬영장에서 대사도 없이 시체 역할 같은 엑스트라만 맡으며 살고 있다. 물론 아무리 작은 역할이라도 언젠가 멋진 배우가 되리라 꿈꾸며 진심을 다해 연기한다. 어려운 형편에도 그는 마을 복지회관에서 무료로 연기 수업을 하고 있다.

그런 그에게 나이트클럽에서 일하는 피우(장백지)가 동료들과 함께 연기 수업을 받으러 온다. 손님들 앞에서 즐거운 척 연기를 잘해야 매상을 높일 수 있다는 생각에서다. 연기 수업이 생각보다 제대로 이뤄지지 않음에도, 영화 내내 힘들게 살아가는 인물

香港仔, 石澳

들이 오직 이곳 마을회관에서만큼은 더없이 여유롭고 평화롭다. 마을회관에서 관객다운 관객도 없이 연극을 하는 주성치와 그를 구경하는 꾀죄죄한 동네 사람들, 쓰러질 듯 쓰러지지 않으며 세월을 버텨온 회관 마당의 늘어진 나무, 그리고 주성치와 장백지가 헤어지던 날의 그 눈부신 바닷가 풍경이 잊히지 않는다.

섹오 빌리지 로드를 따라 들어가면 주황색과 파란색 등 원색의 소박한 집들이 반긴다. 곧장 왼쪽으로 눈길을 돌리면 〈희극지왕〉에서 동네 조무래기들의 집합 장소인 마을 사당이 있다. 주성치가 얼마나 싸움을 잘하는지 모르겠으나, 그는 나이 어린 친구들에게 어울리지 않게 진지한 표정으로 호신술도 가르쳐준다. 물론 주성치에게서 배운 기술은 하나도 써먹지 못하고 실컷 얻어터질 뿐이다.

영화 속 모습 그대로 섹오 비치는 조그맣고 한적해 하루 종일 아무 일도 일어나지 않을 것만 같은, 마치 시간이 멈춰버린 것 같은 평화로운 공간이다. 영화 속 마을 사당의 양옆으로 조그만 누들집과 레스토랑이 있다. 그늘 아래 테이블에서 넋 놓고 앉아 있다 보면 시간 가는 줄 모른다.

섹오 빌리지 로드로 좀 더 걷다 보면 샌드위치와 샐러드 등 간단한 요리와 음료를 즐길 수 있는 샤이닝 스톤Shining Stone 레스토랑이 보인다. 10년도 전에 이곳을 방문했을 때부터 섹오 비치를 지키던 곳이라, 아마도 언젠가 사라지면 굉장히 섭섭할 것 같다. 더 멀리 걸어갈 생각이면 바다가 나올 때까지 섬의 아기자기한 집들을 구경하며 쭉 걸어가도 좋다. 이런 데서 한 달 정도

공사 중인 섹오건강원의 현재 모습.
〈희극지왕〉에서 주성치는 이곳에서 숙식을 해결했다.

살아도 좋겠다는 생각이 들 정도로 예쁜 집들이 정말 많다. 그러
다 탁 트인 바다와 만날 때의 기분은 그 무엇으로도 바꾸기 힘
들다.

〈희극지왕〉의 주 무대이자 주성치가 숙식을 해결하던 마을회
관에 가려면 맨 처음 섹오 버스 터미널에서 내렸을 때, 섹오 비
치 쪽을 바라보는 위치에서 왼편에 섹오건강원石澳健康院이라 쓰
인 커다란 입구를 찾으면 된다. 돌로 된 큰 아치문이라 못 찾을
염려는 없다.

그곳을 지나 쭉 들어가면 정말 영화와 똑같은 회관과 마당이
등장한다. 주성치와 장백지가 키스를 하던 늙은 나무가 서 있는
그 사랑스러운 모습 그대로다. 이 나무에 기대고 있는 장백지의

턱을 손가락으로 치켜세우고는 엉덩이를 쭉 빼고 서 있던 주성치의 엉거주춤한 모습이 바로 영화의 포스터다.

이곳이 더 사랑스럽고 운치가 있는 건 마을회관을 지으면서 나무를 심은 게 아니라, 원래 있던 나무가 다치지 않게 설계해 그것을 피해 건물을 지었기 때문이다. 이 사실은 그 나무를 중심에 두고 빙 둘러싼 마당을 보면 알 수 있다. 어쨌건 영화 속 한 장면처럼, 나무에 기대 폼 나게 사진을 찍어보고 싶다는 바람은 10년 전이나 지금이나 실행에 옮길 수 없었다. 안타깝게도 건물과 나무를 보호하기 위해 회관 출입을 금지하고 있었기 때문이다. 빠른 시일 안에 복구 작업이 이뤄져 입장이 가능해지길 바랄 뿐이다.

여기서 주성치는 동네 어르신들과 꼬마들을 모아놓고 '중국의 셰익스피어'라 불리는 조우의 연극 〈뇌우〉와 이소룡이 일본인들과 당당히 맞서 싸우던 영화 〈정무문〉을, 자기만의 새로운 버전의 연극으로 요약하여 무대에 올렸다. 영화 속 영화촬영장에서 정작 대사 한 마디 없고 도시락 하나 받아먹기 힘든 엑스트라지만 마을회관에서만큼은 최고의 연기자다. 이곳 마당에서 연기를 가르치고 배우면서 장백지와도 가까워진다.

나무 바로 뒤에 주성치와 장백지 사이로 보이던 네모난 입구도 영화 속 모습 그대로다. 입구를 통과해 나가면 유난히 하얀 모래의 백사장이 펼쳐진다. 주성치는 가진 게 없는 자신을 장백지가 사랑할 리 없다는 생각에 선뜻 다가가지 못한다. 장백지는 자신의 마음을 몰라주는 그런 주성치 때문에 안타까운 마음을 숨긴 채 애써 밝은 얼굴로 그 입구의 계단을 내려가 떠난다. 이전부터 고백을 할까 말까 망설이던 주성치는 용기를 내어 저 멀리 떠나가는 그녀를 향해 외친다. "내가 먹여 살릴게!" 얼마나 자신이 없었으면 '사랑한다'가 아니라 '내가 어떻게든 지금보다 돈을 더 벌 수 있다'고 했을까. 섹오 비치가 홍콩 도심으로부터 얼마나 멀리 떨어져 있는지 감안해본다면, 주성치로서는 그녀를 영영 못 만날지도 모른다는 불안감이 엄습하여 그처럼 소리 높여 외칠 수밖에 없었을 것이다. 그 짠한 어필의 외침이 충분히 이해가 됐다.

백사장을 바라보며 그 입구를 지나 계단을 내려와 건물을 빙둘러 바다 쪽으로 가면, 영화에서 깡패들이 돈을 뜯어내던 노천 카페가 있다. 카페라고 하기엔 너무나 소박하게 간단한 주류를 파는 바Bar다. 촬영 당시 주인장과 주성치가 함께 찍은 사진과 사인이 말 그대로 덕지덕지 붙어 있다. 주인의 스타일을 그대로 일러주는 벽이다.

물론 지금은 그 벽을 포함해 영화 촬영의 흔적을 다 바꿔서 아쉽긴 하지만, 한동안 폐업한 것처럼 버려져 있다가 최근에 벤스 백 비치 바Ben's Back Beach Bar라는 이름으로 신장개업하여 섹오 비치의 새로운 명소로 떠올랐다. 방문할 때마다 지나치게 번듯한 건물들만 새로이 생겨나고 영화 속 정서는 쇠락해져가는 것 같아서 늘 쓸쓸하다가, 이 바가 다시 문을 열어 얼마나 반가웠는지 모른다.

마을회관은 얼핏 보면 그리스 산토리니의 온통 하얗고 파란

주성치와 장백지가 함께 연
극을 하며 사랑을 키우던
마을회관 마당. 안타깝게
도 공사로 인해 이 문과 벽
은 사라져 다른 모습으로
바뀔 예정이다.

건물을 그대로 가져온 것 같은 느낌이 든다. 그래서 많은 CF와
뮤직비디오를 촬영하기도 했다. 기억에 남는 작품으로 〈성항기
병〉의 3편인 유덕화 주연의 〈홍콩탈출〉(1989)이 있다. 한때 '유
덕화와 알란탐'만큼이나 콤비처럼 참 많은 영화를 찍었던 '유덕
화와 막소총'의 영화다. 중국 본토에서 건너와 암흑가 조직에 발
을 잘못 들여놓았던 유덕화는 여자친구와 함께 지긋지긋한 홍
콩을 벗어나 파나마로 떠나는 게 꿈이다. 결국 그 꿈은 이뤄지는
데 바로 〈홍콩탈출〉의 마지막 장면에서 파나마로 연출된 장소
가 바로 이곳이다.

주성치와 장백지의 사인과
사진 등으로 도배되어 있던
영화 속 건달들의 술집은,
이제 '벤스 백 비치 바'라는
노천 바로 탈바꿈했다.

'장강반점'이란 팻말과 더불어 회관 마당에 야자수를 몇 개 더
설치하고는, 유덕화가 멋진 하와이언 셔츠를 입고 손님을 맞고
있다. 정말 감쪽같이 남미의 해변으로 탈바꿈한 것이 놀랍다. 여
기 마을회관을 적당히 꾸며서 외국인 엑스트라들을 데려다 파
나마인 것처럼 촬영한 것이다. 그리고 유덕화와 이미봉이 〈희극
지왕〉의 주성치와 장백지보다 10년 앞서 여기 네모난 사각의
문을 배경으로 키스를 한다.

香港仔, 石澳

반가운 건 당연히 여기 마을회관의 나무다. 이제는 쓰러지기 일보 직전의 그 나무가 그야말로 꼿꼿하게 서 있다. 청년기를 거쳐 천재지변과 싸워가며 어느덧 노년에 이르기까지, 정말 홍콩 영화의 역사와 함께한 나무라 해도 과언이 아니다.

침사추이
조던, 야우마테이
몽콕, 프린스 에드워드
삼수이포
홍함
구룡채성공원, 카이탁 공항
쿤통, 응아우타우콕

신계
New Territories

구룡반도
Kowloon

란타우섬
Lantau Island

홍콩섬
Hong Kong Island

라마섬
Lamma Island

2장

구룡반도에 가면 누구나 누아르의 주인공이 된다

침사추이

尖沙咀 Tsim Sha Tsui

홍콩의 대표명물
스타페리와 스타의 거리

침사추이는 홍콩을 찾은 관광객에게 아마도 홍콩 그 자체일지도 모른다. 저녁 8시면 맞은편 홍콩섬에서 휘황찬란한 불빛쇼 '심포니 오브 나이츠'가 펼쳐지고, 한국인들이 가장 많이 찾는다는 쇼핑몰 하버시티가 있으며, 〈중경삼림〉에서 본 것 같은 인도 혹은 동남아 장사꾼들이 한국말로 "사장님, 짝퉁 롤렉스 있어요" 하며 다가오는 곳이다.

특히 침사추이와 센트럴, 완차이 등을 오가는 '세상에서 가장 싼 유람선' 스타페리는 1888년 운항을 시작한 홍콩의 대표 명물로, 마치 시간이 정지된 것처럼 홍콩의 정취를 느끼게 해준다. MTR에 비하면 이동 시간이 오래 걸리지만 그걸 모르고 타는 사람이 있으랴. 아무리 홍콩이 변해간다고 해도 스타페리와 트램이 있는 한 홍콩은 언제나 홍콩이다.

　　　　　　　　　　　　　　　　尖沙咀

장르를 가리지 않고 홍콩영화에 등장하는 스타페리. 세상에서 가장 싼 유람선이다.

스타페리는 예부터 장르를 가리지 않고 많은 홍콩영화에 등장했다. 〈사망유희〉(1978)에서 죽은 걸로 돼 있는 이소룡이 스타페리에서 아내와 몰래 만났고, 〈최가박당〉(1982)에서 허관걸의 파트너인 석천이 악당인 매드맥스 일당에 의해 거대한 기중기로 들어 올려졌다가 떨어져서는 스타페리 굴뚝 속으로 쏙 빠져버려 죽음을 맞이했다.

〈폴리스 스토리2〉(1988)에서는 성룡이 장만옥과 함께 스타페리를 타고 가며 평소 '제발 좀 경찰을 그만둬'라고 얘기해온 그녀에게 드디어 사직서를 냈다면서 해외여행을 떠나자고 말한다. 그런데 성룡의 복직으로 여행이 취소되면서 장만옥은 여권도 없이 불법 입국자로 몰리는 신세가 되어 겨우 돌아온다. 이때 화가 난 장만옥이 경찰서의 남자 화장실까지 박차고 들어가 성룡에게 따지는 명장면이 나온다.

침사추이의 명물은 시계탑에서부터 시작하는 '스타의 거리'

명물 시계탑에서 시작하는 스타의 거리에는 수많은 홍콩스타들의
이름판이 사람들을 유혹한다. 이소룡 동상과 장국영의 이름.

성광대도星光大道다. 홍콩을 대표하는 수많은 영화인의 이름판이
사람들을 유혹한다. 홍콩영화에 대해 좀 안다 싶은데도 모르는
이름투성이일 정도로 방대한 양을 자랑한다. 길의 가운데쯤 있

尖沙咀

는 이소룡 동상은 단골 포토 포인트다.

　장국영의 기일이 다가오면 이 거리는 언제나 장국영 추모 기념 전시물들이 들어선다. 그런데 사실 이곳에 장국영의 손도장은 없다. 장국영 사후 조성된 거리이기 때문에 별 문양과 이름만 새겨져 있을 뿐이다. 거의 한가운데, 거리가 한번 꺾어지는 지점에 유덕화와 장국영의 이름판이 나란히 붙어 있다. 묘한 기분이 드는 건 홍콩을 떠나지 않으면서 가장 오래도록 중화권 전체의 사랑을 받는 배우와 너무 이른 나이에 세상을 뜬 스타가 나란히 함께하고 있기 때문이다. 게다가 두 사람은 〈아비정전〉에서 그야말로 서로 다른 두 남자를 연기했다. 그렇게 하나하나 허리 숙여 손도장을 들여다보며 거리를 걷다 보면 무진장 허리가 아파오지만, 이 길이 영영 끝나지 않았으면 좋겠다는 생각이 든다.

　걷다 쉬다 하면서 느긋하게 구경하며 '심포니 오브 나이츠'를 기다려보자. 저녁 8시가 되면 홍콩에서 가장 유명한 수십 개의 빌딩에서 일제히 불을 밝히고 레이저와 조명을 쏘아대는 세계 최대 규모의 빛과 소리 쇼가 펼쳐진다. 이를 지켜보는 사람들 중에서 언제나 "와, 삼성이다!" "저기 LG다!" 하고 감탄하는 한국인들을 꼭 만나게 된다. 가장 중요한 자리에서 네온사인을 빛내는 기업들이기 때문이다. 물론 빅토리아 피크에서 내려다보거나 그 시각에 맞춰 스타페리를 타고 이동하면서 봐도 멋지다.

　아쉽게도 2018년이나 2019년에 이곳을 찾은 사람들은 스타의 거리가 공사 중이어서 제대로 사진을 찍지 못했을 것이다. 원래 스타의 거리는 빅토리아항을 끼고 인터컨티넨탈호텔에서 홍

저녁 8시가 되면 수십 개의 빌딩에서 일제히 불을 밝히고
레이저와 조명을 쏘아대는 빛과 소리 쇼가 펼쳐진다.

콩문화센터까지 길게 이어져 있었다. 아쉬움을 달래려는 듯 공
사 기간 중에는 이스트 침사추이 역 옥상에 그중에서도 이소룡,
장국영, 매염방, 주윤발 등 유명 영화인들의 핸드프린팅과 이름
판만 옮겨다가 일시적으로 '스타의 정원'을 조성했다. 이후 재개
장하면서 스타의 거리 원래 자리로 옮겨놓았다고 하니, 우리가
홍콩으로 달려가야 하는 가장 큰 이유 중 하나이다.

尖沙咀

〈첨밀밀〉의 캔턴 로드와
〈타락천사〉의 맥도널드

〈첨밀밀〉에서 부푼 꿈을 안고 홍콩으로 온 장만옥과 여명이 처음 일하던 곳이 바로 침사추이다. 홍콩에서 가장 번화한 곳이다 보니 일자리도 많았을 것이다. 〈첨밀밀〉에서 가장 기억에 남는 두 장면은 두 사람이 함께 자전거를 타고 가던 장면과, 여명이 노래 '첨밀밀'을 부른 가수이기도 한 등려군을 페닌슐라 호텔 후문 쪽에서 발견하고는 장만옥을 위해 사인을 받아 오는 장면이다.

등려군은 영화가 만들어지기 직전인 1995년 불과 42세의 나이로 세상을 떠났으니, 진가신 감독은 아마도 그녀가 살아 있었다면 반드시 우정 출연을 부탁했으리라. 하지만 영화에서는 안타깝게도 '저기 등려군이 있어!'라는 설정뿐이다. 자전거가 지나가던 길은 홍콩 최대의 명품거리라 할 수 있는 캔턴 로드Canton Road와 페킹 로드Peking Road의 교차점 즈음이었다. 또 위엄 넘치

〈첨밀밀〉에서 침사추이 거리를 자전거를 타고 가는 장만옥과 여명.

는 페닌슐라 호텔은 1928년 문을 연 홍콩 최고最古의 호텔이다. '더 로비' 레스토랑은 페닌슐라 호텔의 라운지로 홍콩에서 가장 격조 있게 차와 애프터눈 티 세트를 즐길 수 있다. 장국영이 홍콩에서 가장 아름다운 천장이라 부르며 사랑했던 곳으로, 예약을 받지 않기에 오픈 시간보다 한참 일찍 가서 줄을 서야 한다. 물론 기다린 만큼의 보람은 상상 이상이다.

왕가위의 팬이라면 침사추이에서 〈중경삼림〉의 중경빌딩과 〈타락천사〉의 맥도널드에 꼭 들러야 한다. 캔턴 로드를 걸어가다 페킹 로드가 나오면 거기서 오른쪽으로 돌아보자. 바로 저 멀리 침사추이 중심가 네이던 로드Nathan Road의 중경빌딩이 시선을 턱 가로막고 서 있을 것이다. 〈중경삼림〉에서 임청하의 은밀한 비즈니스가 벌어지던 이곳은 무려 1961년 세워진 17층짜리 주상복합 건물이다. 건축가 김수근의 혁신적인 설계로 1968년 종로에 세워진 세운상가의 모델이 된 곳이기도 하다.

왠지 느낌상 우범지대가 아닐까 생각하는 사람도 있겠지만, 전혀 그렇지 않다. 게다가 지속적으로 건물 관리를 해서 그런지 이

尖沙咀

홍콩 최고最古의 호텔인 페닌슐라 호텔. 장국영이 홍콩에서
가장 아름다운 천장이라 부르며 사랑했던 이곳의 레스토랑에서
격조 있게 애프터눈 티를 즐겨보자.

제는 과거와 비교하면 굉장히 깔끔한(?) 외관을 자랑한다. 입장과
동시에 특유의 향신료 냄새가 진동하고 중동 남자들에게 둘러싸
여 짝퉁 상품을 안내받거나, 하루에 만 원짜리 숙소가 있다는 호
객행위를 받아야 하는 이곳은 홍콩 안에서도 완벽하게 동떨어져
존재하는 세계다. 홍콩 그 어디에도 이와 닮은 곳이 없다.

　금성무가 이곳 내부를 질주할 때 이미지를 흘리고 뭉개는 감
각적인 스텝 프린트 기법으로 담아낸 것, 임청하가 자신을 감추
기 위해 금발 가발을 쓰고 중경빌딩에서 활동했던 것도 그 때문
인 것 같다. 〈중경삼림〉에서는 모두가 이곳에서 정체를 감추고
살아간다. 금성무는 이름 대신 '223'이라는 번호로 불릴 뿐이고
임청하는 마지막 순간까지 자신의 이름을 알려주지 않는다. 이

〈중경삼림〉에서 임청하의 은밀한 비
즈니스가 벌어진 중경빌딩. 지금은
외관을 단장해서 제법 깔끔해졌다.

름 없이 살아가는 사람들이 모여 사는 곳이 바로 중경빌딩이다.

실제로 이곳은 배낭여행객들이 즐겨 찾는 저렴한 숙소들이
모여 있어 유명한데, 물론 침대도 크지 않고 공동으로 화장실
과 샤워실을 써야 해 불편하지만, 정말 바쁘게 돌아다니면서 잠
만 잘 생각이면 최고의 가성비 숙소라 할 수 있다. 〈타락천사〉에
서 금성무와 그의 아버지가 운영하던 여관도 이곳에 있었다. 이

尖沙咀

〈타락천사〉의 주인공처럼
우수에 젖어 새벽까지 햄버
거를 먹으며 시간을 보냈던
한코우 로드의 맥도널드.

곳에서 나름 비싼(?) 1만 5천 원짜리 숙소에서 마치 홍콩 사람이
된 것처럼 빨래를 주렁주렁 널어놓고 자봤는데 더없이 편했다.
물론 걸으면서 빵을 먹고 헝그리 정신으로 홍콩을 누비던 15년
전의 기억이니 가격 차이는 감안해주길 바란다.

　페킹 로드를 걷다가 중경빌딩과 만나기 전 한코우 로드Hankow
Road가 나오는데, 바로 그 교차점에 있는 지하 맥도널드가 바로
〈타락천사〉에서 여명과 막문위가 처음 만나던 곳이다. 일을 그
만두고 싶어 하는 킬러 여명은 파트너 이가흔에게 어떻게 말을
꺼내야 할지 고민이다. 그런 그 앞에 어딘가 결핍으로 가득 차

통제가 힘들어 보이는 막문위가 나타난다. 그런데 공교롭게도 서로 완전히 모르는 상태였던, 처음 만난 사람들끼리 더 깊이 통한다.

"때로는 나에 대해 잘 알고 있는 사람과 대화하는 게 오히려 더 불편하다"는 왕가위는 〈타락천사〉에 대해 '커뮤니케이션에 관한 영화'라고 했다. 그처럼 묘하게 왜곡된 심리는 전작 〈중경삼림〉과 달리 극도의 광각렌즈를 통해 드러난다. 그 때문인지 내부가 무척 넓어 보였는데 실제는 그리 크지 않다. 지금이야 한국도 24시간 패스트푸드점이 꽤 많지만, 오래전 이곳을 찾았을 때는 자정을 넘겨 영업하는 맥도널드가 신기하기만 했다. 정말 영화처럼 자정 넘어 혼자 앉아 있는 사람들이 꽤 많았다. 그들 틈에서 마치 〈타락천사〉의 주인공이라도 된 것처럼 이것이 왕가위 영화의 고독이자 홍콩 청춘들의 우수라고 자기 최면을 걸면서 괜히 새벽까지 햄버거를 먹으며 시간을 보냈던 기억이 난다.

尖沙咀

조던과 야우마테이

佐敦, 油麻地 Jordan, Yau Ma Tei

온갖 것이 가득한 홍콩의 남대문,
템플 스트리트

유덕화의 〈묘가십이소〉(1992)나 주성치의 〈식신〉을 보면서 '묘가'라는 곳이 어딜까 궁금했다. 오고 가는 서민들의 땀 냄새가 진동하는 재래시장의 풍경. 둥그런 테이블에 모여 누들부터 각종 해산물 요리를 먹는 사람들, 우리나라의 남대문 시장처럼 각양각색의 물건이 늘어서 있고 점을 보는 사람들과 거리의 여인들이 한데 뒤엉켜 '바로 여기가 진짜 홍콩이구나!' 하는 느낌을 주던 곳 말이다.

그런데 나중에 한자를 찾아보고서 허탈했다. '사당 묘'자를 쓰는 묘가廟街가 바로 가이드북 어디에나 빠짐없이 등장하는 '템플 스트리트'였던 것이다. 바로 〈식신〉의 주성치가 재기를 꿈꾸며 '오줌싸개 완자'를 만들고, 〈묘가십이소〉의 유덕화가 거칠게 나고 자란 곳이 바로 템플 스트리트다. MTR 야우마테이 역 C출구

우리나라의 남대문처럼 각양각색의 물건이 늘어서 있는 묘가. 이곳에 서면 진짜 홍콩에 와 있는 기분이 든다.

로 나와 문명리Man Ming Lane 길로 가다가 왼쪽 두 번째 블록 템플 스트리트로 꺾어지면 영화 속 길이 시작된다.

침사추이 위쪽 조던, 야우마테이, 몽콕, 프린스 에드워드로 이어지는 네이던 로드는, 센트럴과 침사추이의 화려함과는 거리가 먼 잿빛의 낡은 고층 건물들이 한눈에 들어오면서 왠지 〈열혈남아〉와 〈천장지구〉의 공간 속으로 걸어 들어간 것 같은 느낌을 준다. 특히 네이던 로드의 뒤쪽으로 그와 평행하게 조던 역부터 야우마테이 역까지 길게 이어진 재래시장 거리 템플 스트리트는 몽콕의 '여인가'와 대구를 이뤄 '남인가'로 불리기도 하는데 밤이 되면 없는 물건 없는 야시장이 펼쳐진다. 한국의 남대문이

빈티지한 느낌이 물씬 나는
미도 카페.

나 동대문 시장을 떠올리면 된다. 어떤 물건이든 겁먹지 말고 상
인들이 부르는 값의 5분의 1만 외치며 대담하게 가격 흥정을 하
길 권한다. 밤늦도록 불야성을 이룬다고는 하지만 사실 11시가
넘어가면 대부분 철수하는 분위기다.

걷다 보면 빈티지의 극치라 할 수 있는 미도 카페Mido Cafe, 美都
餐室가 나오고 퍼블릭 스퀘어 스트리트Public Square Street와 접한
틴하우 사원과 만나게 된다. 점집들이 늘어선 이 길이 바로 〈식
신〉에서 막문위와 주성치가 처음 만난 거리다. 주성치는 이곳 상

미도 카페의 프렌치토스트는 느끼하지만 묘한 중독성이 있다. 벽에 붙어 있는 〈모정〉 스틸 사진을 찾아보는 것도 재미있다.

인들에게 죽도록 맞았다. 흠씬 두들겨 맞는 그를 보고서 말리기는커녕 "나도 한 대 때려볼래!"라며 마구 달려들어 주성치를 패던 인파가 잊히지 않는다.

　이제는 너무나 유명해진 미도 카페는 홍콩에서 가장 사랑해 마지않는 식당 중 하나다. 커피와 차는 물론 볶음밥 유의 간단한 식사도 있다. 2층에 앉아 낡은 창틀 너머 밖을 내다보면 저절로 홍콩영화 속의 주인공이 된 것 같은 기분이다. 가공할 크기의 버터와 꿀로 범벅된 '프렌치토스트'가 강추 메뉴인데, 달걀을 입힌 식빵을 살짝 튀겨 만든 것으로 그 느끼함은 이루 말할 수 없지만 묘한 중독성이 있다.

한편, 카페 복도에 붙어 있는 영화 스틸은 바로 템플 스트리트에 서 있는 윌리엄 홀든의 모습이 담긴 〈모정〉의 한 장면이다. 그것만으로도 무려 1950년부터 영업을 시작했다는 미도 카페의 역사를 한눈에 알 수 있다. 관광객을 위해 주변에 사진과 관련된 설명이라도 써놓았으면 좋을 텐데, 마치 '알 사람만 알아보면 된다'는 식으로 쿨하게 아무런 설명이 없는 것도 이곳만의 매력이라면 매력일까.

佐敦, 油麻地

영화 마니아라면 꼭 들러야 할
큐브릭 서점

미도 카페에서 쭉 내려가면 야우마테이 경찰서가 보이는데, 바로 그 건너편에 홍콩 씨네필들의 아지트 '브로드웨이 시네마테크'와 함께 '큐브릭Kubrick 서점'이 있다. 영화 마니아들이라면 꼭 구해보고 싶은 사진집이나 홍콩 내에서 발간된 영화 책과 잡지, 독립출판물 등을 살 수 있다. 특히 월간 영화지인《향항전영》은 과월호까지 20~30홍콩달러로 싸게 파는데 왕가위, 두기봉, 양조위, 유덕화 등이 시원하게 표지를 장식하고 있기에 어쩔 수 없이 사게 된다. 권마다 영화 포스터가 선물로 끼워져 있으니 더 좋다.

언젠가《Hong Kong Old Shops》라는 사진집과 무려 15권의《향항전영》, 그리고 호금전과 두기봉의 책을 여러 권 산 적 있는데, 중요한 건 숙소로 돌아가기 직전에 사야 한다는 것이다.

영화 마니아라면 꼭 들러 보면 좋을 큐브릭 서점.
구입한 책을 읽으며 가벼운 식사와 함께 차도 마실 수 있다.

매번 명심하면서도 다시 또 뭔가 눈에 띄면 일단 지르고 보는 것은 어쩔 수 없나 보다. 가벼운 식사와 함께 차를 마실 수 있는 공간도 있는데, 혼자 앉아도 부담 없어 보이는 좌석들이 꽤 많아서 구입한 책과 함께 커피 한잔하는 것도 좋다.

2014년의 어느 날, 장국영에 관한 신간이 눈에 띄어 바로 사서 봤던 기억이 있다. 작가로서 꾸준히 게이와 레즈비언의 삶에 대한 글을 써온 나이젤 콜릿의 《다른 색의 불꽃: 장국영의 삶과 시간Firelight of a Different Colour: The Life and Times of Leslie Cheung Kwok-Wing》이었다. 장국영이 스타로 발돋움하고 난 뒤부터 세상을 떠나기 전까지의 역동적이었던 삶을 연대기적으로 구성하고 있다. 콜릿의 책보다 한 해 앞서 《그 시절 우리가 사랑했던 장국영》을 쓴 한국의 저자로서 생겨난 경쟁심에 더해, 무엇보

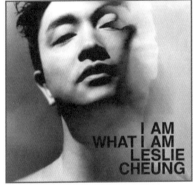

장국영의 삶과 시간을 쓴 나이젤 콜릿의 책과 장국영 6주기 앨범. 나는 나일 뿐, 다른 색의 불꽃이었던 장국영.

다 제목부터 인상적이어서 무조건 사야 하는 책이었다. '다른 색의 불꽃'이라는 표현은 바로 장국영의 인생 후반기라고 할 수 있는 2000년에 발표한 앨범 〈대열大熱〉에 실려 있는 첫 번째 곡 '나[我]'의 가사 중 일부다. 공교롭게도 두 곡 모두 한 글자 제목이긴 한데, 개인적으로 '나'는 '따르리'라는 뜻의 〈금지옥엽〉 주제곡 '추追'만큼이나 좋아하는 노래다. "I am what I am(이게 바로 나야)"이라는 영어 가사로 시작하는 이 곡은 "나는 이런 나를 영원히

사랑할 거야"로 이어지다가 "나는 나야, 다른 색의 불꽃이야"라
는 가사로 마무리된다.

　장국영 스스로 가수 인생을 통틀어 가장 좋아하는 노래로도
꼽았던 이 곡은, 힘든 시간을 견뎌내며 기어이 '나 자신'으로 살
아가려 했던 그의 간절한 바람이 담긴 곡이라, 일단 듣기 시작하
면 그의 팬으로서 눈물이 나지 않을 수 없는 곡이다. 작사가는
따로 있었지만 그와 별개로 장국영은 무조건 "I am what I am"
이라는 말로 시작하고 싶어 했다고 한다.

　당대 최고의 톱스타이면서도 평범하게 살고 싶었던 한 명의
사람으로서, 또한 만족을 모르던 한 사람의 예술가로서 그는 그
렇게 '다른 색의 불꽃'으로 살다 떠났다. 이후 감동적인 일은 또
있었다. 장국영의 베스트 앨범은 거의 해마다 나오고 있는데,
6주기 앨범의 경우 2장의 CD에 수많은 히트곡이 빼곡하게 담겨
있었고, 그 순서는 첫 번째 CD의 '추'로 시작해서 두 번째 CD의
'나'로 끝났다. 앨범 제목은 바로 'I am what I am'이었다. '나는
나일 뿐'이라는 마지막 메시지를 여전히 믿고 따라와 달라는 그
의 변함없는 부탁처럼 느껴졌다.

BESPOKE TAILORS
www.bespoketailorshk.com
EXCLUSIVE LADIES & GENTS CUSTOM TAILORS
WORLDWIDE MAIL ORDER SERVICE
BESPOKE TAILORS
Cloth
Ermenegildo Zegna
BESPOKE TAILORS
BESPOKE TAILORS
EXCLUSIVE LADIES & GENTS CUSTOM TAILORS
GAME WORLD
人民币

몽콕과 프린스 에드워드

旺角, 太子 Monkok, Prince Edward

홍콩 누아르 하면 떠오르는 곳,
몽콕

홍콩 누아르 하면 저절로 떠오르는 곳이 바로 '몽콕'이다. 홍콩 최대의 인구밀도를 자랑하는 이곳은 중국 이민자들이 대거 밀려오면서 아파트형 공동가옥이 다닥다닥 붙어나가기 시작했다.

〈도성〉에서는 대륙에서 온 주성치가 삼촌을 찾아온 곳이 바로 몽콕이고, 〈열혈남아〉의 또 다른 제목이 〈몽콕하문〉이다. 이것은 '몽콕 카르멘'이라는 뜻인데 이미 데뷔작부터 자신의 영화에 고전적이면서도 유럽적인 그 무엇을 담고자 했던 왕가위의 포부가 느껴진다. 게다가 영화촬영을 위한 통제 자체가 힘든 지역이고 보니 〈열혈남아〉는 물론 〈용호풍운〉이나 유위강의 〈고혹자〉 시리즈 등 수많은 홍콩영화가 대부분 몽콕 거리에서 도둑촬영하듯 완성됐다. 그래서 〈열혈남아〉에서도 패싸움을 벌이는 영화 속 배우들을 멀뚱멀뚱 쳐다보는 시민들의 모습이 그대로

旺角, 太子

담겨 있다.

〈천장지구〉의 유덕화 또한 몽콕에서 엄마의 친구들이었던 여러 '누나'들의 도움을 받으며 살아가는 고아였다. 한 건물에서 투신자살한 엄마의 기억을 트라우마로 안고 살아가는 그는, 비욘드의 '회색궤적'이 흐르는 가운데 이제는 사라진 옛 카이탁 공항으로 착지하는 비행기를 바라보며 그 건물 옥상에서 칼스버그 캔맥주를 마셨다. 구구절절한 설명이 나오는 것은 아니지만, 유덕화가 고이 간직하고 있는 옛 신문 기사를 통해, 몽콕의 매춘부였던 엄마가 투신자살한 뒤 엄마 친구들에 의해 외롭게 길러졌다는 설정임을 알 수 있다. 그렇게 캔맥주를 다 마신 유덕화가 캔을 던지는데 그 낙하의 느낌이 엄마의 투신자살처럼 연출되어 심장이 멎는 것 같았다.

2000년대 이후 홍콩영화 중에서는 오언조와 장백지가 출연한 이동승의 〈몽콕흑야〉(2004)가 영화 제목에 몽콕을 썼다. 한국에서는 IPTV나 OTT 서비스를 통해 〈몽콕의 하룻밤〉이라는 제목으로 감상 가능한데, 오언조는 젊은 청년들을 홍콩으로 불러모아 각종 범죄에 이용한 뒤 이용가치가 없어지면 경찰에 팔아넘기고 돈을 받는 악질 범죄자에 대해 복수를 해야 하고, 홍콩으로 간 뒤 연락이 끊겨버린 약혼녀를 찾는 일도 해야 하는 이중고에 놓인 주인공을 연기한다. 대륙에서 홍콩으로 건너온 인물들의 고단한 현실이 몽콕의 생생한 밤거리와 절묘한 조화를 이루고 있는데, 2000년대 이후 홍콩영화를 대표하는 수작 중 한 편이다.

아파트형 공동가옥 아래로 노점상
이 즐비하게 늘어서 있다. 여성 의류,
패션 소품을 취급하는 여인가.

　몽콕은 골목 구석구석 각기 다른 이름으로 불린다. 여성 의류,
패션 소품을 취급하는 노점상으로 가득한, 그리고 〈열혈남아〉의
도둑 촬영으로 내내 등장하는 여인가Tung Choi Street, 저렴한 스니
커즈 거리로 유명한 파윤 스트리트Fa Yuen Street, 조그만 봉지에
금붕어를 가득 담아 전시한 광경이 압도적인 금붕어 시장Goldfish
Market 거리, 꽃 가게들이 밀집돼 있는 꽃 시장Flower Market, 새
와 관련된 모든 것을 취급하는 상점들이 모여 있는 새 공원Bird
Garden 등 눈을 즐겁게 해주는 특색 있는 거리가 인상적이다.
　특히 새 공원에는 새장을 들고 나온 노인들이 삼삼오오 모여
있는 모습을 볼 수 있는데, 은근히 자신의 새장을 들고 다니며

　　　　　　　　　　　　　　　　　　　　　　　　　旺角, 太子

새와 관련된 모든 것을 취급하는 상점들이 모여 있는 새 공원.

새를 과시하는 모습은 홍콩 무협영화에서도 흔히 보던 풍경이다. 요즘 식으로 말하자면 '반려견 출입 가능'이라는 카페에 모이는 것처럼, 예전 홍콩에는 '반려새 출입 가능'이라는 카페들이 많았다고 한다. 그처럼 홍콩 사람들은 새를 사랑했기에 두기봉의 〈참새〉도 그 시절의 노스탤지어를 반영한 제목이기도 하다. 적룡이 함정에 빠진 것도 모른 채 적들이 기다리고 있는 식당 2층으로 새장을 들고 올라가던 장철의 〈복수〉(1970) 도입부 장면 등 오래전 쇼브라더스 영화들을 보면 자신의 새장을 테이블마다 걸어놓고 담배를 피우며 차를 즐기던 무도가들의 자태가 무척 운치 있어 보였다.

하지만 이제는 그런 곳들이 모두 사라졌고, 오우삼의 〈첩혈속집〉(1992) 도입부 장면에서 마지막으로 그 흔적을 찾을 수 있다. 〈복수〉와는 반대로 식당 2층에서 적들을 기다리며 잠복근무 중

자신의 새장을 테이블마다 놓고 차를 즐기던 무도가들의 자태를 엿볼 수 있는 〈복수〉.

주윤발이 새장을 들고서 악당에게 최후의 일격을 날리는 모습이 인상적이었던 〈첩혈속집〉.

인 주윤발이 새장을 들고 찾아간 '운라 찻집'에서 엄청난 총격전이 벌어지는데, 그가 얼굴에 하얗게 밀가루를 뒤집어쓴 채로 악당에게 최후의 일격을 날리는 마지막 장면은 단연 압권이다. 오우삼 감독이 바로 장철 감독의 연출부 출신으로 〈복수〉에도 참여했었기에 스승에 대한 오마주로 〈첩혈속집〉의 도입부 액션신을 그렇게 구성했으리라. 말하자면 〈영웅본색〉이나 〈첩혈속집〉 같은 영화들은 난데없이 등장한 게 아니었다. 시대를 초월한 스승과 제자의 멋진 하모니로부터 쇼브라더스의 홍콩 무협영화와 1980년대 이후 홍콩 누아르의 계보가 이어지는 것이다.

旺角, 太子

장국영과 이소룡의
마지막 집

장국영이 마지막까지 살던 집은 몽콕에 있다. 몽콕 카도리 애비뉴Kadoorie Avenue 32A번지로 대스타의 집이라고 하기에는 지극히 평범한 빌라다. 원래 한적한 리펄스베이에 대문에서 건물까지 한참을 걸어가야 하는, 족히 3천 평 정도 되는 4층짜리 집에 살던 장국영은 2000년대 들어 문득 이곳으로 이사를 왔다. 어디에 살든 사람들의 눈에 띄거나 파파라치의 표적이 되기는 마찬가지여서, 굳이 숨어 지내지 않고 사람들 속에서 살고 싶다는 바람 때문이었다. 하지만 그러고 난 뒤 더 외로워졌다는 사실은 참 아이러니다. 지금은 누가 사는지 모를 그 집의 이곳저곳을 카메라에 담고 있는데, 정말 단 한 사람도 그 거리를 지나가지 않을 정도로 한적하다. 오직 옆집의 무표정한 고양이 한 마리만이 나를 뚫어지게 쳐다보고 있었다.

장국영이 마지막까지 살았던 집. 장국영의 외로움을 닮아서일까. 집 주변이 너무도 한적하다.

　문득 떠오른 영화는 허진호의 〈8월의 크리스마스〉(1998)다. 왜 느닷없이 한국영화 얘기냐고 하겠지만, 장국영이 유독 좋아한 한국영화가 바로 〈8월의 크리스마스〉다. 그는 홍콩의 한 강연회에서 홍콩 대중문화의 힘이 약해지고 '한류'라는 표현이 일상적

旺角, 太子

으로 쓰이기 이전에 '새롭게 한국 대중문화가 홍콩 깊숙이 자리 잡고 있다'는 요지의 강연을 하면서 〈8월의 크리스마스〉를 언급한 적이 있다. "한 남자가 자신이 죽을 것을 알고 하나하나 주변의 물건을 정리하며 죽음을 준비하는 과정이 너무나 인상적"이라는 얘기까지 했다. 그땐 장국영이 한국영화를 좋아한다는 사실이 마냥 신기하기만 했지만, 나중에 그가 죽고 난 다음 다시 그 인터뷰를 읽을 때는 '죽음을 준비'한다는 얘기 앞에 그만 얼어붙고 말았다. 〈8월의 크리스마스〉에서 한석규가 영정사진을 미리 찍어두는 장면을 보던 그의 마음은 어땠을까.

몽콕 북쪽, 그러니까 장국영의 마지막 집이 있는 카도리 애비뉴와 만나는 프린스 에드워드 로드Prince Edward Road를 건너 10분여쯤 더 걸어가면 이소룡이 마지막까지 살던 집이 나온다. 전혀 어울릴 것 같지 않은 두 사람의 마지막 집이 불과 걸어서 20분 정도라는 게 참 묘하다. 그런데 여기는 이소룡 팬이라면 무척 충격받을 만한 곳이다.

이곳을 알게 된 건 팽호청 감독의 〈대장부〉(2003)에서였다. 이 영화는 아내가 없는 14시간 동안 바람을 피우려고 갖은 작전을 고안해내는 유부남들의 코믹한 행각을 그리고 있다. 바람 작전을 세우며 사전답사차 카우룽통의 컴벌랜드 로드Cumberland Road를 지나던 그들은 대뜸 우리식 표현으로 '여관'이라 할 수 있는 한 주점酒店을 보더니 여기가 바로 이소룡이 살던 집인 로망스호텔羅曼酒店이라고 말한다. 황당하지만 이소룡의 집이 어처

로망스호텔羅曼酒店이라는 간판이 걸린 이소룡의 집. 〈대장부〉에도 등장했듯이 황당하고도 어처구니없게도 연인들이 쉬어가는 모텔이 되었다.

구니없게도 연인들이 쉬었다 가는 모텔이 됐다는 얘기다. 특히 이소룡의 정기를 받으려는 남자들이 애용하는 곳이라는 친절한 설명까지 덧붙인다. 영화를 보며 팡호청이 참 심한 농담을 하는구나, 하고 생각했는데 자료를 찾아보니 모두 사실이었다.

일본식 정원을 아담하게 꾸미고 단아한 2층 건물이 있던 이 집은, 미국에서 고생하다 홍콩으로 돌아와 성공을 거둔 이소룡이 직접 고민 끝에 골라서 계약하고 죽을 때까지 살았던 집이다.

旺角, 太子

지금은 흔적만 남아 있지만 대문 위의 물결 모양이 인상적이었다. 마당에는 마치 한국의 모텔들처럼 번호판을 가린 차량들이 줄지어 있다고 한다. 생각해보면 참 슬픈 일이다.

당시 이소룡은 그토록 갖고 싶어 했던 롤스로이스를 주문한 상태였고 결국 그 차가 집으로 배달되기 전에 세상을 떴다. 그의 '애마'가 되어 마당의 주인이 됐어야 할 롤스로이스는 온데간데없이 그의 정기를 받고자 하는 남자들의 서로 다른 차들만이 마당을 가득 채울 테니 정말 씁쓸하다. 그의 갑작스러운 죽음만큼이나 황당한 일이다. 여전히 다른 러브호텔도 영업 중인 그 길에 이 집은 여전히 '羅曼酒店'이라는 노란 간판을 달고 있다. 물론 아직 영업하고 있는 건 아니다. 이 집을 산 홍콩의 한 재벌이 흔쾌히 정부에 기부하면서 관광명소로 개발하고 싶다는 의견을 냈기 때문이다. 그런데 그 소식이 전해진 게 몇 년 전인데 아직 이소룡 박물관으로 변모할 움직임은 전혀 없고, 폐허처럼 남아 있는 건물만이 묵묵히 서 있었다.

다행히 2019년경 이곳을 찾았을 때는 대대적인 공사가 진행 중이었다. 앞서 본 타이퀀이나 PMQ처럼 '홍콩은 재개발에 시간이 참 많이 걸리는구나' 하고 생각했는데 어쩌면 그것이 당연한 일일지도 모른다. 오히려 너무 손쉽게 허물고 짓는 한국의 풍경이 이상한 것이다. 그런데 공사 가림막으로 둘러쳐진 그 집을 보자니, 이제야 제대로 된 변신을 하는 것 같아 마음에 들면서도 왠지 이 집의 상징과도 같은, 어쩌면 생전의 이소룡이 고집스레 디자인에 간섭하여 만들어졌을 것 같은, 대문 위의 물결 모양마

저 사라지면 어떡하나, 하는 걱정이 들었다. 어쨌거나 매번 홍콩을 찾을 때마다 마음이 허전한 곳 중 하나였는데, 화려한 변신을 기대해본다.

旺角, 太子

주성치의 행운다과점에서
오후 즐기기

남북으로 길게 이어진 네이던 로드의 북쪽 프린스 에드워드도 몽콕의 향기가 느껴진다. 먼저 B1 출구와 연결된 몽콕경찰서는 〈열혈남아〉의 마지막 장면이 촬영된 곳이다. 조직을 배신하고 이송 중이던 조직원을 죽여서 영웅이 되고 싶다던 장학우를 막으러 갔다가 유덕화까지 총상을 입는다. 그런데 버전이 두 가지다. 홍콩판에서는 유덕화가 총에 맞아 죽는데 대만판에서는 죽지 않고 감옥 안에서 반쯤 식물인간이 된 유덕화를 장만옥이 면회하면서 끝난다. 유덕화가 장만옥이 사 온 귤도 까지 못하고 떨어트릴 때 내 마음도 낭떠러지로 추락하는 느낌이었다.

당시 한국에는 홍콩영화들이 북경어 더빙을 한 대만 개봉 버전으로 주로 수입됐었다. 그 와중에 편집이 달라지는 경우도 있었고 삽입곡도 다른 경우가 많았다. 가령 그 유명한 공중전화 키

〈열혈남아〉의 마지막 장면이 촬영된 몽콕경찰서.

스신에서 대만판은 우리에게 익숙한 왕걸과 엽환이 부른 '당신은 내 가슴속의 영원한 아픔'이라는 뜻의 '니시아흉구영원적통你是我胸口永遠的痛'이 나오는 반면, 홍콩판에서는 당혹스럽게도 톰 크루즈 주연의 할리우드 영화 〈탑 건〉(2021)의 주제곡 'Take My Breath Away'의 광둥어 번안곡이 나왔다. 또 대만판 라스트신에서는 왕걸이 부른 '당신은 날 잊어도 난 당신을 잊지 못해요'라는 뜻의 '망료니, 망료아忘了你, 忘了我'가 흘러 나왔다. 그래서 국내 DVD로 출시된 〈열혈남아〉, 혹은 IPTV나 OTT 서비스를 통해 볼 수 있는 지금의 〈열혈남아〉를 보면 월등히 좋아진 화질과 별개로 왕걸의 노래를 들을 수 없어 정말 안타깝다. 그래서 왕걸의 노래가 실려 있는 〈열혈남아〉 VHS 테이프만은 도저히 버릴 수가 없다. 게다가 오렌지를 까먹는 대만판의 마지막 장면은, 왕

旺角, 太子

〈럭키 가이〉에서 주성치가 일하던 행운다과점. 실제 상호는 홍운카페다. 찾아오는 손님을 위해 매일 가게를 지키던 맘씨 좋은 주인 할아버지.

가위의 다음 작품인 〈아비정전〉의 캐슬로드 공중전화 장면에서 유덕화가 오렌지를 까먹으며 장만옥을 만나는 장면과도 연결되기에 더욱 잊을 수 없다.

하지만 프린스 에드워드 역과 가까운 상하이 스트리트Shanghai Street에는 언제나 우리를 즐겁게 해주는 주성치 영화의 무대가 남아 있다. 그곳이 바로 〈럭키 가이〉(1998)라는 제목으로 개봉한 〈행운일조룡〉의 주 무대 '행운다과점'으로, 실제 상호는 홍운카페Hung Wan Cafe, 鴻運冰廳飯店다.

실제 이 가게 자체의 분위기와 주인 할아버지가 영화를 만드는 데 중요한 모델이 됐다고 한다. 영화에서 세상 이보다 더 착할 수 없는 남자 아복(갈민휘)과 바람둥이 아수(주성치)는 동네 사람들의 사랑방과도 같은 행운다과점의 배달원들이다. 특히 '에그 타르트 프린스'라는 별명으로 불리는 아수는 영화에서 움직일 때마다 난데없이 바람이 불고 신문지가 날리며 새가 날아드는 치명적인 매력의 소유자다. 그러던 어느 날, 이 가게를 노리는 악덕 부동산업자 오군여가 나타나면서 아수가 어쩔 수 없이 미남계를 써야 하는 상황이 벌어진다. 하지만 작전은 실패하고 아수는 된통 두들겨 맞기만 한다.

영화에서처럼 이곳은 부드럽고 달콤한 에그 타르트와 따끈한 밀크티로 유명하다. 매장은 두 개 층으로 나뉘어 있는데 가게 한가운데 자리하고 있는 시계가 인상적이다. 아침 일찍부터 찾는 단골들이 많아서 오전 7시부터 문을 열어 밤 9시까지 영업한다. 정말 영화처럼 옷을 차려입었지만, 영화의 아복이나 아수와 달리 다들 연세가 좀 있어 뵈는 직원들이 실제로 배달도 다니고 한가할 때는 손님들과 정겹게 농담 따먹기를 하고 있었다. 오후 4시경 가게를 찾았을 때는 이미 에그 타르트가 다 팔려서, 조각 롤 케이크와 밀크티를 주문했다. 역시 홍콩의 오후는 바로 이 맛이다.

영화에서 마음씨 좋은 주인장으로는 오맹달이 출연했는데 실제 그 주인공 할아버지를 보는 기분이 묘했다. 재밌는 것은 정말 영화와 똑같이 바로 옆 계단으로 이어진 이층집에서 거주한다는 거다. 또한 영화 속 오맹달처럼 늘 엷은 미소를 띠고 있는

천사 같은 분이지만 건강 탓인지 거동이 좀 불편하셨다. 주문을 받을 때도 전혀 영어로 소통이 안 되어 다른 직원에게 맡기고는 자리를 뜨셨다. 주인 할아버지가 편하게 앉아 계실 때 사진 한 장을 부탁드렸더니 쑥스러운 듯 역시 그 사람 좋은 웃음을 지어주셨다.

〈럭키 가이〉에서 영화 내내 등장하는 가게라 제작진에게 총얼마간 빌려주셨는지, 오맹달 캐릭터를 위해 어떤 조언을 해주셨는지, 주성치가 남긴 사인이라도 없는지 이것저것 묻고 싶었지만 뭐 어쩔 수 없었다. 주성치와 함께 찍은 사진 같은 거라도 벽에 걸어두면 제법 홍보가 될 텐데 그런 것과는 전혀 무관한 소박한 가게였다. 영화의 유명세를 업어가는 대신 영화 속 주인 오맹달의 얘기처럼 "매일 아침 똑같은 시각, 똑같은 맛을 기대하고 찾아오는 단골들을 실망시켜서는 안 된다"는 평범한 사훈을 묵묵히 실천하는 그런 멋진 곳이다.

개정판 작업을 위해 이곳을 다시 찾았을 때 할아버지가 보이지 않아 여쭤봤더니, 몸이 좋지 않아 요즘엔 잘 나오지 않으신다고 하여 괜히 걱정이 됐다. 그저 '체크'하는 정도로만 이 가게를 둘러보려 했다가 왠지 쓸쓸한 기분이 들어 구석 자리 한곳에 합석하며 앉았다. 뭐랄까, 이곳의 에그 타르트와 밀크티가 변함없이 맛있다는 사실에서 조금 더 슬픔이 차오른 것 같다.

삼수이포

深水埗 Sham Shui Po

메이호 하우스와 가든 힐

삼수이포의 매력에 빠져든 순간 '내가 왜 그동안 홍콩섬에만 머무르며 구룡반도를 멀리했던가' 하는 후회가 밀려들었다. 더불어 오우삼의 〈첩혈가두〉(1990)에서 양조위, 장학우, 이자웅이 우정을 키우며 뛰어놀던, 그리고 우산혁명과 더불어 홍콩 역사에서 쉬이 지나칠 수 없는 노동자들의 시위가 번져 나갔던 그 동네를 왜 이제야 찾았던가, 하는 직무유기의 감정마저 들었다.

무엇보다 삼수이포의 모든 것을 느끼기 위해, 일단 메이호 하우스 유스호스텔YHA Mei Ho House Youth Hostel, 美荷樓을 숙소로 잡았다. 메이호 하우스는 무려 1950년대에 지어진 공공주택을 도시 재생 프로젝트의 일환으로 리모델링하여 유스호스텔로 만든 곳으로, 오래전 그 공공주택의 모습은 〈첩혈가두〉에서 볼 수 있다. 숙박요금은 4만 원 정도에서 시작하며 Wi-Fi는 물론 여행보

유스호스텔로 변한 메이호 하우스. 하루 4만 원 정도면 이용할 수 있다.

관 서비스도 제공된다. 최고의 가성비를 자랑하는 숙소임은 말할 것도 없고, 무엇보다 모든 객실이 당시 과거 4인 이상 가족을 수용할 수 있는 규모로 설계되었기 때문에 널찍해서 좋다.

게다가 메이호 하우스가 매력적인 이유는, 건물 뒤편으로 '등산'을 하면 나오는 가든힐Garden Hill이 최근 홍콩 사람들의 유명 인스타 성지가 됐기 때문이다. 소셜미디어에는 이곳에서 내려다보는 야경 사진으로 넘쳐난다. 양조위와 장학우가 영화에서 밤낮으로 패싸움하던 동네 뒷산 가든힐이 그렇게 멋지게 바뀌었다.

중국 대륙에서 중화민국이 무너지고 중화인민공화국이 건국되면서, 1950년대 들어 무수히 많은 이주민이 홍콩으로 밀려들기 시작했고, 자연스레 삼수이포와 그 옆 동네인 섹킵메이Shek Kip Mei, 石硤尾에는 광범위한 판자촌이 형성됐다. 그 이주민 중에는 1946년 광저우에서 태어난 오우삼 어린이도 있었다. 그로부터 세월이 한참 흐른 〈첩혈가두〉 속 삼수이포는 바로 청년 오우

〈첩혈가두〉의 세 친구 양조위, 장학우, 이자웅이 살던 메이호 하우스. 세 친구는 이곳에서 자신들의 꿈을 키운다.

삼이 미래에 대해 고민하고 방황하던 제2의 고향이었던 셈이다. 그만큼 〈첩혈가두〉는 오우삼의 혼란스러운 청년기의 기억이 짙게 담긴 반+자전적 영화다.

　　1953년 이 판자촌에 '섹킵메이 대화재'라 불리는 참사가 일어났고, 5만 명이 넘는 사람들이 졸지에 살 곳을 잃은 난민이 되면서, 홍콩 정부는 1954년 그들을 수용함과 동시에 주거환경 개선을 위한 공공주택을 지었다. 위에서 내려다보면 구조적으로 'H' 블록 모양을 하고 있고 연속적인 발코니가 이어진 모더니즘 건축 양식의 아파트 건물들이 여러 개 지어진 것이다. 최소한의 공간을 활용해 최대 인원을 수용할 수 있는 구조 설계 및 시공으로 빠른 시일 안에 화재 참사 희생자들에게 싼 값에 거주공간을

深水埗

제공할 수 있었다.

〈첩혈가두〉의 세 친구 양조위, 장학우, 이자웅은 비밀이 없다. H 구조의 복도식 아파트이기 때문에 이웃이 무엇을 하는지 앞 집이 무엇을 하는지 쉽게 들여다볼 수 있다. 언제나 친구들을 걱정하는 양조위 입장에서 늘 불만 가득한 얼굴로 집에 있는 이자웅이나 '왜 이런 놈이 태어났을까'라며 늘 아버지에게 두들겨 맞는 장학우를 보는 것이 힘들긴 하지만, 그렇게 세 친구는 서로 하루 종일 뭘 하며 지내는지 다 들여다볼 수 있다.

〈첩혈가두〉는 당시 삼수이포 주변, 그러니까 구룡반도 내륙의 정경을 굉장히 잘 담아내고 있는 기록영화로서도 큰 의미가 있다. 삼수이포 공공저택의 이곳저곳을 면밀하게 담아낸 것은 물론, 당시 하나둘 철거되기 시작하던 주변 제조업 공장들의 모습도 잘 담겼다. 그때까지 정말 많은 홍콩영화를 봐왔지만 '공장 굴뚝'과 노동자들의 시위를 본 것은 〈첩혈가두〉가 처음이었다. 이 시위가 바로 1967년 홍콩의 반영시위인 이른바 '67폭동'이다. 찬호께이의 소설 《13.67》에 등장했던 그 1967년이다.

영화 속 시위는 구룡반도 공장의 노동쟁의로 시작하여, 만연한 빈부 격차에 대한 불만을 포함하여 관료의 부정부패와 결합한 영국의 홍콩 식민정부의 억압과 독재에 항거하는 대규모 시위로 번져 나갔다. 오우삼도 당시 사회운동에 열렬히 참여했던 청년이었다. 영국군과 경찰의 과잉 진압이 계속되는 가운데 사제 폭탄까지 만든 시위대는 결사항전의 자세로 맞섰다. 쉽게 치유되기 힘든 막대한 재산상의 피해와 인명피해를 낳았지만,

1960년대 들어 급격하게 성장하던 분위기 속에서 영국이나 중국 모두와 차별화되는 홍콩만의 정체성이 성립되는 계기가 됐다. 그로부터 50여 년 뒤 일어난 반중 시위와 우산혁명을 그와 연결 짓는 것은 꽤 자연스러운 일이다.

그 혈기왕성한 홍콩 젊은이들이 살던 공공저택 장면은 당시에도 한국 아파트와는 사뭇 다른, 마치 미로와도 같은 구조여서 인상적인 기억으로 남아 있다. 비 오는 날 이곳에서 동네 사람들 모두 모여 양조위의 결혼식을 벌이는 정겨운 풍경, 그 속에서 세 친구가 어깨동무를 한 채로 정지된 화면은 내가 홍콩영화에서 가장 좋아하는 장면 중 하나다. 그런데 세 친구의 삶은 그야말로 팍팍하다. 이자웅은 "평생 청소부의 아들로 살 순 없어, 여길 떠나고 싶어"라고 말하고, 구체적으로 드러나진 않지만 가정 문제가 심각해 보이는 장학우는 "홍콩에서 우리는 고아나 다름없어"라고 말한다. 그런 그들을 걱정스러운 눈길로 바라보는 양조위도 여자친구가 일하는 공장에서 연일 시위가 계속되어 미래가 불안하긴 마찬가지다. 세 친구는 그런 고민을 이곳 공공주택의 1층 곳곳에 있는 '가맥집'에서 수북이 쌓인 땅콩을 안주 삼아 맥주를 마시며 나눈다.

메이호 하우스에는 당시 공공주택의 역사를 알려주고 생활상을 그대로 재현해놓은 박물관도 있다. 그중에서 좁은 입구 앞에 역시나 조그만 테이블과 등받이 없는 의자가 재현된 방을 보자마자 눈물이 났다. 바로 거기 앉아 홀로 담배를 피우던 양조위는 창밖으로 "평생 구걸이나 하고 살아라, 이 쓸모없는 놈아!"

深水埗

라는 말을 들으며 집에서 쫓겨나는 친구 장학우를 만나 집을 나간 뒤 다시는 이곳으로 돌아오지 않았다. 앞서 결혼하는 친구 양조위에게 목돈이라도 쥐여주고 싶었던 장학우는 검은돈을 만질 수밖에 없었고, 그 때문에 큰 부상을 입고 말았다. 바로 자기 때문에 집에서 구박받고 부상까지 입은 친구를 모른 척할 수 없는 양조위는 복수에 나섰고, 우발적으로 살인을 저지른 뒤 "우리 나중에 성공해서 벤츠 타고 다시 돌아오자"는 이자웅과 함께 베트남으로 향한다.

영화에서 1960년대 홍콩이라는 시대 배경은 중요하다. 〈첩혈가두〉와 〈화양연화〉는 홍콩이 경제적으로 급속도로 성장해 나가던 이 시기를 다룬 서로 다른 두 얼굴의 영화라 할 수 있다. 실제 1997년을 기준으로 앞서 만든 〈첩혈가두〉(1990)와 그 직후에 만든 〈화양연화〉(2000)는 홍콩 반환에 대한 불안감을, 가장 역동적이고 화려했던 과거로 거슬러 올라가 투영시켰다. 〈첩혈가두〉는 언젠가 국적을 상실하게 될지도 모를 홍콩 사람들의 상실감과 허무주의를 1967년 베트남전으로 역류시켰고, 〈화양연화〉는 캄보디아를 경유하여 '홍콩이 중국에 완전히 귀속되는 해'인 〈2046〉으로 나아갔다.

한편, 삼수이포의 유명한 식당은 두 군데다. 일단 최근 서울에도 삼성점, 용산점, 잠실점이 생긴 팀호완添好運의 본점이 바로 삼수이포에 있다. 팀호완의 한자 뜻은 '좋은 운을 더한다'로, 미슐랭 맛집이니 가성비 최고니 하는 말을 덧붙이지 않더라도, 홍

백종원의 〈스트리트 푸드 파이터〉에 나온 이후 엄청나게 유명해진
오이만상. 노천 명당자리에 앉으면 술이 술술 들어간다.

콩에서 가장 유명한 딤섬 레스토랑이라 할 수 있다. 이곳의 '차
슈바오 번'을 처음 맛본 순간을 지금도 잊을 수 없다. 달달한 바
비큐 양념 돼지고기가 속으로 들어간 차슈바오는 원래 좋아하
던 메뉴였는데, 그 겉을 바삭한 '소보로'처럼 마무리한 것이 엄
청난 발상의 전환이었다. 팀호완은 지점 어디나 1시간 정도의
웨이팅은 기본이기에 '내가 이번 여행에서 여기에 오는 것은 지
금이 마지막이다' 하는 생각에 무려 12개를 그 자리에서 먹은
적이 있다. 함께 시킨 다른 메뉴도 다 먹었다는 것이 중요하다.
'추가로 포장하면 되지, 무식하게 왜 저러나' 할 수도 있겠지만,
아무리 맛있어도 따로 포장은 하지 않는다. 숙소에서든 집에서
든 절대 그 순간의 맛을 살려내지 못하기 때문이다.

深水埗

사실 많은 한국 관광객이 삼수이포에 관심을 갖게 된 데는, 2018년 방송된 '백종원 예능' tvN의 〈스트리트 푸드 파이터〉 홍콩 편의 영향이 컸다. 모든 식당이 다 괜찮아 보였지만 그중에서도 삼수이포의 다이파이동 오이만상愛文生은 무조건 들르는 곳이 됐다. 백종원 선생의 영향 때문인지 한국어 메뉴를 달라고 하면 따로 인기 메뉴만 모아놓은 한 장짜리 메뉴판을 따로 준다. 스파이시 크랩, 맛조개 볶음, 블랙페퍼 족발 등이 사진과 함께 있을뿐더러 참이슬과 하이트 맥주 등 한국 술도 주문 가능하니 세상 참 좋아졌다 싶다. 게다가 운 좋게 실내가 아닌 노천의 명당자리에 앉아 요리사의 불쇼와 함께 요리를 즐기는 순간부터 맥주는 평소의 주량을 훌쩍 뛰어넘어 술술 들어가기 시작한다. 돈이 없어 언제나 가맥집에서 땅콩 안주만 먹던 〈첩혈가두〉의 양조위에게는 살짝 미안했지만.

홍콩인의 비애와 슬픔의 정서를 품은 도시,
청샤완

삼수이포와 지하철 1구간 차이의 옆 동네이자, 삼수이포만큼 한 때 공장이 많았던 청샤완Cheung Sha Wan, 長沙灣의 흔적을 찾을 수 있는 영화가 바로 허안화의 〈심플 라이프〉(2011)다. 1997년 홍콩 반환 이후 홍콩의 현실과 그 안에서 살아가는 사람들의 이야기를 담담하고 사려 깊은 시선으로 보여주는 허안화 작품 중 걸작으로 꼽힌다.

〈심플 라이프〉는 홍콩의 유명 영화제작자 로저 리와 그를 평생 아들처럼 돌본 한 가정부의 실제 이야기를 그렸다. 〈황비홍〉(1991), 〈천당구〉(2007), 그리고 허안화의 〈여인사십〉(1994) 제작에도 참여했던 홍콩의 실제 영화제작자 로저 리(이은림)의 이야기에 바탕을 두고 만들어졌으며 그가 직접 시나리오도 썼다. 오래전 허안화의 영화를 통해 배우로 태어난 것이나 마찬가지인

수많은 영화에서 인상 깊은 모성애 연기를 선보인 엽덕한은 유독 유덕화의
엄마로 많이 나왔다. 가난한 엄마와 효자 변호사 이야기인 〈법외정〉과 〈법내정〉.

유덕화는 톱스타의 이미지를 벗고 너무나 인간적인 모습으로
돌아왔고, 홍콩영화계에서 오래도록 멋진 연기를 보여준 엽덕
한은 60년 동안 가정부로 살아온 여자를 연기하며 2011년 베니
스국제영화제에서 여우주연상을 수상했다. 개인적으로는 "홍콩
영화를 보며 눈물 흘린 게 대체 얼마 만인지"라는 20자 평을 남
겼을 정도로 푹 빠져들었던 작품이다. 2010년대 이후 내가 가장
좋아하는 홍콩영화라 해도 틀리지 않다.

　눈에 띄는 확고한 주연급은 아니지만 수많은 영화에서 인상
적인 연기를 펼친 엽덕한은 40대의 나이에 이미 장성한 누군가
의 엄마로 등장하는 경우가 많았다. 〈오징어 게임〉에서 기훈(이

정재)의 엄마 역할을 한 김영옥 배우와 비견될 만하다. 엽덕한은 여러 배우들의 엄마로 나왔지만 유덕화의 엄마로 나온 경우가 압도적으로 많다. 언제나 건달로 출연하던 유덕화가 변호사 역할을 맡아 화제가 되기도 했던 〈법외정〉(1985)에서 엽덕한은 눈물의 모성애 연기를 보인다. 아들밖에 모르는 가난한 엄마와 효자 변호사의 이야기 〈법외정〉은 홍콩에서 큰 인기를 끌었지만 국내에서 개봉하지 못했다. 반면 두 배우가 모자 관계 그대로 출연한 속편 〈법내정〉(1988)은 국내에서 〈지존애림〉이라는 제목으로 1991년에 개봉했다. 유덕화가 1989년 개봉한 〈지존무상〉으로 엄청난 인기를 끌면서 어이없게도 뒤늦게 후속편만 '지존'이라는 제목을 짜깁기하여 개봉한 것이다. 그처럼 도무지 볼 방법이 없었던 1편 〈법외정〉을 이제는 OTT 서비스를 통해 근사한 화질로 볼 수 있으니, 미개봉 영화의 VHS 비디오를 찾아 낙원상가와 황학동을 뒤지던 시절이 애틋하게 느껴진다.

〈심플 라이프〉에서 아타오(엽덕한)는 어렸을 때부터 로저(유덕화)의 집에서 무려 60년 동안 식모살이를 한다. '나의 집'이라고 평생 생각했던 집에서 다른 가족들은 자연스레 직장 때문에, 혹은 결혼을 하면서 하나둘씩 떠나간다. 식모였던 그는 집 밖에서 누군가를 만날 기회도 없었고 집을 떠나 독립하는 것도 생각해 보지 못한 채 세월을 보냈다. 그게 가족인 듯 가족 아닌 가족 같은 그 시대 '식모'라는 사람들의 삶이었다.

결국 홀로 남아 삼수이포의 한 대단지 서민 아파트에 살던 아타오는 몸이 쇠하여 요양병원에 가게 되고, 중국과 홍콩을 오가

深水埗

며 일하는 영화제작자인 로저(유덕화)가 가끔씩 병원을 찾아 아타오를 살핀다. 사실상 홍콩에 둘만 남은 것이다. 로저의 친구들은 "아타오가 얼마나 예뻤는지 알아?"라며, 어렸을 적 로저의 집에 놀러 가면 언제나 맛있는 요리를 내놓던 아타오(엽덕한)의 옛 모습을 추억한다. 그리고 요양병원에 있는 아타오와 돌아가며 통화를 나누고는 아타오가 쓰러져 병원에 가기 직전 요리해놓았던 소 혀 요리를 해동시켜 먹는다. 기억은 향기를 타고 맛으로 굽이쳐 뭉게뭉게 피어오른다.

〈심플 라이프〉의 첫 장면은 유덕화가 홍콩영화계 동료들이자 우정 출연한 서극 감독, 홍금보와 함께 한 중국 본토의 젊은 투자자 앞에서 가짜로 다툼을 벌여 제작비를 추가로 타내는 장면이다. 누가 봐도 그 투자자는 돈은 많되 업계 사정은 통 모르는 사업가다. 허안화와 달리 현재 본토에서 활발한 영화 작업을 하고 있는 서극, 홍금보의 실제 모습과 겹쳐지며 그 장면이 가져다주는 여운은 묘하다.

과거 홍콩의 도심 곳곳을 누비며 영화를 찍고 촬영이 끝나면 누들이나 덮밥, 딤섬, 혹은 에그 타르트로 배를 채우던 그들이 이제는 베이징의 한 식당에서 양꼬치를 먹고 있다. 영화 속 로저는 양꼬치를 입에도 대지 못한다. 아타오가 해주던 음식의 맛과 홍콩의 맛에 완전히 길들어진 탓이다. 아무튼 그렇게 홍콩에서 영화를 찍던 친구들은 이제 하나둘 홍콩을 떠나 베이징 지사, 상하이 지사를 차리며 대륙으로 떠난다. 그건 홍콩 내에서도 마찬가지다. 영화에서 아타오가 머무르는 요양병원은 홍콩 사람,

〈심플 라이프〉는 '톱스타 유덕화'의 이미지를 완전히 지우며 새로운 정서를 만들어낸다.

대륙 사람, 외국인으로 나눠 진료 동반비가 다른 것을 보여준다. 병원의 운영자로 우연히 해후하게 된 로저의 옛 친구(황추생)는, 1997년 홍콩반환이 지난 지가 언젠데 지금도 "외국인 뒤에만 줄 서면 만사형통"이라는 변함없는 현실을 들려준다.

〈심플 라이프〉는 홍콩과 중국 본토를 넘나드는 최고 인기의 '톱스타 유덕화'라는 존재를 지워버리면서 새로운 정서를 만들어낸다. 영화에서 홍콩 사람들은 수수한 점퍼 차림의 로저를 에어컨 기사나 택시 기사로 착각한다. 그런 장면들의 느낌이 묘하다. 영화제작자라는 설정 때문이어서 그렇긴 하지만 홍콩 사람

深水埗

들이 그를 전혀 알아보지 못하고, 아타오가 자리를 비운 삼수이포의 그 아파트 거실에서 쓸쓸히 차를 마시는 모습이 묘한 정서를 담아낸다.

더불어 영화에서 가장 인상적인 컷 중 하나는 바로 중국 본토의 한 을씨년스러운 기차역에서 슈트케이스 하나를 끌고 무심히 서 있는 유덕화의 무표정한 얼굴이다. 홍콩 상업영화, 아니 아시아 전역을 호령하는 대스타의 얼굴을 그렇게 점퍼 하나로 장르성을 지워낸 민얼굴로 담담하게 담아내는 사람은 허안화가 유일할 것이다.

주로 중국에서 일하다 홍콩으로 돌아온 로저가 아타오를 만나러 요양병원에 가면, 언제나 함께 휠체어를 끌고 들렀던 공원이 있다. 청샤완 역 A2 출구로 나와서 동경가Tonking Street를 따라 쭉 올라가다 보면 푹웡 스트리트Fuk Wing Street와 만나는데, 푹웡 스트리트에는 요양병원이라 할 수 있는 '호효원護孝院'이라는 이름이 붙은 사설 병원들이 꽤 많다. 아마 아타오가 지내던 병원도 이곳에 있었을 것이다. 더 올라가면 선닝 로드Shun Ning Road와 만나는데, 거기서 오른쪽으로 쭉 가다가 프라타스 스트리트Pratas Street와 만나는 곳에 '선닝로드 유락장Shun Ning Road Recreation Ground, 順寧道遊樂場'이 있다. 홍콩에는 '유락장'이라는 이름이 붙은 조금 큰 규모의 공원들이 꽤 있다. 한자 뜻대로라면 '놀며 즐기는 장소'라는 의미이기에 뭔가 대단한 휴식공간인가 싶겠지만, 그냥 동네 어르신들이 삼삼오오 모여 안부를 묻고 가벼운 게임 정도를 즐기는 마을 공원이라고 보면 된다. 로저와 아타오는 이곳에서 지나온 이야기, 아직 서로 하지 못한 이야기를 나눈다. 인상적이었던 것은 휠체어를 타신 분들이 쉽게 드나들 수 있게끔 영화에서처럼 계단이 아닌 길이 더 완만하고 넓었다는 점이다. 실제로 이곳을 방문했을 때도 요양병원에서 잠시 외출한 것 같은 노인들이 많았다.

〈첩혈가두〉의 주인공들이 아직까지 살아 있다면 아마 70대 후반에서 80대 초반의 나이일 것이다. 한때 홍콩의 경제를 책임지던 그들이 이제 요양병원에서 시간을 보내고 있다. 과거 가장 역동적으로 번성했던 지역이 이제는 주민들의 평균 연령이 가장 높은 곳이 됐다는 얘기는, 사실 홍콩은 물론 일본과 한국에서도 흔한 일이 됐다. 과거 가장 북적이던 곳이 이제는 가장 노령화된 지역이 됐다는 점에서, 삼수이포와 청사완 일대의 호효원과 유락장을 오가며 이야기가 전개되는 〈심플 라이프〉의 정서는 굉장히 탁월하고 현실적이다.

〈심플 라이프〉의 아타오의 기구한 삶에는 삶의 터전인 홍콩에도, 태어난 고국에도 속하지 못하는 사람들의 슬픈 정서가 흐른다. "아타오는 가난한 집에서 태어나 어릴 때 입양됐다. 양부는 일제 침략기 때 살해됐고, 능력 없는 양모는 아타오를 양씨 가문으로 보냈다.

"아타오는 그곳에서 60년간 식모로 살았다"라는 담담한 어조의 오프닝 자막은 영화 내내 유지되며 심금을 울린다. 아타오는 60년의 세월 동안 그저 자신에게 주어진 운명처럼 홍콩에서 살

로저가 아타오를 휠체어에 태워 찾아가던 공원 유락장. 둘은 여기서 지나온 이야기, 서로 하지 못했던 이야기를 나눈다.

앞고, 힘들어도 떠날 생각조차 못했다. 그렇게 피 한 방울 섞이지 않은 사람들을 가족으로 생각하며 홍콩 바깥의 세상을 꿈꿔본 적도 없다. 바로 그 땅에서 태어났건, 다른 곳에서 흘러들어왔건 많은 홍콩 사람도 그리 생각할 것이다. 홍콩은 그들에게 그냥 '고향'이고 '나라'이다.

홍함

紅磡 Hung Hom

홍함 역에서 홍콩 최고의
탄탄면을 맛보다

홍함의 윙라이윤詠藜園에서 홍콩 최고의 탄탄면을 맛봤다. 매콤하면서도 부드러운 콩 국물에 실 같은 면발, 그리고 샤오롱바오 같은 딤섬도 훌륭하다. 윙라이윤은 거대한 배 모양의 백화점으로 유명한 왐포아광장黃埔花園의 황포미식방黃埔美食坊 건물 2층에 있다. 윙라이윤은 과거 1947년 홍콩 외곽에 있는 티우겡렝調景嶺에서 개업한 곳이라 무척 역사가 깊다.

티우겡렝은 가난하고 인적이 잘 닿지 않던, 중국 내전 당시 타이완으로 건너가지 못했던 국민당 병사들이 일군 마을이었고, 이곳에서 시작한 가게가 홍콩 전역에 유명세를 떨쳤던 것이다. 원래 그들은 홍콩의 이곳저곳에 있었으나 토착민과 충돌 요소가 다분했기 때문에, 병사를 포함한 국민당 관계자 수만 명을 티우겡렝에 난민수용소를 만들어 거주시켰다. 티우겡렝에 이 같은

홍콩 최고의 탄탄면을 맛볼 수 있는
홍함의 윙라이윤.

중국 본토 사천식 탄탄면 가게가 성업했던 것도 다 그런 이유에
서다. 이들은 티우갱렝과 가까운 레이유문에도 많이 정착했다고
한다. 레이유문의 예스러운 낡은 집들도 다 그때 지어진 것이다.

티우갱렝은 〈열혈남아〉 후반부에서 장학우가 친어머니를 찾
아간 곳이다. 삼합회의 똘마니에 불과한 그가 '굽신거리며 사느
니 폼 나게 한탕하고 자신의 이름을 떨쳐보겠다'는 생각으로 청
부살인 업무를 맡고는, 그렇게 번 돈으로 에어컨을 사서 티우갱
렝의 어머니를 찾아간다. 하지만 이미 다른 남자와 재혼한 어머
니는 "엄마, 더운 거 싫어하잖아. 내가 에어컨 사왔어!"라는 말에

〈열혈남아〉에서 장학우는 에어컨을 사 들고 티우겡렝의 엄마를 찾아간다. 돌아가라는 엄마의 말에 수돗물만 들이켠다.

도 그다지 반가워하지 않는다. 숨겨둔 아들이 집에 찾아오는 걸 꺼려서 주소도 가르쳐주지 않는다. 어쩌면 마지막이 될 만남일 수도 있기에 "잠깐 얼굴만 보고 가면 안 돼?"라는 말에도 엄마는 그냥 돌아가라고만 한다. 화가 난 그는 수돗가에서 물을 들이켜고는 결국 에어컨을 바닷가 마을 티우겡렝의 낭떠러지로 냅다 던져버린다. 그리고 자신이 청부살인하는 것을 막으려고 설득하러 온 유덕화마저 따돌리고 몽콕으로 떠난다.

두 번째 영화 〈아비정전〉에서 장국영이 친어머니를 만나러 필리핀까지 갔다가 문전박대당하던 모습 이전에, 왕가위는 데뷔작 〈열혈남아〉에서 이미 친어머니를 만나지 못한 아들 장학우의 비극을 보여줬다. 두 영화는 어머니로부터 손절당한 아들의 이야기라는 공통점이 있다. 버려진 자식이라는 그 이미지와 서사는 어딘가 홀로 살아가야 하는 홍콩의 슬픈 운명과도 맞아떨어진다고 느껴졌다.

티우겡렝은 구룡반도의 MTR 노선 거의 오른쪽 끝에 있는 지역이다. 영화 촬영 당시에는 티우겡렝 뉴타운 사업 전이었으나

紅磡

티우겡렝의 아름다운 경관을 볼 수 있는 〈속 천장지구〉.
오성홍기가 아닌 청천백일기가 걸려 있다.

지금은 거대한 아파트촌이 들어섰다. 그리고 유덕화와 오천련의
그 유명한 〈천장지구〉 말고(사실 이 영화의 원제목은 〈천약유정〉) 유진
위 감독이 유우명이라는 가명으로 연출한 유덕화, 오가려 주연
의 〈천장지구〉(1993)라는 영화가 있는데, 국내에서는 〈속 천장지
구〉라는 제목으로 개봉한 이 영화가 바로 티우겡렝에서 촬영됐
다. 그 영화를 보면 당시 이곳의 아름다운 경관을 감상할 수 있
는데 그야말로 그동안 홍콩영화에서 보지 못한 이색적인 풍경
을 보여준다. 자존심 강한 사람들이 모인 곳이라 집집마다 중국
의 오성홍기가 아닌 쑨원이 고안했다고 하는 타이완의 청천백
일기가 걸려 있는 모습을 볼 수 있다.

　〈열혈남아〉에서 장만옥이 살던 홍콩의 서쪽 끝 란타우섬과 구
룽반도 동쪽 끝 티우겡렝은 영화의 주무대인 몽콕을 중심에 두
고, 왕가위 영화를 관통하는 이방인 정서를 절묘하게 보여준다.

홍함

왕가위 영화에서 홍콩살이에 적응하지 못하거나, 계속 홍콩을 떠나려는 인물 유형은 친어머니를 찾아 필리핀으로 향하는 아비(장국영)의 〈아비정전〉과 아픈 사랑을 잊기 위해 사막으로 떠나버린 서독(장국영)의 〈동사서독〉과 홍콩의 반대편 아르헨티나로 떠난 〈해피 투게더〉(1997)는 물론, 캄보디아의 앙코르와트 사원에서 마무리되는 〈화양연화〉(2000)를 거쳐 〈일대종사〉(2012)에서 북방에서 홍콩으로 온 뒤로 더위에 적응하지 못하는 궁이(장쯔이) 캐릭터로까지 이어진다. 그처럼 한곳에 머무르지 못하고 부유하는 이방인 정서는 왕가위 영화 전체를 관통하며 흐른다. 보통 많은 이가 〈아비정전〉을 왕가위의 개성이 드러난 실질적인 데뷔작이라 말하기도 하지만, 앞서 설명한 면에서 〈열혈남아〉는 그 누구도 부정할 수 없는 왕가위의 데뷔작이다.

옥상 수영장 경관이 뛰어난
하버그랜드 구룡

두기봉의 〈캘리포니아〉(1997)에서 천방지축 도박꾼이자 킬러이기도 한 금성무는 될 대로 되라는 식으로 대충 세상을 살아간다. 그러다 또 다른 킬러 이약동(〈주성치의 007〉에서 주성치가 한눈에 반했던 바로 그 기녀)을 만나게 되고 두 사람은 하룻밤을 보내려 한다. 하지만 이약동이 "전 고급호텔이 아니면 안 해요"라고 말하기에 금성무는 그녀와의 두 번째 만남 때 홍함에 있는 '하버플라자 홍콩' 호텔로 향한다. 빅토리아만의 불꽃놀이가 가장 잘 보이는 1725호실이 바로 그들의 방이었다.

큰맘 먹고 호텔을 예약한 그들은 입실과 동시에, 마치 목욕탕에 가서 밀린 빨래를 하는 사람들처럼 긴 줄을 걸어 빨래부터 널어놓는다. 금성무라는 주인공도 겹치고, 내레이션이 이어지는 구성이라는 점에서 〈중경삼림〉의 영향 아래 있는 영화처럼 보

'하버그랜드 구룡'에서 바라본 빅토리아만.
침사추이와 홍콩섬의 중심부가 아름답게 펼쳐진다.

인다. 그러나 정해진 운명을 거스르는 주인공들과 뜻하지 않은
행운과의 만남이 반전으로 준비되어 있다는 점에서, 예정된 운
명을 받아들이고야 마는 왕가위의 인물들과는 사뭇 다른 무척
독특하고 인상적인 영화다. 호텔 17층에서 저 멀리 바라보는 침
사추이와 홍콩섬 중심부의 아련한 풍경이 무척 아름다웠다.

하버플라자 홍콩은 〈성월동화〉에서 장국영과 그를 예전의 죽
은 연인으로 착각한 도키와 다카코가 처음 만난 호텔이기도 하
다. 바로 이 호텔의 매니저였던 다쓰야(장국영)는 일본 여자 히토
미(도키와 다카코)와 결혼을 앞두고 그만 사고를 당해 세상을 뜨는
데, 수개월 뒤 홍콩을 혼자 방문한 히토미는 우연히 호텔 엘리베
이터 앞에서 다쓰야와 똑같이 생긴 가보(장국영)를 만나고 기습
키스를 당하게 된다. 당연히 히토미가 누군지 알 리 없는 가보는

紅磡

〈성월동화〉에서 두 주인공이 키스를 하던 엘리베이터 옆의 액자와 로비 모양이 지금도 그대로다.

사실 홍콩의 비밀경찰이었고 자신의 신분이 노출될 위기에 처하자 히토미를 잽싸게 끌어안았던 것이다.

　이미 세상에 없는 애인과 똑같이 생긴 남자가 그렇게 자신에게 다가올 확률은 과연 얼마나 될까. 두 사람이 키스를 하던 엘리베이터 옆으로 세 마리의 학과 대나무가 그려진 액자와 로비 모양은 20여 년이 지난 지금도 신기할 정도로 그대로다. 그 유명한 로비의 거대한 분수도 영화 속 모습 그대로다. 영화 속 그 만남 장면이 바로 머릿속에서 재생될 정도로 완벽하게 모든 것이 그대로였다. 종종 내부 인테리어를 바꾸고 리모델링을 하는 호텔에서, 같은 액자를 그리 오래 두고 있는 것 자체가 신기해 보였다. 영화에서 옛 애인과 똑같은 사람을 만나 혼란에 빠지는 것 같은 느낌을 그대로 받았다면 지나친 과장일까.

그런데 하버플라자 홍콩은 이제 '하버그랜드 구룡'으로 이름이 바뀌었다. 바로 바다 건너 포트리스힐 역에 '하버그랜드 홍콩'이 새로 생기면서 이름을 바꿔 하버플라자 호텔 체인 중 홍콩 내 투톱 체제를 이루게 됐다. 특히 하버그랜드 구룡은 홍콩 호텔들 중에서도 옥상 수영장의 경관이 뛰어나기로 유명하다. 거의 하늘과 맞닿아 있는 듯한 수영장 벤치에서 하루 종일 책을 읽어도 지루하지 않다. 개인적으로는 한국에 있을 때도 문득문득 떠오를 정도로, 이 공간을 만끽하며 머물던 때가 홍콩여행 중 가장 여유롭고 사치스러운 시간으로 기억될 정도다. 밖으로 보이는 바다 또한 마치 손으로 잡힐 것처럼 눈앞을 가득 메운다.

최동훈 감독의 〈도둑들〉 마지막 장면, 전지현이 신하균의 눈을 피해 물로 뛰어들었던 수영장도 바로 이곳이다. 개인적으로는 하버플라자 체인 호텔들이 가격 대비 특급 호텔이라고 생각된다. 예전에는 침사추이와 호텔을 오가는 셔틀버스를 탈 수밖에 없을 정도로 교통이 애매한 곳이었는데, 이제는 MTR 왐포아역이 개통되어 훨씬 이동이 편하다. 역시 가까운 거리의 페리 피어에서 홍콩섬으로 이동해도 된다.

紅磡

하늘과 맞닿아 있는 듯한
수영장 벤치에서 하루 종일
책을 읽으며 보내고 싶다.

페리 피어 바로 옆에 있는
브이킹 라운지. 홍콩에서 가
장 저렴한 오션뷰 바이다.

　페리 피어 바로 옆의 브이킹 라운지V King Lounge 바 또한 한적
하고 풍경 또한 일품인데, 〈도둑들〉에서 김윤석이 몰래 접선하
는 가게로 나왔다. 사실 홍콩섬으로 가기 위한 페리를 타기 위해
수없이 지나쳤던 곳이긴 하나, 왠지 이 길 자체가 현지 아재들이
점령한 공간처럼 느껴져서 선뜻 들어가지 못했다. 그러다 〈도둑
들〉을 보고서야 '내가 왜 거기를 그냥 지나치기만 했을까' 자책
했을 정도로 멋진 내부를 들여다볼 수 있었다. 다시 가면 반드시
들어가 봐야 할 홍콩에서 가장 저렴한 오션뷰 바다.

홍함

구룡채성공원과
카이탁 공항

九龍寨城公園, 啓德機場
Kowloong Walled City Park,
Kai Tak Airport

〈아비정전〉과 〈추룡〉,
홍콩의 씬시티

"아편굴투성이에 더럽고 쥐가 득시글거리고 치외법권이라 무척 위험하죠. 홍콩의 '씬시티Sin City'나 다름없어요." 1990년 〈아비정전〉을 구룡성채九龍城寨에서 촬영했던 양조위는 그렇게 회상했다.

〈아비정전〉 마지막 장면에서 아무런 대사 없이 머리를 빗어 넘기던 양조위의 모습이 촬영된 그 좁디좁은 다락방 같은 곳이 바로 구룡성채 안의 어느 집이다. 당시 홍콩영화계의 대표 멀티 캐스팅 영화였던 〈아비정전〉은 계약 관계상 양조위 장면이 무조건 들어가야 했기에, 영화의 마지막에 담배를 피우고 머리를 빗으며 외출을 준비하는 양조위 장면이 아주 조금 들어가게 됐다.

한편으로 이 이야기는 양조위의 성품을 알려주는 일이기도 하다. 당시 1부의 유가령과 이제 막 연애를 시작한 그는 유가령을 에스코트해주기 위해서 1부 촬영 시에도 거의 촬영 현장에

九龍寨城公園, 啓德機場

〈아비정전〉의 마지막 장면. 이 좁디좁은 다락방이 바로 구룡성채 안의 어느 집이다. 양조위는 이곳을 홍콩의 씬시티라 불렀다.

있었고, 자신의 2부 촬영도 따로 힘들게 찍고 있었다. 즉 왕가위 감독만큼이나, 그리고 장국영보다는 훨씬 더 〈아비정전〉 촬영 현장에 오래 머무른 사람이 양조위였기에 나중에 〈아비정전〉이라는 결과물을 보고는 화가 치밀 수도 있는 일이었지만, 어떤 다툼이 있었다는 얘기는 들어보지 못했다. 〈아비정전〉을 끝으로 다시는 왕가위와 작업을 하지 않았던 유덕화와 달리 그는 이후 장국영과 함께 출연한 〈해피 투게더〉는 물론 〈화양연화〉와 〈일대종사〉 등 영영 끝나지 않는 제작 스케줄로 유명한 왕가위 영화의 중요한 버팀목이 되어주었다. 왕가위의 페르소나가 장국영으로부터 양조위로 이어져가는 큰 그림의 도입부가 바로 〈아비정전〉에 있다. 심지어 지금 다시 보는 〈아비정전〉 마지막 장면은 그 자체로 너무나 매혹적이다.

이 영화를 처음 봤을 때는 솔직히 양조위를 보며 '쟤는 또 뭐야?'라며 황당한 사족처럼 느껴졌던 장면이, 지금은 머리를 빗어 넘기는 손짓 하나하나에 다 사연이 담겨 있는 느낌이다. 같은

고밀도 슬럼 지역이었던 구룡성채는 재개발로 구룡채성공원으로 바뀌었다. 한 번 발을 들여놓으면 두 번 다시 나올 수 없는 마굴로 불렸다.

장면의 느낌이 이제 와 이처럼 달라진 것은, 아마도 양조위가 이후 왕가위와 함께 〈해피 투게더〉와 〈화양연화〉를 거치며 배우로서 그야말로 훌륭하게 성장하고 멋지게 성숙해졌기 때문이리라.

구룡반도에 존재했던 고층, 고밀도 슬럼 지역이었던 구룡성채는 1992년 강제 재개발에 들어가 이제는 구룡채성공원Kowloon Walled City Park, 九龍寨城公園으로 바뀌었다. 과거 구룡성채는 '동양의 카스바'라 불리며 〈중경삼림〉에 등장했던 중경맨션과 함께, 외지사람들이 발을 들여놓으면 두 번 다시 나올 수 없는 '마굴'

로 불렸다. 청일전쟁을 계기로 영국이 홍콩을 99년간 조차하게 됐는데, 이 성채만큼은 계속 중국의 통치하에 남겨두었다. 하지만 중국군은 성채에서 철수했고 이를 돌보지 않았다. 그래서 구룡성채는 영국과 중국 두 나라의 통치를 전혀 받지 않는 무법지대가 된 것이다. 중국에서 들어온 난민들, 마약 거래까지 일삼는 삼합회의 도박장, 매춘업소 등이 들어선 악명 높은 슬럼 지역이었다.

중국 본토에서 홍콩으로 밀입국한 친구들이 범죄의 세계로 내몰리는 맥당웅의 〈성항기병〉(1984)도 이곳에서 촬영됐고, 오시이 마모루의 〈공각기동대〉(1995)에서 아무런 생기도 느껴지지 않는 디스토피아적인 미래도시의 이미지도 이곳에서 유래했다. 출구와 입구의 구분이 무의미해 보일 정도로 미로와도 같은, 막다른 곳에 다다른 인물들이 도저히 빠져나올 수 없는 무간지옥의 현실판처럼 보이는 곳이 바로 구룡성채였다. 또한 SF작가 윌리엄 깁슨은 《버추얼 라이트》, 《코드명 J》를 비롯 《아이도루》의 암흑도시 헤크넘의 이미지를 구룡성채에서 영감을 얻었다.

정말 한번 보면 잊히지 않는 비주얼, 하지만 이제는 완전히 사라져버린 기억 속의 장소다. 그렇게 〈성항기병〉과 〈아비정전〉의 촬영지라는 것 정도만 알고 있다가 한 사진집을 보면서 완전히 매료됐다.

사진작가 그렉 지라르가 1992년 7월 강제 철거되기 직전 구룡성채에 들어가 촬영한 사진집 《City of Darkness》는 쓰레기 더미 속에 묻혀 살아가는 보통 사람들의 얼굴과 일상을 보여준다. 쓰레기 더미 사이에서 뛰노는 해맑은 아이들과 심지어 해먹에 누워 일광욕을 즐기는 사람들, 그리고 소박한 식당부터 치과나 약국 같은 장소들에 이르기까지 한 장 한 장 넘기다 보면 아름답다 못해 숭고할 지경이다. 인터넷에서 구룡성채로 검색하면 뜨는 거의 모든 이미지가 바로 이 사진집에 있는 것들이다.

〈쿵푸 허슬〉(2004)에서 '돼지촌'이라는 이름으로 불리는, 낡았지만 인간미 가득한 서민들의 아파트가 바로 그런 느낌이다. 주성치가 자신이 나고 자란 홍콩에 대한 애정을 구룡성채의 축소판으로서 돼지촌을 구성한 것일지도 모른다. 최근 홍콩영화 중에서는 견자단과 유덕화가 주연을 맡고 왕정이 연출한 〈추룡〉(2017)에 구룡성채가 주 무대로 등장한다. 1963년, 그러니까 〈아비정전〉의 시기로부터 몇 년 뒤 조폭 견자단과 경찰 유덕화가 의형제를 맺고 홍콩의 매춘, 도박, 마약 3대 산업을 독점해 나가는 '홍콩판 〈범죄와의 전쟁〉' 이야기라 할 수 있다. 오직 CG와 세트로만 만들어낸 구룡성채 풍경을 보는 것도 그리 나쁘지 않다.

이곳이 성채라 불렸던 이유는 오래전 송나라 때부터 외적을 방어하던 성벽이 남아 있었기 때문이다. 그러다 1987년 영국 정부와 주민 간의 협의로 성벽을 철거하다가 우연히 청나라 때의 주거지와 고적이 발견되면서 지금의 공원에 이르렀다. 현재 구룡채성공원은 옛 흔적은 전혀 찾아볼 수 없이 청나라 말기의 건축 양식과 누각, 연못 등으로만 구성돼 있다. 공원 안에 옛 구룡성채 관련 자료들을 전시해놓고 있어 눈길을 끈다. 또 거대한 모형도 갖춰져 있고 철거와 개발 과정을 상세하게 설명하고 있다.

九龍寨城公園, 啓德機場

주윤발의 단골집인 팀초이키. 〈런닝
맨〉에서 찾았을 만큼 한국 방송에도
소개가 많이 되었다.

과거에는 그저 군락 정도였는데 1970년대 이후 급격하게 직육
면체 모양으로 밀집돼 간 모습을 보면 정말 아연실색할 지경이
다. 인간의 무시무시한 생존력이라고나 할까. 구룡성채는 우리
시대의 바벨탑이나 다름없다.

　구룡채성공원에 들른 날이면, 주윤발의 단골집으로도 유명한

팀초이키Tim Choi Kee, 添財記 식당을 꼭 찾는다. 1948년 개업하여 오랜 역사를 자랑하는 이곳은 감칠맛 가득한 창펀肠粉으로 유명하다. 창펀은 돼지고기 등 갖은 재료를 쌀가루 등으로 만든 얇은 피로 돌돌 만 형태로 소스를 뿌려 먹는 홍콩의 대표적인 서민음식이다. 〈영웅본색〉 주윤발의 첫 등장 장면에서, 경찰이 노점 단속으로 뜨기 직전에 주윤발이 사 먹던 길거리 음식이 바로 창펀이다. 땅콩 등 견과류가 잔뜩 들어간 죽도 이 집의 대표 메뉴인데, 바로 그렇게 아침을 시작하는 것이 홍콩 사람들의 소박하고 보편적인 일과다. 주윤발의 단골집으로 유명하다 보니 유재석의 〈런닝맨〉 등 한국 예능 프로그램에서 이곳을 여러 번 찾았고, 이후 많은 한국 관광객이 들르는 곳이 됐다. 그런 이유로 갑자기 외국인(한국인) 관광객이 늘어서일까, 한국에서 왔다고 하면 주인 아저씨가 활짝 웃으며 반겨준다.

교통이 다소 불편해서 자주 찾긴 힘들었으나, 호텔 조식을 포기하고 이곳을 처음 찾았던 날 "혹시 오늘도 주윤발 왔어요?" 하고 아무런 기대도 없이 물었다가 "1시간 전에 음식 포장해서 나갔죠"라는 답을 들었다. 진짜 그의 단골집임은 그렇게 증명되었다. '저우룬파'라는 북경어 이름으로 묻지 않고 '초우윤팟'이라는 광둥어 이름으로 물어서 주인아저씨가 더 신나게 이것저것 얘기해줬다는 건 틈새 정보다. 물론 내 기분 탓일 수도 있겠지만.

주윤발의 마음을 사로잡은
카이탁 공항에서의 야경

1998년 란타우섬에 위치한 현재의 첵랍콕 공항이 문을 열기 전까지, 카이탁 공항을 뜨고 도착하는 비행기들은 도심을 가로질러 거의 곡예비행을 하듯 이착륙을 했다. 그 위험천만한 풍경은 정말 장관이었다. 그게 뭐 대단한 볼거리라고 옥상에서 함께 뜨고 내려앉는 비행기를 보면서 데이트를 하기도 했다니 홍콩 사람들에게는 참 애틋한 추억이다.

〈열혈남아〉에서도 한 동생의 결혼식에 참석한 유덕화는 착륙하는 비행기를 보며 쓸쓸하게 담배를 피운다. 카이탁 공항이 수용인원 초과로 얼마나 시장통처럼 정신없는 곳이었는지는, 〈첩혈쌍웅〉에서 주윤발이 엽천문을 만나기 위해 콧수염을 단 채 일본인으로 위장하고 경찰들을 따돌리는 공항 신에서 엿볼 수 있다. 1950년대부터 사용하며 지리적 문제로 인해 문을 닫기까지

단 하나의 활주로로 생명 연장을 해왔던 카이탁 공항이 세계 최고의 크루즈 터미널 시설이자 전망 좋은 공원으로 탈바꿈했다.

단 하나의 활주로로 생명 연장을 해왔다는 것이 믿기지 않을 따름이다.

카이탁 공항이 있던 자리는 오래도록 미개발 황무지로 남아 있다가 최근 카이탁 크루즈 터미널Kai Tak Cruise Terminal 공원과 카이탁 활주로 공원Kai Tak Runway Park으로 탈바꿈했다. 워낙 황무지로 있던 기간이 길다 보니, 그동안 이곳에서 찍은 영화도 많다.

두기봉의 〈복수〉(2009) 후반부에 거대한 쓰레기 더미를 굴리

九龍寨城公園, 啓德機場

며 총격전이 벌어지던 장면, 〈나는 비와 함께 간다〉(2008)에서 기무라 타쿠야가 몰래 숨어 지내던 곳이자 이병헌이 탄 차와 조쉬 하트넷과 여문락이 탄 차가 평행선을 그으며 긴 질주를 하면서 총격전을 벌이던 장면, 〈순류역류〉(2000)에서 비밀스러운 만남이 이뤄지던 활주로 장면, 〈유도용호방〉(2004)에서 곽부성이 심판을 보는 가운데 전설의 유도 선수 양가휘와 고천락이 시합을 벌이던 장면이 바로 이곳에서 촬영됐다.

　오랫동안 황무지로 남아 있던 곳이라 접근이 어려웠지만, 이제는 교통편이 좋아져 어렵지 않게 이곳에 갈 수 있다. 이제 이곳에 가려면 응아우토콕牛頭角 역 A출구로 나와 버스정류장에서 5R 버스를 타면 10분 정도 걸린다. 2021년에는 MTR 튠마라인Tuen Ma line, 屯馬綫이 새로 연결되면서 '카이탁 역'이 생겼다.

　접근성이 좋아지면서 이제 세계 최고의 크루즈 터미널 시설이자 전망 좋은 공원이 됐다. 유려한 곡선으로 길게 이어진 이 건물은 영국의 유명 건축가 노먼 포스터가 설계하여 화제가 됐다. 노먼 포스터는 런던의 새로운 랜드마크이자 오이를 닮았다고 해서 거킨The Gherkin 빌딩이라고도 불리는 30세인트 메리 엑스30st Mary Axe, 스티브 잡스의 의뢰로 지은 거대한 원형 모양의 애플 신사옥, 그리고 홍콩 센트럴에 있는 HSBC 은행 건물을 디자인한 건축가다. 오래된 활주로 끝이라는 위치를 최대한 활용한 외관이 인상적이며 야외 공원과 옥상은 빅토리아만을 조망하는 가장 멋진 풍경을 선사한다. 주말이면 텐트와 돗자리를 들고 이곳을 찾는 사람들로 인산인해를 이룬다.

〈영웅본색〉에서 주윤발이 피 묻은 안대를 한 채 "버리기 아까운 야경이야"라고 내려다보던 곳에 바로 카이탁 공항과 구룡성채가 있었다.

　덧붙여 〈영웅본색〉 얘기를 빼놓을 수 없다. 굉장히 오랜 시간 잘못 알고 있었던 건데, 극장 재개봉을 하게 된 〈영웅본색〉을 필름으로 다시 보면서 주윤발이 (《아저씨》의 마지막 장면에서 원빈이 따라 했던) 피 묻은 안대를 한 채 "버리기 아까운 야경이야" 운운할 때 등장하는 짧은 야경이, 흔히 홍콩 관광객들이 피크 트램을 타고 올라가서 빅토리아 피크에서 내려다보는 그 화려한 홍콩의 야경이 아니었다는 사실이다.

　주윤발이 얘기할 때 비행기가 오고 가는 게 큰 스크린으로 보여서 확실히 알게 됐는데, 그곳은 바로 카이탁 공항에서 그리 멀지 않은 구룡성채가 내려다보이는 외딴 산이다. 주윤발이 그토록 버리기 아까워했던 그곳이 사실은 내가 알던 곳과 전혀 다른

九龍寨城公園, 啓德機場

구룡성채의 풍경이었다는 걸 깨닫게 되면서 그 비애가 더 크게 다가왔다. 앞서 주윤발이 적룡의 복수에 나서면서 "강호의 의리가 땅에 떨어졌다"는 보스의 얘기를 들었던 것처럼, 의리와 신의를 비롯해 갈수록 옛 정서와 풍경을 잃어가고 있는 홍콩에 대한 한탄이었던 것이다. 이미 버려질 것을 알고 있는 구룡성채에 대한 안타까움이랄까.

쿤통과 응아우타우콕

觀塘, 牛頭角 Kwun Tong, Ngau Tau Kok

쿤통에서 두기봉의 영화사
밀키웨이를 찾다

두기봉이라는 이름 하나만으로 모든 것이 설명되는 밀키웨이 이미지Milkyway Image, 銀河映像는 현재 아시아에서 가장 창조적인 필모그래피를 쌓아가고 있는 제작사 중 하나다. 두기봉은 1997년 오랜 친구 위가휘와 함께 밀키웨이를 설립한 이후 좀 더 개인적이고 독창적인 스타일로 놀라운 진화를 거듭하고 있다.

자신의 영화 혹은 〈매드 디텍티브〉(2007) 같은 위가휘와의 공동 연출작 외에도 유내해의 〈천공의 눈〉(2007), 정보서의 〈엑시던트〉(2009)처럼 후배들을 데뷔시키는 데도 힘을 쏟고 있다. 직원 수나 규모를 감안하자면 1년에 서너 편씩 쏟아내는 결과물들의 퀄리티는 믿기 힘들 정도다. 그래서 밀키웨이 빌딩도 으리으리하고 〈무간도〉에서나 볼 법한 초현대식 건물일 것이라 예상하며 찾아갔다.

이곳이 정말 창조적 역량을 자랑한다는 밀키웨이란 말인가, 하는
의문이 들 정도로 공장 같은 모습이다.

하지만 예상은 완전히 빗나갔다. 밀키웨이는 구룡반도의 동쪽
쿤통觀塘 지역에 있는데, 가는 내내 '길을 잘못 든 것은 아닐까'
하는 생각이 계속 뇌리에서 떠나지 않았다. 지하철 쿤통 역에서
밀키웨이 빌딩이 있는 홍토로드Hung To Road, 鴻圖道에 접어들기까
지 공장지대가 계속 펼쳐졌기 때문이다. 정말 주변에는 쿵쾅거리
는 기계 소음과 자재를 실어 나르는 트럭 외에는 아무것도 없었
다. 'Milkyway Building'이라고 선 굵은 글씨로 새겨진 빌딩 앞
에 도착하고서도 '이곳이 정말 아시아에서 가장 창조적 역량을
자랑하고 있는 영화제작사 밀키웨이란 말인가'라는 의심이 가시
지 않았다. 건물 벽의 페인트는 벗겨지고 계단과 복도에는 시멘
트를 덧댄 흔적이 그대로 남아 있는 '밀키웨이 공장'이었다.

쿤통은 홍콩을 찾는 관광객들이 기억할 만한 센트럴이나 침사추이와는 거리가 먼 '생업'의 장소다. 바닷가에는 공장지대가 있고 주택가는 산 쪽으로 펼쳐져 있다. 그 산이 바로 〈폴리스 스토리〉에서 성룡이 자동차를 타고 집들을 다 부수며 내려오던 판자촌이 있던 사우마우핑秀茂坪 지역이다. 그런 이곳도 급속하게 변했다.

빌딩 주변 거리를 둘러보자니 묘하게도 밀키웨이 영화들의 이미지도 차례차례 떠올랐다. 두기봉 영화 속 경찰들이 범죄자를 찾아 헤매던 곳, 구체적으로는 〈PTU〉(2003)에서 갱들과 싸우다 총을 분실한 경찰 로(임설)가 애타게 총의 행방을 찾아 떠돌던 거리가 바로 이곳 주변이다. 승진심사를 통과하려면 그 총을 문제없이 찾아야 하는데, 도무지 행방을 몰라 꽉 막히고 답답한 빌딩들 사이에서 고뇌하던 그 모습이 즉각적으로 떠올랐다. 그리고 골목 이곳저곳에서 정체불명의 가방을 들고 유령처럼 등장하던 조직원들의 모습은 폐소공포증을 불러일으키기에 충분했다.

실제로 두기봉 영화에 등장하는 대부분의 밤 장면이 이곳 영화사 건물 주변에서 촬영한 것이라 한다. 게다가 밀키웨이는 해외 영화들이 홍콩에서 촬영할 때 촬영장소 추천과 현장 스탭 구성 등 제작 전반의 지원 업무도 병행하고 있다. 폴 맥기건의 〈푸시〉(2009)가 바로 그런 작품인데, 영화 속에서 초능력자들이 대결을 벌이던 페리 터미널이 바로 쿤통 사무실에서 바다로 조금만 걸어가면 나오는 '쿤통 페리 피어'다.

두기봉은 위가휘와 함께 〈넘버원이 되는 법〉(1997)을 만들면

〈PTU〉에서 총을 분실한 경찰 로가 떠돌던 거리가 바로 밀키웨이 건물 주변이다.

서 밀키웨이를 세웠다. 창립작에서 그는 철저히 프로듀서로서의 역할만 했기에 밀키웨이는 처음부터 그들 모두의 영화사였다. "내 작품은 물론 후배들의 영화를 적극 지원하고 싶고 넓은 의미에서 '밀키웨이 스타일'이라는 것을 만들기 위해서"라는 게 설립 목적이라 할 수 있다. 국제적으로 알려지게 된 계기는 〈미션〉(1999) 이후다. 작품 내적인 완벽한 통제와 여러 인물들이 뒤엉키는 미장센에 대한 탁월한 감각은 그가 이루고자 했던 밀키웨이 스타일의 전범이 됐고, 그것은 〈복수〉로까지 이어진다. 임달화, 오진우, 황추생, 임설 등 '두기봉 사단'이라 부를 만한 친구들의 우정집단도 만들어졌다. 후진 양성이라는 목적에 맞게 그가 키워낸 감독들의 리스트도 만만찮다. 〈비상돌연〉(1998)의 유달지, 〈천공의 눈〉의 유내해에 이어 작년에는 정보서 감독의 〈엑시던트〉가 베니스영화제 경쟁부문에 올랐다. 유내해처럼 밀키웨이의 시나리오 작가 출신인 사도금원이 그다음 데뷔 리스트였는데, 안타깝게도 2012년 너무도 젊은 나이에 세상을 뜨고 말았다.

지난 2005년 밀키웨이 설립 10주년 기념 책자로 발간된 《Milkyway Image, Beyond Imagination》에 수록된 글에서 데이비드 보드웰은 밀키웨이를 두고 '두기봉의 지휘 아래, 모든 면에서 진화를 거듭하고 있는 거의 유일한 홍콩영화사'라고 썼다. '영화제작 방식의 새로운 룰을 만들어가고 있다'고도 덧붙였다. 여기서 말하는 '룰'이란 자급자족하는 놀라운 생명력을 말한다. 왜냐하면 밀키웨이의 영화들은 중국 본토에서 큰 인기를 끄는 것도 아니고, 심지어 중국 전역 개봉 자체를 기대하지 않는 경우가 많고, 굉장히 실험적이고 작가적인 영화들을 만들고 있음에도 1년에 3~5편씩 꾸준히 영화를 만들고 있기 때문이다. 그 비결은 철저하게 나눠진 작품군에서 찾을 수 있다. 홍콩의 영화평론가 스티븐 테오는 밀키웨이의 영화들을 '상업적인 영화'와 '개인적인 영화'로 철저하게 구분할 수 있다고 말했다. 유덕화, 정수문 주연의 〈니딩 유〉(2000)나 〈러브 온 다이어트〉(2001), 그리고 〈역고력고신년재〉(2002) 같은 로맨틱 코미디 영화들이 전자에 속한다면 〈흑사회〉 시리즈나 〈익사일〉(2006), 〈복수〉(2009)처럼 해외영화제의 초청을 받는, 이른바 마니아들의 열렬한 지지를 받고 있는 '두기봉표' 누아르 영화들이 후자에 속할 것이다.

밀키웨이 초창기에는 굉장히 실험적인 작품들을 시도했다. 직접 연출한 〈암화〉(1998), 〈진심영웅〉(1998)은 물론 제작을 맡은 유달지 감독의 〈비상돌연〉(1998)에 이르기까지 상대적으로 황량하고 어두운 분위기의 작품들이 많았고, 비평적으로 평가가 좋았던 반면 흥행적으로는 썩 만족스럽지 못했다. 하지만 유덕화와 정수문이 주연을 맡은 일련의 작품을 통해 밀키웨이는 그 스타일을 유지할 수 있는 작품들을 제작비 걱정 없이 만들 수 있었다. 말하자면 그 둘에서 밀키웨이를 먹여 살렸다고 해도 과언이 아니다. 그래서 과연 이게 두기봉의 작품이 맞나 싶을 정도로, 그 두 부류 작품들의 편차가 큰 것은 놀랍지만 그것이 지금까지 밀키웨이를 이끌어오는 중요한 토대가 된 것만은 분명하다.

지금도 밀키웨이는 그 두 부류의 영화들을 부지런히 오가고 있다. 그에 대해 두기봉 감독은 "전자의 작품들이 생존을 위해서 찍었던 영화들인 건 분명하다. 하지만 그 역시 두기봉과 위가휘의 이름이 새겨진 작품들"이라며 "그저 장르가 다른 영화들로 봐줬으면 좋겠다"고 말한 적 있다. 게다가 이제는 고집스레 홍콩 내 작업만 해오다가 베이징에도 사무실을 차리면서 사세를 확장하고 있다. 두기봉 스타일과 장르의 총결산이라고 할 수 있는 걸작 〈마약전쟁〉(2013)이 그 성과라고 보면 된다. 그렇게 밀키웨이의 새로운 시대가 시작되었다.

〈무간도2〉 누아르 감성 가득한
보스들의 회식 장소

라이입 스트리트 식료품시장Lai Yip Street Cooked Food Hawker Bazaar, 勵業街熟食小販市場에 있는 노천식당 마곤기Ma Kuen Kee, 馬坤記는 〈무간도2〉에서 오진우가 경쟁 보스들을 하나둘 제거한 뒤 새로운 보스로 등극하는 교차편집 장면을 촬영한 다이파이동이다. 그 또한 고혹자의 시절을 보내고 파란만장한 삶을 살아온 보스다. 침사추이에서 조그만 도박장을 운영하던 아버지가 지금의 사업을 일궜고, 그는 어려서부터 "무엇이든 얻었으면 꼭 보답하고 살아야 한다"는 아버지의 얘기를 가슴속에 새기며 살아왔다. 하지만 그와 정반대로 동료 보스들을 가차없이 죽이는 비정한 어둠의 세계를 보여준다.

프란시스 포드 코폴라의 〈대부〉(1972)에서 자신은 정작 성당 세례식에 참석해 있으면서 경쟁조직 보스들을 하나둘 처단했던

〈무간도2〉에서 오진우가 새로운 보스로 등극하는 장면에 등장했던 다이파이동, 마곤기. 주인아저씨가 원형 탁자를 펼쳐내는 모습이 영화 속 누아르 분위기다.

마이클 콜레오네(알 파치노)의 잔인함을 떠올리게 하는 장면이다. 그렇게 목적을 달성한 그는 아버지를 떠올리며 밥 위에 담배 한 대를 꽂고는, 마치 제사를 지내듯 다 마신 맥주잔을 하늘 높이 치켜올린다.

마곤기 식당을 방문했을 때 담배를 입에 문 주인아저씨가 원형 탁자를 착착 펼쳐내는 풍경이 영화 속 '누아르 분위기' 그대로였다. 낮은 천장 천막에 어둠이 깔릴 때쯤 사람들은 하나둘 모여들기 시작한다. 그런데 영화 속 분위기와 달리 가벼운 식사 위주의 다이파이동이라, 이른 아침 6시부터 영업을 시작해 밤 9시면 문을 닫고, 일요일에는 영업을 하지 않는다. 어쨌거나 마곤기는 홍콩에서 다녀본 여러 다이파이동 중에서도 단연 터프하고 누아르 감성 가득한 곳이다.

마곤기에서 오진우가 오직 전화로만 작업을 벌이고 있을 때, 다른 삼합회 보스들이 모여 회식을 하던 훠궈집은 토콰완 역에 있다. 응아우타우콕 역에서 쿤통 라인을 따라 다이아몬드힐 역까지 가서 갈아타면 토콰완으로 이어진다. 토콰완 역 A 출구로 나와서 록산 로드Lok Shan Road를 따라 쭉 걷다가, 큰길 토콰완 로드To Kwa Wan Road도 건너서 더 간다. 그러다 메이킹 스트리트Mei King Street와 만나는 지점이 중요하다. 왼편의 핑크색 아파트가 바로 서극의 〈순류역류〉에 등장하는 메이킹 맨션Mei King Mansion, 美景樓이고, 오른편의 조그만 골목으로 좀 더 들어가면 보이는 홍복鴻福이 바로 〈무간도2〉에서 마곤기와 교차편집으로 등장하던 삼합회 보스들의 회식 장소인 훠궈집이다.

홍복은 구글로 검색할 수 있는 영어 상호가 따로 없기에 메이킹 맨션을 기준으로 찾던가, 록산 로드Lok Shan Road 86이라는 번지수로 찾으면 된다. 서극의 〈순류역류〉에서 화려한 공중 활극이 펼쳐지던 핑크색 아파트인 메이킹 맨션을 먼저 찾고 그 오른편에 위치한 골목으로 들어가도 홍복을 만날 수 있다.

앞서 마곤기에서의 촬영 장면을 얘기하며 〈대부〉에서 영향받은 것이라 했는데, 유위강과 맥조휘는 마이클의 비정한 '조직 정리 작업'을 그대로 따르지 않고 변주했다. 〈대부〉에서는 교차편집으로 킬러들을 보내서 각자 다른 곳에 있는 보스들을 정리했

觀塘, 牛頭角

〈무간도2〉에서 보스들이
하나둘 모여 회식을 했던
훠궈집, 홍복.

다면, 〈무간도2〉는 그들을 흩어지게 하지 않고 한데 모아놓고
오진우가 일일이 전화로 협박했다. 물론 나중에 킬러들을 보내
따로 처리하는 장면을 넣긴 했으나, 도입부의 그 훠궈집 장면은
굉장히 서스펜스가 넘쳤다. 우리가 흔히 범죄영화에서 누군가를
처리할 때 '담근다'라고 표현하는 것과 걸맞게 펄펄 끓는 훠궈집

가게 주인집 아들로 보이는
아이와 함께 웃고 있는 증지
위의 사진이 눈길을 끈다.

이라는 설정이 더 적나라하게 다가왔다고나 할까. 삼합회 조직
원들이 이 골목을 가득 채우고 있었고 보스들은 하나둘 홍복으
로 모여들었다.

　골목 깊숙이 자리한 홍복 또한 마곤기와 마찬가지로 영화 속
느낌 그대로다. 〈순류역류〉 촬영지에 들르고 난 다음, 무심코 건
너편 골목으로 보였던 홍복이란 두 글자가 얼마나 반가웠던가.
코즈웨이베이의 성 마거릿 성당을 발견했을 때처럼 무심코 내
눈에 들어온 촬영지라니. 긴가민가한 기분으로 식당 안으로 들
어갔다가 마곤기와 달리 가게 내부에 당시 영화 촬영 장면들이
벽에 잔뜩 붙여져 있어 눈물을 흘릴 뻔했다. 그중에서도 증지위
가 이 가게의 주인집 아들로 보이는 아이와 기념촬영을 한 것
또한 눈길을 끈다. '여기가 바로 〈무간도2〉 영화 촬영지요!'라고
대놓고 드러내며 당시 촬영 장면들을 곳곳에 붙여두고 있어서
지루할 틈이 없다. 오후 6시쯤 문을 열어 새벽 5시 정도까지 영

업하기에 제대로 누아르 감성을 느낄 수 있다.

다만 아쉬운 것은 영어 메뉴도 없고 딱히 말이 통하지 않아 주문할 때 심히 괴로웠다는 점이다. 더듬더듬 보디랭귀지로 터무니없게 재료들을 고른 탓에 그야말로 상상을 초월한 엽기 산해진미 훠궈를 만들고 말았다. 옆 테이블의 손님이 '저걸 어떻게 먹지?' 하며 쳐다보던 그 눈빛이 지금도 잊히지 않지만, 역사적인(!) 장소를 발견했다는 것만으로도 그 잡탕 훠궈를 그 어떤 음식보다 맛나게 먹을 수 있었다.

샤틴, 캄산
워합섹 묘지
샤로퉁
사이쿵, 레이유문
남생원

신계
New Territories

구룡반도
Kowloon

란타우섬
Lantau Island

홍콩섬
Hong Kong Island

라마섬
Lamma Island

3장

신계,
색다른 홍콩을 만나다

샤틴과 캄산

沙田, 金山 Sha Tin, Kam Shan

샤틴 만불사에서
무간지옥 체험하기

〈무간도〉 도입부는 진관희를 비롯한 삼합회 똘마니들이 보스 증지위 앞에서 일종의 충성 서약을 하는 장면이다. 〈무간도〉는 약속하고 결의하는 장면으로 시작하지만 결국 서로 속고 속이고 배신하면서 그 모든 계약과 관계가 흐트러지는 파국을 그리고 있다. 그래서 그 첫 장면의 인상은 강렬하다. 결국 그 서약이 깨질 것을 알기 때문이다. 더구나 서약의 과정을 지켜보는 건 각기 다른 기괴한 표정의 불상들이다.

샤틴沙田 만불사萬佛寺는 바로 그 장면이 촬영된 곳으로, 삼합회 조직원들을 둘러싼 그 많은 불상의 모습은 영화 속 무간지옥無間地獄이라는 의미와 딱 들어맞는 불길한 숙명적 분위기를 느끼게 해준다. 영원히 지속되는 가장 고통스러운 지옥을 무간지옥이라 한다는데, 경찰과 범죄 집단이라는 서로 상반된 조직에 각각 위

삼합회 똘마니들이 보스에게 충성 서약을 하는 장면에 나온 만불사. 팔이 긴 불상이 인상적이다.

장 잠입하여 오랜 시간 스파이로 활동하던 두 남자의 엇갈린 삶과 비극적 운명이 바로 그것이다.

영화 속에서 가장 인상적이었던 불상은 바로 진관희의 뒤로 보이던 팔이 긴 불상이다. 그 불상은 표정만 험악한 다른 불상들과 달리 팔을 하늘로 높게 뻗고 있어 더 음산했다. 무간지옥에서 벗어나려는 사람들을 기어이 다시 끄집어내리는 팔일까.

샤틴 역에서 나와 산 높이 자리한 만불사까지는 30분 정도 꾸준히 걸어야 한다. 올라가는 계단의 양쪽으로 황금빛의 오백나한상이 줄지어 도열해 있는데 같은 얼굴이 하나도 없어, 자기 얼굴과 똑같이 생긴 불상 하나 정도는 찾을 수 있다고 한다. 처음엔 닮은 얼굴도 찾을 겸 하나하나 사진 찍으며 올라갔는데, 그러면 1시간은 족히 걸릴 것 같아 포기하고 눈으로 담았다. 하나같이 희로애락을 과하게 표현하고 있는 얼굴들이라 솔직히 닮은 얼굴 찾기란 하늘의 별 따기다. 맑은 날은 하나같이 불상들이 환한 얼굴을 뽐내는데 관리하는 아저씨가 하루도 거르지 않고 물청소, 아니 세수를 시켜주고 있기 때문이다.

1957년 건립된 만불사는 사실은 만 개가 좀 더 넘는다는 미

만 개가 넘는 불상과 흰 코끼리 상을 볼 수 있는 만불사.

니 불상으로 가득한 '만불전'으로 유명하다. 그리고 태국 불교의 영향으로 경내에는 거대한 흰 코끼리의 모습도 볼 수 있다. 한때 태국이 '시암'이라는 이름으로 불릴 때 코끼리는 바로 태국의 상징이었고 특히 흰 코끼리는 숭배와 경외의 대상이었다. 또 올라가다 보면 여기서도 느닷없이 등장하는 야생 원숭이들을 만날 수 있다. 불상의 머리에 올라타서 땅콩을 까먹고 있는 원숭이를 보고 있으면 참 묘한 기분이 든다.

만불사는 두기봉 감독, 유덕화와 오천련 주연의 〈지존무상2〉(1991)가 촬영된 곳이기도 하다. 영화 속 전설적인 도박의 신 '도신' 유조명에게는 왕걸과 유덕화 두 제자가 있었는데 악당에 유조명이 살해되고 왕걸은 감옥에 간다. 유덕화 역시 연인 오천련을 잃고 눈까지 먼다. 유조명의 유골과 비밀의 금패가 모셔

沙田, 金山

계단의 양쪽으로 황금빛 오
백나한상이 줄지어 도열해
있다. 각기 다른 얼굴 중 잘
하면 나와 닮은 얼굴 하나
는 찾을 수 있다고 한다.

진 납골당이 바로 이곳 만불사에 있는 것으로 설정돼 있다. 여기
서 금패를 꺼내 가던 유덕화와 오천련이 적들의 추격을 받고 사
별하게 된 것이다. 홍콩영화에서 가장 슬픈 장면을 하나 꼽으라
고 하면 꼭 넣고 싶은 그 장면에서, 유덕화가 부른 '함께 보낸 나
날들'이라는 뜻의 '일기주과적일자一起走過的日子'가 흘렀다. '그저
잠든 채로 죽고 싶다. 살아 있어도 영혼이 없으니 생사의 차이를
이제 알겠네'라고 말하는 이 곡은 '다음 생의 인연'이라는 뜻의
북경어 버전 '내생연來生緣'으로, 역시 유덕화가 주연을 맡은 〈신

조협려〉(1991)에도 쓰였다. 개인적으로 가장 좋아하는 유덕화의 노래가 바로 '일기주과적일자'인데, 1999년 잠실 주경기장에서 열렸던 '마이클 잭슨과 그의 친구들' 공연에 초청된 유덕화가 바로 이 광둥어 버전을 불렀었다.

유덕화와 오천련으로 인해 〈천장지구〉 속편처럼 받아들여졌던 〈지존무상2〉 역시 죽음으로 인해 '다음 생에서의 인연을 기약'하자는 내용이다. 만불사에서 수도승들이 거처하고 교리를 연구하는 거대한 건물 또한 흰색 건물에 붉은색 테두리가 그려진 독특하고 신비로운 외관을 자랑하는데 〈지존무상2〉에 바로 그 모습이 등장한다. 그 금패를 꺼내 들면 빛에 반사돼 벽에는 '지존무상'이라는 글자가 홀로그램처럼 새겨진다. 금패가 보관된 유골함의 번호는 873154였다.

금패가 있을 리 만무하지만 이곳을 찾는다면 눈으로 그 납골함의 존재라도 확인하고 싶었다. 하지만 그 건물은 수도승들의 수행을 위해 입장할 수 없단다. 아쉽지만 당연한 일이다.

만불사에서 내려다보이는 시원한 시가지 전경에 만족하며 이번에는 반대쪽 오솔길로 내려왔다. 거기서 보이는 흰색 건물의 풍경이 얼핏 티베트 포탈라궁의 축소판처럼 느껴졌다. 그냥 내려오기 아쉬워 구내매점에 들렀다. 저 멀리 샤틴 시내를 내려다보며 후룩후룩 누들을 먹는 기분이 꽤 근사했다.

沙田, 金山

샤틴 경마장에서
주성치를 기다리며

코즈웨이베이와 해피밸리를 둥그런 타원형으로 매끄럽게 잇고 있는 해피밸리 경마장은 홍콩에서도 가장 유명한 볼거리다. 아편전쟁에서 승리해 중국으로부터 조차권을 획득한 영국은 1845년 이곳에서 첫 경마를 시작했다고 한다. 홍콩섬에 150년 이상의 역사를 자랑하는 해피밸리 경마장이 있다면 신계에는 샤틴 경마장Sha Tin Racecourse이 있다.

샤틴 경마장은 해피밸리로는 도저히 감당할 수 없는 막대한 경마 인구를 수용하기 위해 1978년 지어졌다. 경마는 매년 9월부터 다음 해 6월까지 거의 매주 수요일 밤과 주말에 열린다. 경마 시즌이 되면 내외국인 상관없이 한 손에 신문, 한 손에 맥주잔을 들고 함성을 지르는 풍경이 무척 이채롭다. 시합이 없을 때도 누구나 10달러의 저렴한 입장료만 내면 출입할 수 있다. 다

주성치의 신통력이 발휘되는
샤틴 경마장. 〈도성〉의 한 장면.

만 9월부터 이듬해 6월까지 열리니 봄이나 여름에 홍콩을 여행
할 생각이라면 굳이 들를 일은 없다. 샤틴 경마장 역은 순환선이
라 경마가 있는 날만 운행을 하므로 열차가 샤틴 역을 지나 경
마장 역으로 가는지 아니면 지나치고 가는 것인지 확인하고 타
야 한다. 경유하는 열차는 'Via Racecourse'라는 문구가 뜨므로
확인하긴 쉽다.

　샤틴 경마장은 주성치의 〈도성〉에 등장했다. 중국 본토에서
온 청년 주성치는 수세식 변기를 보고도 놀라는 촌놈이지만, 삼
촌 오맹달은 그에게 사물을 꿰뚫어 보는 신통력이 있음을 눈치
채고 그 능력을 이용해 카지노를 휩쓴다. 홍콩 서민들에게는 일
확천금의 대명사인 경마장도 빼놓을 수 없으니 오맹달은 그를
샤틴 경마장에도 데려간다. 주성치는 7번 말에 걸라고 하지만
의심 많은 오맹달은 '전혀 가능성 없는 말'이라며 무시한다. 주
성치가 "세상 모든 일이 예상대로 되면 누구나 부자가 되게요?"
라며 7번으로 하라고 하지만 끝까지 믿지 않은 오맹달은 그만
7번 말이 1위로 골인하는 장면을 넋 놓고 쳐다보게 된다. 주성

沙田, 金山

치의 능력에 감탄한 그는 다시 한번 몰래 번호를 가르쳐 달라 하고 그가 가르쳐준 대로 6번에 '올인'한다. 하지만 어처구니없게도 9라고 써준 쪽지를 거꾸로 받아 들어 6번으로 알아먹은 것이라 단숨에 빈털터리가 된다. 신이 나서 "6번!"을 외치다 벽에 머리를 처박고 마는 오맹달의 모습이 너무 애처롭다.

한편, 주성치는 자식의 수술비용을 마련하려고 경마장을 찾았던 이웃 원규 부부가 앞서 경기에서 빈털터리가 된 것을 보고는, 손바닥으로 마권을 비벼 그 번호를 7번으로 바꿔줬었다. 그에게는 사물을 꿰뚫어 보는 능력 외에 번호를 바꾸는 능력까지 있었던 것이다. 오맹달도 뒤늦게 찾아와 9번인데 왜 6번으로 가르쳐줬냐며 떼를 쓰고 자신의 마권 번호까지 바꿔주길 바란다. 하지만 이걸 어떡하나. 우리의 주성치는 번호를 바꾸는 초능력을 쓰면 온몸에 기가 다 빠져서 무려 한 달을 쉬어야 한다. 어쨌거나 막무가내 아재 오맹달의 모습을 오랜만에 보고 있자니, 2021년 2월 70세의 나이로 세상을 떠난 그가 너무나 그립다.

1997년 홍콩 반환을 앞두고 중국 본토에 대한 두려움이 엄습하던 시기, 주성치는 마음씨 좋고 인정 많은 본토 청년의 이미지로 다가왔다. 모두가 이민을 떠나고 싶어 하지만 그러지 못했던 시절, 그렇다면 돈이라도 많이 모아야 한다고 모두가 일확천금을 꿈꾸던 시절, 초능력을 지닌 순진무구한 '타짜' 주성치는 모든 홍콩 사람의 이상형이었다. 또한 대륙인들을 우리의 이웃으로 받아들여도 좋겠다는 화해의 제스처이기도 했다. 그래서 사람으로 넘치는 지극히 홍콩다운 공간 샤틴 경마장의 계단 구석에 앉아 경마를 지켜보는 주성치의 모습은 너무나 현실적으로 다가왔다.

기왕 〈도성〉이 나온 김에 홍콩 장르영화의 역사를 짚으며 도박영화를 이야기해볼까 한다. 유독 홍콩에서만 짧고 굵게 불꽃을 피운 영화들의 리스트가 있다. 먼저 〈예스 마담〉, 〈땡큐 마담〉, 〈포리스 마담〉 등 양자경, 호혜중과 이새봉으로 대표되는 이른바 '마담 영화'가 있고, 홍금보의 〈귀타귀〉(1980)와 〈인혁인〉(1982)을 비롯해 〈영환도사〉 시리즈로 유명한 임정영의 이른바 '홍콩판 좀비 영화'라 할 수 있는 '강시 영화'도 한국에서 크나큰 사랑을 받았다.

마지막으로 유덕화의 인기를 확고하게 해준 왕정 감독의 〈지존무상〉(1989)이다. 친구를 위해 독이 든 술잔을 마시고도 끝까지 아무렇지도 않은 것처럼 다리 힘을 풀지 않던 그의 애절한 얼굴은 이른바 '홍콩 도박영화'의 시대를 열어젖혔다. 3개의 술잔에 독이 든 잔이 하나 있고, 그걸 피해서 마시면 친구인 알란 탐의 여자친구를 데리고 나갈 수 있다는 일종의 '야바위' 대결에서 기어이 정신력으로 버티다 쓰러진 것이다.

이후 유덕화와 알란 탐은 카지노 무비에 코미디를 더한 〈지존계상〉(1990), 테러리스트와의 대결을 그린 〈경천12시〉(1990) 등에서도 호흡을 맞췄다. 단짝처럼 수많은 영화를 함께 했던 두 배우는 팬들의 성원에 보답하기 위해 방한하여 당시 MBC 최고의 예능 프로그램 〈토토즐〉(토요일 토요일은 즐거워)에 출연해 조용필의 '친구여'를 부르기도 했다. 멋지게 노래를 부르고 내려오는 그들에게 열혈 여고생 팬이 한 아름 안겨준 것은, 아마도 영원한 총

沙田, 金山

각으로 남아 달라는 의미였을까, 바로 한국의 총각김치였다.

이후 짧게 불타오른 도박영화의 정점은 아마도 주윤발과 유덕화가 〈레인 맨〉(1988)의 더스틴 호프먼과 톰 크루즈의 관계처럼 출연한 〈도신: 정전자〉(1989)다. 악당들의 음모로 기억을 잃은 '도신' 주윤발이 시골에서 사는 유덕화, 왕조현과 만나 우정을 나누고 기억을 되찾는 이야기다.

비록 짧은 역사였으나 이런 도박영화를 자유자재로 패러디한 〈도성〉(1990)을 통해 주성치라는 빅스타를 탄생시키기도 했다. 돌이켜보건대 홍콩영화계의 그 아연실색할 수많은 장르들 중에서 존재 이유가 없었던 장르는 하나도 없다. 아류가 아류를 낳는 혼돈의 시기이기도 했으나, 관객에게 끝없는 유희와 오락을 선사하겠다는 산업과 창작자의 열망이 어떤 지도를 그려나갔는지, 그 시절 우리가 사랑했던 홍콩영화의 숭고하고 가슴 찡한 엔터테인먼트의 역사가 바로 거기 있다.

샤틴 경마장을 찾았던 날, 지축을 울리는 말발굽 소리가 요동치리라는 예상과 달리 띄엄띄엄 비가 내려 사람들은 주로 실내에 있었다. 그런데 비가 완전히 그치자마자 수천 명 수용 가능한 스탠드가 꽉 들어찼다. 비가 올 때는 보이지 않던 그 수많은 사람이 과연 어디에 숨어 있었던 걸까. 그런 다음 출발선에 경주마들이 하나둘 모이기 시작하고 장내는 술렁였다. 아주 조그만 점 같은 작은 소음으로 시작해서 말들이 출발하기 직전까지 서서히 고조되는 그 거대한 사운드는 꽤 듣기 좋았다.

입장권만 사서 들어온 나 같은 사람도 다음에는 꼭 한번 경마

비가 그치자마자 수많은 인파가 경마장으로 몰려들었다. 말들의 요동치는 거대한 사운드가 아드레날린을 솟구치게 했다.

방법을 배워서 마권을 사고 싶다는 생각이 들 정도였다. 레이스가 이어지는 불과 2분여 동안 여기저기서 환호와 비탄의 소리가 섞여 귀를 어지럽혔다. 비가 막 그친 초록 잔디의 내음과 흙을 탁탁탁탁 털어내며 질주하는 말발굽 소리는 영락없이 콘서트장의 그것이었다.

그 소음들이 무언가에 빨려 들어가듯 순식간에 잦아들 즈음 1위로 골인한 말과 기수는 답례로 느긋하게 경기장을 한 바퀴 돌았다. 말의 콧바람까지 느껴질 정도로 가까운 거리에서 승리

沙田, 金山

한 기수의 웃음을 볼 수 있었다. 이때 가장 많은 플래시가 터졌는데 그에 못지않게 돈을 따지 못한 수천 명의 담배 연기 또한 곳곳에서 피어올랐다. 그리고 이내 사람들은 다음 시합을 위해 뚫어지게 다시 경마 신문을 들여다보느라 정신이 없었다. 모두가 주성치 같은 사람이 나타나 예상 승리마의 번호를 일러주거나 지나간 자신의 마권 번호를 바꿔주길 고대하는 것 같았다. 나도 누군가 버린 마권을 주워서 주성치처럼 괜히 눈감고 손바닥으로 박박 비벼보았다.

〈도학위룡〉에서
주성치가 다니던 학교

〈도학위룡〉 1편과 2편 시리즈는 주성치가 가장 귀엽게 나온 영화들이다. 당연하다. 주성치가 교복을 입고 학교에 갔으니까. 〈백투 스쿨〉(1986)의 홍콩 버전인 〈도학위룡〉(1991)에서 숙제를 안해 와서 벌을 서고, 쉴 새 없이 장난기를 발동시키는 모습은 그때까지 형성됐던 주성치 이미지의 집대성과도 같다. 종종 주성치와 멋진 호흡을 이뤘던 장민의 매력도 빼놓을 수 없다.

　〈도학위룡〉은 〈도성〉과 〈정고전가〉 등으로 스타덤에 올랐던 주성치의 인기를 확고히 해준 영화다. 또한 침 뱉기로 종진도와 대결을 벌이는 〈신정무문〉 등과 함께 주성치의 엽기 행각이 가장 빛을 발하던 시기의 영화이기도 하다. 콘돔으로 풍선을 불고 혀로 휴대전화를 누르는 장면 등은 언제 봐도 흐뭇한 장면들이다. 이렇게 주성치는 일상성과는 거리가 멀고 황당하고 어이없

〈도학위룡〉에서 주성치가 귀엽게 교복을 입고 다니던 샤틴 칼리지. 온통 하얀색인 건물이 마치 정신병원 같다.

는 디테일, 그리고 억지스러운 상황을 더 억지스러운 전개로 돌파하는 난센스 코미디, 이른바 많은 사람이 모레이타우無厘頭라고 불렀던 주성치식 코미디로, 1997년 홍콩 반환 전후 홍콩 사람들의 마음을 휘어잡았다. 오랜 시간 이 모레이타우의 한국식 표현법을 찾지 못했는데, '무리두'라는 한자어에 착안해 '무리수'라 부르면 어떨까 하는 생각을 해보기도 했다.

〈도학위룡〉에서 홍콩 기동타격대 반장인 주성치는 국장의 사라진 권총의 행방을 찾아 한 학교로 간다. 고등학교 불량 학생들의 수중에 권총이 있다는 것이다. 이때부터 우리의 주성치는 어쩔 수 없이 교복을 입고 가방에는 각종 교과서에 참고서를 넣고 매일 아침 일찍 등교해야 하는 처량한 고등학생이 된다. 하지만 장민 선생의 특별 과외 지도 덕분으로 성적도 오르고 점차 학교에 적응해 나가게 된다.

〈도학위룡〉에 등장한 학교는 샤틴에 있는 샤틴 칼리지Sha Tin College, 沙田學院다. 온통 하얀색 건물이 마치 정신병원처럼 느껴져서 맨 처음 이 학교로 들어가던 주성치의 무거운 뒷모습이 잊히지 않는다. 재밌는 건 아무리 주성치가 '초딩' 수준의 연령대 캐릭터를 주로 연기했다지만, 초등학교와 중학교가 마주 보며 붙어 있는 이 사립학교의 왼쪽 편 초등학교에서 영화를 촬영했다는 점이다. 그럼 그 많은 책상과 의자는 배우들에 맞춰 다 바꾼 걸까.

샤틴 칼리지는 샤틴 역에서 69K 마을버스를 타고 가면 된다. 수이우 로드Sui Wo Road를 따라 한참 가다가 학교 앞에서 내려준다. 하지만 익숙하지 않은 관광객은 버스정류장을 찾고 방향을 확인하는 게 가장 어려우므로, 현명한 건 MTR 포탄 역에서 내려 한자나 영어 이름을 보여주고 택시를 타는 것이다. 버스가 학교 바로 앞까지 들어오므로 돌아갈 때는 버스를 타고 종점인 샤틴 역에서 내리면 된다.

〈도학위룡2〉(1992)에서 주성치가 새로이 잠입하는 '아담 스미스 국제학교'로 나온 학교는 보마산에 있는 중국국제학교Chinese International School, 漢基國際學校다. 이 학교는 MTR 틴 하우 역에서 25번 버스를 타고 종점에서 내리면 되는데, 역시 잘못 타서 시

학교 정문 앞에서 주성치처럼 사진을 찍어보았다. 주성치의 기개는 온데간데없고 민망함만 남았다.

간 낭비할 공산이 크므로 틴하우나 포트리스힐 역에서 택시를 타길 권한다. 버스 종점에 내려서는 산 위쪽 편에 자리한 건물을 보고 하우윤 로드Hau Yuen road를 따라 조금 더 올라가면 바로 그 동그란 정문이 보인다.

〈도학위룡〉에 비하면 학교 공간 자체를 기억에 남을 만큼 효율적으로 쓴 영화는 아니지만, 주성치가 이 학교를 향해 처음으로 '들이대던' 순간만큼은 폭소를 자아낸다. 바로 서너 명의 동급생들과 함께 학교 정문을 통과하기 전 다리를 벌리고 학교를 째려보던 그 기개 말이다. 머리를 단정하게 빗어 넘긴 채 가방을 메고 책을 옆에 낀 그 모습 너머로 동그란 입구가 인상적이었다. 그와 같은 동작으로 사진을 남기고 싶었는데 정말이지 10분 넘게 단 한 명도 지나가지 않아서, 오죽하면 종점에서 출발하기 전까지 낮잠을 즐기고 있는 미니버스 운전기사 아저씨라도 깨워야 하는 건가 심각하게 고민했다. 그러다 여성 한 분이 지나가기에 조심스레 사진 촬영을 부탁했다. 사진을 부탁하고 카메라를 쳐다보는 것이 아니라 뒤로 돌아서 있을 수밖에 없었던 그 상황이, 지금 생각해도 민망함의 극치다.

沙田, 金山

홍콩 원숭이 체험,
캄산 컨트리파크

원숭이에 대한 원초적인 공포가 있다. 초등학교 시절 내가 살던 부산의 어느 동물원에서 원숭이들이 집단 탈출을 감행한 적이 있다. 조련사의 부당한 처사에 반발해 일군의 원숭이들이 '무전유죄 유전무죄'를 외치며 야음을 틈타 탈출했다면 거짓말이고, 다른 곳으로 이동하던 중 발생한 일이다. 그때 시내로 내려온 몇몇 원숭이는 시내버스에 무임승차해 승객들을 놀라게 했는데 내가 그때 거기에 있었다. 목적지가 어딘지는 몰라도 얌전히 손잡이를 잡고 의자에 앉아 있는 원숭이도 있었고, 초등학생들의 뺨을 때리며 돈을 뜯어내는 원숭이도 있었다, 고 말하면 또 거짓말이고 하여간 어디선가 자기네들끼리 알아서 내린 원숭이들은 4박 5일 동안 널어놓은 빨래를 훔쳐 달아나고 초인종을 누르고 도망가는 등 주택가를 누비며 소란을 피운 끝에 결국 모두 사살

됐다. 그 일을 겪은 후부터 원숭이가 세상에서 가장 무서운 동물 중 하나가 됐다. 동물원에서도 눈 마주치기가 두렵다.

두기봉의 〈흑사회〉(2005) 라스트신을 보면서 깜짝 놀랐다. 구구절절 설명할 필요도 없이 〈흑사회〉 1편과 2편은 2000년대 이후 〈무간도〉 시리즈와 더불어 홍콩영화계가 거둔 가장 값진 성과 중 하나다. 삼합회의 보스 자리를 놓고 치열한 암투가 벌어지는데, 결국 임달화가 라이벌 양가휘를 누르고 삼합회 권력의 상징이라 할 수 있는 용두곤을 차지한다는 이야기다.

영화 막바지에 임달화와 양가휘가 평화롭게 낚시를 즐기다 벌어지는 살인 광경이 무척 충격적이었다. 원숭이가 뛰노는 대낮의 야산 저수지에서 평화롭게 낚시를 하던 도중 느닷없는 살인이 벌어진다. 임달화가 자기 아들이 지켜보는 가운데 양가휘와 그의 아내 소미기를 돌로 내려치고 목을 졸라 살인하는 장면은 원숭이들이 뛰노는 그 가공할 야생의 풍경과 맞물려 정말 압도적이었다. 그러고 난 다음 임달화는 말없이 뒷정리까지 끝내고 아들과 함께 차를 타고 현장을 떠난다. 원숭이에 대한 트라우마가 있는 나로서는 그 광경이 더욱 무서웠다.

일단 홍콩 현지 사람들에게 '원숭이가 사는 산속 저수지'를 수소문했다. 싱문 컨트리파크Shing Mun Country Park, 城門郊野公園라는 곳과 캄산 컨트리파크Kam Shan Country Park, 金山郊野公園라는 두 곳을 알려줬는데, 싱문 저수지 역시 무척 빼어난 경관을 자랑하는 곳이지만 캄산이 바로 〈흑사회〉의 무대다. '홍콩에 무슨 원숭이가?' 하겠지만 실제로 홍콩에는 약 2만 마리 정도의 야생 원숭이

沙田, 金山

원숭이가 사는 산속 저수지. 〈흑사회〉의 무시무시하고 압도적인 마지막 장면을 만들어냈던 그 풍경이 바로 이곳 캄산 저수지이다.

가 산다. 딱히 홍콩에서 산에 갈 일이 없어 마주칠 일이 없을 뿐 구룡반도의 아무 산에나 대충 가도 원숭이를 볼 수 있다.

'컨트리파크'라는 이름이 붙은 홍콩의 여러 등산 공원에는 절대 원숭이에게 먹이를 주지 말라는 경고판이 꼭 있다. 너무 포악하게 발광하는 원숭이 사진을 표지판에 써서 섬뜩하기까지 하다. 오래전 한 아주머니가 봉지에 땅콩을 잔뜩 넣어 와서 까먹으며 트레킹을 하다가 그걸 보고 쫓아온 수십 마리의 원숭이 떼에 쫓겨 달아나다 심청이처럼 그만 저수지로 뛰어든 사건도 있었다.

바로 그 저수지 길을 따라가다 보면 〈흑사회〉의 등장인물들이 평화롭게 낚시를 즐기던 곳이 나온다. 계단이 저수지 물속으

캄산 컨트리파크를 오르다 보면 떼를 지어 다니는 원숭이들을 목격할 수 있다.

로 잠겨 들어가는 부분이 있는 곳이다. 생과 사의 경계나 다름 없는 물의 안과 밖이 계단으로 연결돼 있다니 참 시적이고 철학 적이기도 하다. 〈흑사회〉의 마지막 장면이 더욱 돋보였던 것도 그런 디테일 때문이다. 이곳에 가려면 그나마 가장 가까운 MTR 라이치콕Lai Chi Kok 역에서 택시를 잡아 '캄산 컨트리파크'라고 얘기하면 되는데, 택시기사들이 발음을 알아들을 가능성이 적을 테니 그냥 한자로 적은 걸 보여주는 게 좋다.

공원 입구에서 〈흑사회〉 라스트신 촬영지까지 걷다 보면 길

멋진 풍광을 등지고 앉아
있는 원숭이의 모습을 보고
있노라면 안빈낙도 원숭이
같아 부럽다.

양쪽으로 원숭이들이 떼를 지어 다닌다. 얼마나 원숭이들이 흔하
냐면 구룡반도의 야산 도로에서는 '원숭이 로드킬'이 꽤 심심찮
게 일어난단다. 거의 사람을 치는 기분일 것 같은데 생각만 해도
끔찍하다. 그렇게 차가 지나가면 경계하면서 길도 비켜주고 난간
에 올라 사람들보다 더 높은 위치에서 내려다보기도 하는데 그
게 무섭다기보다는 그냥 이웃 사람처럼 느껴지기도 한다. 커다란
원숭이 우리 안에 들어가 산책하는 듯한 기분이 참 묘하다.

다만 절대 조심해야 할 것은 나무 밑으로 걷지 말고 길 가운
데로 걸어야 한다는 것. 나무 위에 있는 원숭이들이 그냥 똥을
싸기도 하는데 그게 새똥 맞는 것과는 전혀 차원이 다르다. 아무
튼 길을 걷고 있으면 간혹 조용히 다가와서는 다리나 엉덩이를
툭툭 치기도 하는데, 동물원 원숭이가 아닌 야생 원숭이를 접하
면서 오히려 원숭이 트라우마가 사라지는 듯한 기분이 들었다.
영화를 통한 심리치료란 게 이런 것이지 않을까.

〈메이드 인 홍콩〉
그 소녀의 무덤은 어디로 갔을까

모두가 홍콩영화가 끝났다고 서둘러 이야기할 때 난데없이 등장한 영화가 바로 프루트 챈의 〈메이드 인 홍콩〉(1997)이다. 8천만 원의 저예산과 다섯 명의 스태프, 그리고 다른 영화를 촬영하고 남은 조각 필름들을 모으고 모아 완성한 눈물과 땀의 영화였다. 무엇보다 유덕화가 제작했다고 해서 화제가 됐는데 프루트 챈과 유덕화는 영화의 주 촬영지였던 웡타이신黃大仙 근처에서 가난한 유년기를 보낸 친구 사이다.

웡타이신 지역에서 빼놓을 수 없는 관광지가 바로 웡타이신사원黃大仙祠인데 그곳의 지원을 받는 웡타이신천주교소학교가 바로 유덕화가 나온 초등학교다. 사원에서 사람들이 향을 사거나 점괘를 풀이하고 내는 돈으로 학비를 조달받아 학업을 마쳤다니, 유덕화의 팬이라면 사원에 적은 돈이나마 기부하는 것도 의미

和合石

소원을 빌면 꼭 이뤄진다는 웡타이신 사원.
프루트 챈과 유덕화는 이 근처에서 유년기를 보냈다.

있는 일일 것이다. 홍콩 최초의 도교사원인 이곳은 화려한 문양의 장식이 눈에 띄며 여기서 소원을 빌면 꼭 이뤄진다고 한다.

　홍콩 청춘들의 치열한 생존을 보여준 〈메이드 인 홍콩〉은 홍콩 누아르의 비장미나 신파 로맨스와 결별한 홍콩의 민얼굴이 담긴 영화였다. 그리고 주윤발 같은 성숙한 아저씨의 영화, 혹은 장국영이나 유덕화처럼 익숙한 스타들의 영화가 아니라 바로 우리 동 세대 이야기를 엿보는 것 같은 현실감을 줬다. 중학교를 중퇴하고 거리를 떠도는 양아치 차우(이찬삼)는 우연히 투신자살한 허보산이라는 소녀의 유서를 발견하고 그때부터 그녀의 악몽을 꾸기 시작한다. 그리고 그의 곁에는 덩치는 크지만 장애가 있어 늘 맞고 다니는 아롱이라는 동네 친구가 있다. 차우가 하는 일이라곤 빚을 못 갚는 집을 찾아가 행패를 부리며 수금하는 일이다. 그러다 찾아간 한 집에서 핑(염상자)이라는 또래 여자를 만난다. 돈이 없어 빚진 돈의 일부만 줄 테니 나머지는 자기랑 한 번 자는 걸로 끝내자고 말하는 겁 없는 소녀다. 그 일을 계기로 두 사람은 친구가 된다.

〈메이드 인 홍콩〉에서 가장 인상적인 장면은 친구가 된 세 사람 차우, 핑, 아롱이 산에 있는 공동묘지를 찾아가 허보산의 무덤을 찾는 장면이다. 보산이 남긴 유서가 자기를 지켜보는 듯한 느낌이 든 차우는 보산의 혼을 달래주기 위해 유서 속에 쓰인 옛 남자친구를 찾아가 유서를 건네지만 그는 그걸 아무 관계 없는 일이라는 듯 찢어버린다. 보산은 죽어서도 위로받지 못한 쓸쓸한 영혼이다. 아무도 그를 기억하지 못하는 것이다.

보산이 너무 불쌍하다고 생각한 세 친구는 그때부터 한 번도 본 적 없는 친구지만 보산의 무덤을 찾기로 하고 공동묘지를 찾아가 허보산이라는 이름을 메아리쳐 부른다. 누군지도 모를 묘비 위에까지 올라가 계속 그 이름을 부른다. 하지만 세상에 없는 그녀가 그 메아리에 답할 리 만무하고, 산의 여러 봉우리가 온통 묘지로 가득한 그 넓은 곳에서 무덤을 찾는다는 것은 사실상 불가능하다. 그것은 결국 무의미한 외침일 뿐 그 넓은 묘지는 불러도 불러도 대답 없는 꽉 막힌 세상과도 같다.

영화 속 공동묘지는 바로 지하철 이스트레일 선으로 북쪽 지역에 있는 판링Fanling, 粉嶺 역 근처에 위치한 워합석Wo Hop Shek, 和合石 공동묘지다. 무려 1950년에 문을 연 이곳은 홍콩정부가 운영하는 공영묘지 가운데 역사도 가장 오래고 67만 평에 달할

和合石

〈메이드 인 홍콩〉에서 허보산이라는 이름 정보만 갖고 묘지를 찾는 세 친구의 모습.

〈영웅본색〉에서 장국영 부부가 아버지의 무덤을 찾아온 묘지도 이곳이었다.

정도로 면적 또한 가장 넓다. 묘지는 매장연도별로 구획돼 있는데 알다시피 홍콩의 인구밀도는 상상을 초월하기에 분묘 하나당 1평을 초과할 수 없어 묘지는 숨 막힐 정도로 다닥다닥 붙어 있다. 비바람에도 끄떡없게끔 특수처리한 사진을 묘비마다 붙여 놓은 이유는, 그렇게라도 하지 않으면 나중에 도저히 그 위치를 찾을 수가 없기 때문이란다. 그러고 보니 〈메이드 인 홍콩〉의 세 친구가 단지 허보산이라는 이름과 대략의 매장 날짜만으로 그 위치를 찾는 건 애초에 불가능한 일이었다. 찾다 찾다 허공에 대고 그 이름을 애타게 부른 이유도 그 때문이리라.

워합섹 묘지는 소나무 숲이었던 와메이산을 통째로 묘지로

어마어마한 규모를 자랑하는 워합섹 묘지. 한번 올라가면 내려오는 것도 일이다.

개발한 곳이라, 이런 말이 어울릴지는 모르겠으나 너무 경관이 좋은 공동묘지다. 나무는 울창하고 매미는 한가로이 울어대며 각양각색의 꽃들이 피어 마치 공원처럼 느껴진다. 군데군데 있는 관리소 아저씨와 묘지를 청소하는 아주머니들 말고는 딱히 다니는 사람도 없다.

그리고 〈영웅본색〉에서 적룡, 장국영 형제의 아버지가 묻혔던 묘지도 바로 이곳이었다. 장국영이 아내 주보의와 함께 비를 맞으며 향을 피우고, 둘도 없는 형이라 믿었던 적룡에게 이를 갈며 분노를 키웠던 곳이다. 홍콩 시내로부터 한참 떨어진 이곳까지 왔다 갔다 하며 얼마나 형이 미웠을까. 한없이 무더운 날, 산

和合石

을 오르다 보니 땀이 비 오듯 쏟아진다.

다시 시내로 돌아가려 묘지를 내려오는 것도 참 힘들다. 정말 너무 넓다. 〈메이드 인 홍콩〉으로부터 무려 10년이 더 지났으니 묘지는 영화에서보다 훨씬 늘어난 것 같다. 홍콩의 매장 문화는 특별한 점이 있다. 이런 공영묘지들은 6년 기준으로 시한부 매장 제도를 운영한다. 땅이 좁고 묘지가 모자라니까 7년째에는 화장을 하거나 다른 곳으로 옮기거나 해서 시신을 수습해야 한다. 호화 장례를 중요시하는 중국의 유교 전통이 이렇게 변화된 것은 현실적인 이유 때문이다. 결국 전통은 현실을 넘어서지 못한다.

영구적인 사설 묘지에 안장하려면 수천만 원이 들기 때문에 그나마 워합섹 묘지는 다른 곳에 비해 가격이 저렴해 가장 서민적인 곳이다. 그래도 어쨌건 6년이 지나면 다른 곳을 찾아야 하고 요즘엔 홍콩에서 마땅한 곳을 찾지 못해 저 멀리 중국 선전 지역까지 가서 이장하는 경우도 흔하다.

아무도 돌보지 않던, 친구들이 끝내 찾지 못한 허보산의 무덤은 어디로 갔을까.

샤로퉁

沙螺洞 Sha Lo Tung

걸어도 걸어도 끝나지 않을 것 같은 시골길,
샤로퉁

샤로퉁을 홍콩의 지명으로 알게 된 건, 서점에서 우연히 본 외국 사진작가의 홍콩 사진집에서였다. 〈타이거맨〉(1989)에서 옛날 가옥들을 뒤로하고 조카를 안은 주윤발과 그 뒤를 따르는 종초홍이 걷던 시골길, 그 영화 속 공간이 그 사진집에 있었다. 고풍스러운 기와의 낡은 돌집들이 다닥다닥 붙어 있는 풍경들이 무척 인상적이었는데 바로 그 사진집에 'Sha Lo Tung'이라는 지명으로 실려 있었다.

그날 이후 그 지역에 대한 정보를 수집하기 시작했고 홍콩 지도에서 위치를 찾았다. 청욱張屋, 레이욱李屋 등 몇 개 마을로 나뉘어 있는데 가장 자연 보전이 잘돼 있고, 여전히 옛날 방식을 고수하며 살아가는 사람들이 있으며, 홍콩 내에서 제일 잠자리가 많은 곳이라는 설명이 붙어 있었다.

沙螺洞

옛날 가옥을 뒤로하고 주윤발이 조카를 안고 걷던 시골길. 청나라 시대 건물을 보는 것 같은 기분이 든다.

〈타이거맨〉의 주 무대가 되는 샤로퉁은 영화 속에 '안락촌'이라는 팻말로 등장한다. 형사 주윤발은 무기 밀매 현장을 급습해서 시체에 안겨 있는 여자아이를 발견한다. 홍콩 변두리 시골 출신으로 암흑가 조직에 발을 깊숙이 담근 엄마로 인해 졸지에 고아 신세가 된 아이였다. 주윤발은 그 아이를 고향 집에 데려다주러 갔다가 이모, 그러니까 죽은 여자의 동생 종초홍을 만나게 된다. 죽은 여자의 고향에 들른 이유는 혹시나 또 다른 범죄자들이 있을까 싶어서였다. 문밖에서 경찰 10여 명이 총을 들고 조용히 잠복하고 있는 가운데 창밖으로 등려군의 노래, '월량대표아적심'이 흘러나온다. 언젠가 꼭 한번 극장 스크린으로 이 영화를 보고 싶은 이유 중 하나도 바로 그 장면을 보기 위해서다. 〈첨밀밀〉 못지않게 등려군의 음악으로 채워진 영화가 바로 〈타이거맨〉이다.

맨 처음 이 영화를 봤을 때는 중국 본토의 마을인가 하는 생각이 들 정도로, 이제껏 홍콩영화에서 접하지 못한 풍경을 담고

샤로퉁

있었다. 마치 청나라 시대의 건물을 보는 것 같은 낡은 벽돌집들과 걸어도 걸어도 끝나지 않을 것만 같은 시골길이 이어졌다. 닥치는 대로 빌딩 숲속 홍콩 누아르 영화들을 보던 시절, 〈타이거맨〉은 그 배경만으로도 '힐링 영화'였다. 집에서 늘 등려군의 음악을 듣고 있는 종초홍의 아버지 곡봉은 딸의 죽음에 눈 하나 꿈쩍하지 않고, 생전 처음 보는 손녀의 귀여운 모습에도 반응하지 않는 인정머리 없는 할아버지다. 평화로운 마을에 도시의 경찰들이 온 것도 못마땅하다.

그처럼 도시 사람들과 엮이기 싫어하는 꼬장꼬장한 할아버지를 이해하기 위해서는 역사적 배경 설명이 필요하다. 청나라 시절 중국 본토의 많은 학가客家 사람들이 고향을 등지고 광둥 지방으로 이주하게 되는데 그들은 전통적 방식의 건축과 문화를 고수하면서 기존 원주민들과 차별되는 생활양식을 일궜다. 여기서 학가란 '타향으로 이주한 사람들'이란 의미로 한자로는 '객가'라 쓰지만 광둥어 발음인 'hakka'로 읽힌다. '중국 내의 유대인'이라 불릴 정도로 자부심이 대단한 그들은 전란을 피해 광둥 지역은 물론 동남아 등으로도 진출해 강력한 그들만의 사회를 이뤘다. 손문, 등소평은 물론 태평천국의 지도자 홍수전, 홍콩 최고의 갑부 이가성, 대만 총통을 지낸 이등휘 등이 모두 학가 사람이다. 샤로퉁 역시 오래전 학가 사람들이 일군 마을이다.

'내 인생을 함께 해'라는 뜻의 원제 〈반아틈천애伴我闖天涯〉라는 근사한 제목이, 당시 주윤발의 인기에 힘입어 국내에서는 〈타이거맨〉이라는 요란하고 거친 제목으로 개봉했다. 앞서 〈가을날

沙螺洞

의 동화〉(1987)에서 멋진 멜로 연기를 선보였던 주윤발과 종초홍이 다시 만난 것만으로도 화제여서, 일본에서는 〈어느 날인가 이 사랑을〉이라는 역시 근사한 제목으로 개봉했다. 세월이 흘러 〈성월동화〉(1999) 도입부에서, 남자친구 장국영을 따라 홍콩 생활을 결심한 도키와 다카코가 일본의 광둥어 학원에서 교재 삼아 보던 영화가 바로 〈타이거맨〉이었다.

〈타이거맨〉은 얼핏 갱스터 무비처럼 보이지만 기본적으로 1997년 홍콩 반환을 염두에 둔 것 같은 화해의 드라마다. 도시 남자와 시골 여자, 홍콩 원주민들과 학가 마을 사람들의 화해 말이다. 다른 감독들이 해외로의 도피를 묘사하고, 현실에 대한 강한 부정을 얘기할 때 임영동 감독은 진득한 시선으로 공존을 모색했던 것이다. 그 문화적 차이에서 출발해 주윤발과 종초홍의 풋풋한 사랑을 은근히 그려 나가는 모습이 무척 매력적이다.

주윤발은 〈용호풍운〉, 〈감옥풍운〉 등 임영동 감독과 함께 할 때 정말 멋졌다. 실제로 주윤발과 임영동은 홍콩 TVB 방송국 배우 양성반 동기이기도 하다. 놀랍게도 여기에는 배우를 꿈꾸던 두기봉 감독도 있었는데, 그런 인연으로 주윤발은 이후 그들의 작품에 자주 출연했다. 세 사람은 모두 1955년생으로 나이도 같다. 바꿔 생각해보면 같은 배우 지망생 입장에서 주윤발이라는 지나치게 우월한 동기의 존재가 그들을 연출의 길로 이끌었을지도 모르는 일이다. 그만큼 배우로서의 주윤발은 '넘사벽'이었다.

흥미로운 점은 이 영화의 아이디어를 제공한 사람이 주윤발이고, 초창기 시나리오 작업에 왕가위도 참여했다는 점이다. 과거 한 영화사에 몸담고 있던 임영동과 왕가위가 그들만의 영화를 꿈꾸며 함께 써나려간 시나리오였다. 비록 다른 영화사를 거치고 수년 뒤에 영화화되면서 그 원형이 많이 바뀌었겠지만, 이 영화에서 왕가위의 흔적을 찾아보는 것도 흥미로운 감상이 될 것이다.

샤로통으로 가자면, MTR 역에서 가까운 건 아니지만 그나마 가까운 편인 신계지 북동쪽의 MTR 타이워太和 역이나 타이포 마켓大埔墟 역에서 내려 샤로통沙螺洞이라는 지명을 보여주며 택시를 이용하는 게 가장 무난하다. 버스로 가기에는 워낙 복잡한 데다 정류장에서 내려도 1시간 가까이 등산하듯 올라가야 하기 때문이다. 그럼에도 버스를 탈 계획이라면 타이워 역에서 73번, 타이포 마켓 역 건너편 업타운 플라자 정류장에서 74K, 275, 275S를 타고 버스기사에게 내릴 곳을 알려 달라고 부탁하면 된다.

처음 이곳을 찾았을 때 택시 말고는 방법이 없겠다 싶어 일단 택시를 세웠다. 그런 오래된 마을을 택시기사가 알까 의문이 들었지만 한자를 보여주니 "오케이"라고 했고 다만 "택시비가 좀 많이 나올 텐데" 하고 걱정했다. 그런데 막상 도착하니 난감했다. 한참 택시로 달려온 길을 나중에 돌아갈 생각을 하니 까마득했던 거다. 비도 추적추적 오는 족히 1시간 이상 걸어야 할 길인데 이미 시계는 오후 5시를 가리키고 있었다. 자칫하면 깜깜한 산중에 혼자 남겨질지도 모를 일이었다.

〈타이거맨〉에서도 자급자족을 하며 농사를 짓는 사람들이 살

沙螺洞

샤로퉁 마을. 거의 다 빈집이지만,
빨간 직사각형의 네모 문이 영화 속
모습 그대로여서 반갑다.

던 이 마을에 경찰들은 나처럼 한참 산길을 달려서야 닿을 수 있
었다. 생각해보니 주윤발이 종초홍을 만나고 데려다주기 위해 꼬
박꼬박 이 마을을 찾았던 건 상당한 지극 정성이라는 걸 알게 됐
다. 게다가 마을 앞까지 차가 닿는 게 아니라 거기서 직접 걸어
한참을 들어가야 했다. 쉬어갈 수 있는 돌 벤치를 지나 다리를 건
너면 길이 둘로 갈라지는데 왼쪽으로 가야 〈타이거맨〉에 등장하

는 마을로 갈 수 있다. 그래서 택시기사 아저씨에게 요금 미터기를 끄지 말고 기다려주시면, 그 요금의 두 배를 지불하겠다고 하고 30분 정도만 기다려 달라고 부탁했다. 일단 나온 요금은 낼 테니 30분이 지나도 안 오면 그냥 가셔도 된다고도 했다.

마을까지 걸어가는데 족히 10분은 걸린 데다 〈타이거맨〉에 나온 집을 찾느라 꽤 헤맸으니 아저씨가 기다릴 리는 만무하리란 생각이 들었지만, 그래도 주윤발과 종초홍이 걸었던 그 길을 발견하니 짜릿했다. 빨간 직사각형의 네모 문이 영화 속 모습 그대로인 그 옛날 집들이 반가웠다. 주윤발이 종초홍을 만나고 마을 사람들이 추수를 하던 앞마당도 그대로였다. 날씨가 흐려서 구름 떼처럼 몰린다는 잠자리들은 못 봤지만 말이다. 이제 사람이 사는 집은 불과 얼마 남지 않았지만 카메라를 들고 찾아온 외지인을 딱히 이상한 눈초리로 쳐다보지는 않았다. 그 사진집에는 호수에서 물고기를 잡던 멋진 풍경까지 있었기에 더 둘러보고 싶었지만, 갑자기 다시 비가 쏟아져서 그냥 돌아가야 할 것 같았다.

30분보다 시간이 초과된 셈이라 별 기대 없이 돌아갔는데, 택시기사 아저씨가 여전히 기다리고 있었다. 너무 고맙다고 했더니, 내가 한국인 관광객인 데다 비가 와서 걱정이 됐다고 했다. 생긴 건 성룡 나오는 무술영화에서 성룡을 늘 괴롭히던 아저씨처럼 생겼는데 정말 마음씨 착한 아저씨였다. 그러고는 돌아가는 내내 계속 〈대장금〉 얘기를 했고, 거의 대부분 못 알아들었지만 고마움에 큰 소리로 맞장구를 쳐줬다.

沙螺洞

사이쿵과 레이유문

西貢, 鯉魚門 Sai Kung, Lei Yue Mun

사이쿵에 가면
해산물을 맛보라

두기봉의 〈복수〉(2009)는 기억을 잃어가고 있는 한 나이 든 남자의 처절한 복수극이다. 프랑스에 사는 코스텔로(자니 할리데이)는 마카오에 살고 있는 딸의 가족이 괴한들의 습격을 받았음을 알게 된다. 사위와 외손자들은 살해됐고 딸은 위독한 상태다. 그 딸로부터 자신이 총을 쏘아 그들 중 한 명이 귀에 상처를 입었다는 얘기를 듣게 된다. 복수를 다짐한 그는 콰이(황추생), 추(임가동), 룩(임설)이라는 삼인조 살인청부업자를 고용해 그들을 쫓는다. 조사과정에서 그들이 어시장에서 일한다는 사실도 알게 되어 사이쿵으로 향한다. 사이쿵의 명물이기도 한 해산물 시장 입구의 해선가海鮮街라 쓰인 문을 지나던 그들은 이내 귀에 상처를 입은 한 남자를 발견한다. 그 구조물을 지나 노란색 간판의 통기해선通記海鮮 집이 바로 악당들의 식당이다.

西貢, 鯉魚門

두기봉의 〈복수〉에서 코스텔로가 가족의 복수를 위해 찾아갔던 통기해선 집. 시장 입구 해선가 문을 지나면 영화 속에서 본 가게가 나온다.

MTR 초이홍 역에서 1M 미니버스를 타고 종점 사이쿵에서 내려 바닷가 쪽을 향해 걸어가다 보면 '해선가' 문을 만날 수 있다. 해선海鮮은 우리식으로 말하자면 그냥 '횟집'이라 할 수 있는데, 영화에서는 낮에는 그야말로 인상 좋고 마음씨 좋은 횟집 아저씨들이 밤에는 킬러로 변신했다. 그렇게 생각하고 보니 통기해선 주인장 아저씨의 화려한 칼솜씨가 예사롭게 보이지 않았다. 혹시 그가 완성된 영화를 봤다면 어떤 느낌이었을까.

　재밌는 것은 코스텔로라는 이름이 바로 장 피에르 멜빌의 〈사무라이〉(1967)에서 알랭 들롱이 연기한 킬러 이름인 '제프 코스텔로'에서 따온 것으로, 사실 그보다 앞서 두기봉만큼이나 〈사무라이〉를 사랑했던 오우삼의 〈첩혈쌍웅〉(1989)에서 주윤발이 '제프'라는 이름을 쓴 적 있다. 오우삼에 대한 견제 때문에 제프라는 이름까지 똑같이 가져오기는 싫었던 걸까. 〈복수〉의 주인공 이름은 바로 프란시스 코스텔로다. 게다가 두기봉은 프랑스 할아버지 코스텔로 역할로 실제 알랭 들롱을 캐스팅하려 했다가 무산된 바 있다. 마치 과거의 오리지널 '장고'를 연기한 배우 프랑코 네로가 타란티노의 〈장고: 분노의 추적자〉(2012)에 출연한 것처럼, 프렌치 누아르 장르의 레전드가 홍콩 누아르와 만나는, 그야말로 동서양의 멋진 영화적 조우를 보지 못해 못내 아쉽다.

　신계 지역의 동쪽에 자리한 사이쿵은 저렴한 해산물 요리가 유혹하는 곳이다. 알랭 들롱을 주인공으로 섭외하고 싶었던 두기봉이 프랑스 제작자들을 홍콩에 초청해 음식을 대접한 곳도 바로 이곳이다. 홍콩에서 해산물 먹기 좋은 곳은 청차우, 라마섬 등 주변 섬들도 좋지만 섬 말고 지하철이나 버스로 갈 수 있는 곳으로는 사이쿵이나 레이유문이 좋다. 물론 시내에서 40~50분 정도 시간이 걸리는 게 흠이지만 가격이 월등히 싸고 옛날 어촌 분위기를 물씬 느껴볼 수 있어서 매력적이다.

　마치 〈복수〉의 주인공들처럼 폼 나게 천천히 해선가 문을 통과해 들어가면 왁자지껄한 해산물 레스토랑들이 이어진다. 한참

西貢, 鯉魚門

저렴한 해산물 요리가 유혹하는 사이쿵. 홍콩 어촌의 분위기를 물씬 느껴볼 수 있다.

더 들어가면 마치 옛 구룡성채를 보는 듯 쇠락한 건물들의 느낌이 참 묘했던 기억이 난다. 영화 속 주인공들이 해선가의 문을 통과하며 전혀 다른 세계에 발을 들여놓는 느낌을 주는 것처럼, 사이쿵은 이곳저곳 발걸음을 옮길 때마다 계속 시간여행을 하는 것 같다. 이 또한 〈도둑들〉에서 한국의 도둑들이 홍콩의 도둑들과 접선하러 가는 배 장면에 등장했다. 배를 타고 사이쿵에 도착했을 때, 마치 〈공각기동대〉에서 본 것 같은 SF영화의 디스토피아 도시에 도착한 것 같은 느낌을 줬다. 그렇게 한국의 도둑들은 그들을 만나기도 전에 사이쿵의 분위기에 압도당했다.

해선가 문을 기준으로 그 반대쪽으로 가면 가장 유명한 찬키 全記 식당이 보인다. 성룡, 양조위, 주윤발, 오언조 등 방문한 스타들의 기념사진이 눈길을 사로잡는다. 식당을 이용하는 방법은

홍콩 스타들이 사랑하는 챤키 식당. 홍콩의 해산물 레스토랑은
거대한 수족관을 구경하는 것만으로도 배가 부르다.

일단 자리를 잡고, 점원의 안내에 따라 어항으로 가서 먹고 싶은
고기 혹은 새우, 게를 적당한 크기의 것으로 고르면 그물로 건져
서 조리해준다. 가만히 앉아 있으면 어항 쪽으로 오라고 손짓을
하는데, "이 정도만 주문하시면 충분합니다" 혹은 "이거 다 드시
기 힘들어요"라고 알아서 얘기해주는 법이 없다. 그러니 이것저
것 고르다가 적당히 알아서 '스탑!'이나 '피니쉬!'를 외쳐야 한다.
　물론 이름들은 영어 메뉴판에 쓰여 있는 대로 얘기해주면
되는데, 말이 안 통하는 관광객 입장에서 가장 속 편한 것은
2-3인 이상일 경우 세트 메뉴를 주문하는 것이다. 현지 사람들
은 보통 해변 산책로 주변의 작은 조각배에서 파는 해산물을 따
로 구입해 종업원과 조리 비용에 대해 대충 합의를 본 다음 세
트 메뉴와 함께 즐긴단다. 개인적으로 가장 좋아하는 메뉴는 '라
이리우하'라 불리는 마늘과 함께 볶은 갯가재와 아주 기다란 키

조개 조림이다. 재밌는 게 키조개가 메뉴판의 영어로는 생긴 그대로 'Razor Clam'이니 모르고 지나칠 염려는 없을 것이다. 흰살 생선을 좋아하는 사람들이라면 '가루파'라는 이름의 생선찜을 주문하면 된다. 챤키는 늘 사람들이 꽉 차는 관계로 바로 옆에 있는 홍키洪記로 가는 것도 괜찮다. 오히려 어항은 훨씬 더 커서 보다 화려한데 사실 챤키의 자매점이라고 한다.

사이쿵의 가장 큰 매력은 해변 산책로다. 하루 종일 뜨거웠던 해가 저물기 시작하면, 500미터 정도에 달하는 깔끔한 산책로를 따라 조각배들이 다닥다닥 붙어서 해산물을 거래하는 즉석 수산시장이 열린다. 어느새 삼삼오오 모여든 사람들이 산책로와 바다의 경계 위에서 아슬아슬하게 수산물을 흥정하는 풍경이 장관이다. 해가 지는 사이쿵의 저녁은 그 부산함만큼이나 무척 아름답다.

홍콩의 가장 큰 어시장
레이유문

삼합회의 권력다툼을 통해 홍콩의 역사를 탐구하는 두기봉의 〈흑사회〉(2005) 연작은, 앞서 만들어진 〈무간도〉(2002) 3부작과 함께 홍콩영화의 2000년대를 열었던 걸작 누아르다. 1편의 경우 냉정하고 침착한 성격의 록(임달화)이 거칠고 폭력적인 따이디(양가휘)를 제치고 삼합회 최고 회장의 상징인 용두곤을 차지하는 과정을 그리고 있다.

회장으로 선출되기 위해 세력을 확장하는 가운데 양가휘는 다른 중간 보스를 만나 자신에 대한 지지를 부탁하며 그의 부하인 장가휘와도 보트 위에서 해산물을 펼쳐놓고 마주한다. 다른 조직의 눈을 피해 접선하려고 장가휘 조직과 양가휘는 수상가옥들이 떠 있는 레이유문 앞바다의 허름한 보트 위에서 만난 것이다. 여기서 장가휘의 성격을 잘 보여주는 장면이 바로, 양가휘

〈흑사회〉에서 장가휘와 양가휘는 레이유문 앞바다의 허름한 보트 위에서 해산물을 놓고 마주한다.

앞에서 하얀 사기 숟가락을 우드드득 씹어 먹는 장면이다. "뭘 쳐다봐? 맛있으면 이 숟가락도 먹지 그래?"라며 아무에게나 시비를 거는 것이 버릇인 양가휘의 도발에 장가휘는 아무 말 없이 진짜 숟가락을 부러트리고 조각을 내어 입에 들이붓는다. 예상치 못한 그의 행동에 당황한 양가휘가 "넌 시키면 시키는 대로 다 하는 놈이구나"라고 말할 정도로, 삼합회 내 조직원들의 과도하고도 비뚤어진 충성심을 보여주는 장면으로, 그 새하얀 식기들만큼이나 얼굴이 창백한 장가휘는 그 장면 하나만으로도 배우로서 자신의 과거와 결별했다. 물론 그전에도 연기 변신을 시도하긴 했지만 〈천왕지왕 2000〉(1999) 같은 영화에서 주성치와 호흡을 맞춰 코믹 연기를 펼치던 모습을 떠올려보면 엄청난 간극을 느낄 수 있다.

홍콩 내 가장 큰 어시장 중 하나인 레이유문은 사이쿵보다 저

붉은색 물고기 동상이 반기는 레이유문. 미로처럼 해산물 가게들이 끝없이 이어져 있다.

럼하게 해산물 요리를 즐길 수 있는 곳이다. MTR 야우통 역에서 내려 한참 걷다 보면 레이유문의 상징이기도 한 붉은색 물고기 동상이 반긴다. 앞서 얘기한 티우겡렝처럼 한때 수상생활자들의 대표적인 터전이었던 곳으로, 가게들 수로만 보자면 사이쿵보다 훨씬 많고 넓다. 그런데 이 지역이 넓게 느껴지지 않는 이유는 사이쿵처럼 탁 트여 있는 것이 아니라, 거의 미로처럼 해산물 가게들이 끝없이 이어져 있기 때문이다. 멀리서 보면 단층짜리 낡은 집들이 다닥다닥 널리 붙어 있는 것 같은, 누아르 영화와는 전혀 어울리지 않는 소박한 풍경이다.

두기봉 감독은 오히려 그런 소박하고 고즈넉한 느낌이 비밀 접선 장소로 어울린다고 생각한 것 같다. 장가휘는 이곳 어딘가의 횟집에서 제철 생선을 주문하여 보트에 올랐을 것이다. 영화에서 양가휘가 워낙 까다롭고 악랄한 인간으로 등장하니 그의 입맛을 맞추기 위해 얼마나 힘들게 구매했을까 싶다. 어쩌면 그래서 양가휘가 맛도 보기 전에 아예 손도 대지 못하게끔 냅다 숟가락부터 씹어 먹었는지도 모를 일이다.

남생원

南生園 Nam Sang Wai

대낮에 펼쳐진 마지막 결투신,
남생원

홍콩을 여러 번 여행하게 되면 어느 순간부터 자연을 사랑하게 된다. 연중 언제 홍콩을 찾더라도 사시사철 따뜻하여 동남아 못지않게 울창한 녹색을 볼 수 있고, 옷이 좀 상해도 괜찮다는 각오만 돼 있으면 그 신록으로 들어가 반나절 늘어지게 낮잠을 잘 수도 있기 때문이다.

그런 장소 중에서 가장 아끼는 곳은 바로 신계에서 가장 넓게 분포하고 있는 지역인 원롱Yuen Long, 元朗의 남생원Nam Sang Wai, 南生園이다. 철새도래지로 유명한 곳으로 사시사철 철새를 카메라에 담으려는 사진 작가의 발길이 끊이지 않고, 빈집과 습지와 너른 들판이 어우러져 자아내는 멋진 풍광은 웨딩 촬영의 인기 장소이기도 하다. 과연 여기가 홍콩인가, 싶을 정도로 시간이 정지된 듯한 매력적인 장소다.

　　　　　　　　　　　　　　　　　　南生園

〈도화선〉에서 견자단과 예성은 남생원의 빈집에서 일대일 결투를 벌인다.

　　남생원을 촬영지로 가장 잘 활용한 영화는 엽위신의 〈도화선〉(2007)이다. 베트남에서 건너온 토니(예성)는 잔인무도한 살인과 폭력을 저지르며 홍콩 암흑가에서 입지를 넓혀 나간다. 한편, 범인을 잡는 과정에서 폭력을 휘둘러 물의를 빚은 혈기왕성한 마 형사(견자단)는 토니를 검거하기 위해 호시탐탐 기회를 엿본다. 체포할 타이밍도 놓치고 설상가상으로 애인 주디(판빙빙)까지 위험에 노출되자, 마 형사는 토니의 아지트를 찾아내 일전을 벌인다. 그 아지트로 설정된 곳이 바로 남생원인데, 이곳에서 대낮에 펼쳐지는 마지막 결투 신이 단연 압권이다. 낡은 빈집에서 견자단과 〈매트릭스〉 시리즈의 세라프 역으로 할리우드에 진출한 예성은 거의 실험영화에 가까울 정도로 일대일 격투의 향연을 벌인다. 말 그대로 서서도(스탠딩) 누워서도(그라운드) 싸우는 종합 격투기MMAMixed Martial Arts 스타일을 지향하는 〈도화선〉은 사실상 이소룡의 절권도처럼 늘 퓨전, 변칙 격투기를 추구했던 견자단 액션 미학의 결정체라 할 수 있다. 온몸을 무기 삼아 짐승처럼 서로를 향해 달려드는 견자단의 눈빛은 거의 숨을 멎게 만든다.

처음 남생원을 방문했을 때는 너무 막막했다. 원롱 역에서 내려 택시기사에게 대충 '남상와이'라고 발음했더니 데려다주긴 했는데 기사는 가는 내내 계속 불평이었다. '드디어 신계의 녹색 택시를 타보는구나!' 하고 감격했건만 그 첫 만남이 서로에게 상처만 남겼다. 참고로 홍콩은 택시의 영업구역에 따라 세 종류가 있다. 홍콩섬과 구룡반도의 빨간 택시, 신계의 녹색 택시, 마지막으로 란타우섬의 파란 택시다. 홍콩도 꽤나 넓은 곳이기에 기본요금 등을 다르게 하여 경계를 나눴다.

신계의 녹색 택시를 타고 곳곳에 철새 관람 안내 표지판이 있는 남생원로南生園路를 따라 쭉 달렸는데, 그 길은 저 멀리 막다른 곳에 다다르기까지 오직 도로가 하나뿐인, 그러니까 가다가 반대편 차가 달려오면 둘 중 누군가 양보해줘야 하는 길이다. 자동차 하나가 겨우 비켜 있을 만한 장소가 약 200미터 간격으로 드물게 있으니 재수 없으면 꼬박 100미터 이상 후진을 해야 하는 난감한 일도 발생한다. 실제로 마주 오는 차가 화물차일 때는 도저히 방법이 없으니, 그런 장거리 후진을 두 번이나 겪은 택시기사는 뭐라 광둥어를 마구 내뱉으며 폭발 일보 직전이었다. 급기

南生園

야 서로 다른 조직의 싸움으로까지 이어지던 〈흑사회〉의 한 장면과 실로 흡사한 상황이었다.

남생원에서 일부 촬영한 〈흑사회〉에는 삼합회의 수장이 지녀야 할 용두곤을 운반하던 트럭이 이 길로 접어들고 또 다른 조직의 자동차가 그 뒤를 잇는 장면이 나온다. 절대 유턴을 할 수도 없고, 한참 가봐야 막다른 길이니 용두곤을 실은 트럭의 운전자는 급작스레 차에서 내려 남생원 들판 쪽으로 달아난다. 이 길 또한 길을 잘못 들었다가 우연히 영화 촬영지를 발견하게 된 경우였는데, 상황이 그러하다 보니 나 또한 택시에서 내려 뛰어가고 싶은 심정이었다.

결국 막다른 곳에 다다른 뒤, 택시 기사에게 연거푸 '쏘리 쏘리'를 외치고는 택시에서 내렸다. 목적지를 찾지 못하였으나 어찌할 수 없는 상황이었다. 그저 저 멀리 주택가와 아파트촌이 보이는 곳으로 일단 걷고 또 걸었다. 영화 촬영지를 못 찾더라도 어쨌건 숙소로는 돌아가야 하니 그 방법밖에 없었다. 한참을 헤매다 늪지에 들어섰고 허벅지까지 빠지고 말았다. 지금 생각해도 아찔한 순간이었다.

아무런 인적도 없는 들판에서 다리는 온통 진흙투성이고 급기야 내 주변 10미터 내외로 까마귀 떼의 똥이 여우비처럼 뚝뚝 떨어졌다. 앨프리드 히치콕의 〈새〉(1963)처럼 나무 가득 까마귀 떼가 있는 곳이라 하면 믿어질까. 처음에는 바닥이 온통 하얘서 뭔가 했더니, 다 새똥이 말라붙어 으깨진 것이었고 마치 길에 밀가루를 뿌려놓은 것처럼 보였다. 실제로 〈도화선〉에서 총을 든 견자단과 여랑위 일행은 이곳에서 추격전을 벌이는데 그들이 들판의 좁은 길로 헐레벌떡 뛰는 모습을 보면, 추격전이 아니라 하늘에서 떨어지는 새똥을 피하고 있었던 것은 아닐까, 하는 생각마저 들었다. 아무튼 한참을 걷고 걸어서 기어이 〈도화선〉 촬영지를 찾았고, 허무하지만 표지판을 통해 원롱 역에서 그리 멀지 않은 곳임을 알게 됐다. 그처럼 힘들게 촬영지를 찾긴 찾았지만, 이미 너무 어두워진 탓에 사진 촬영이 힘든 상황이었다. 그래서 눈물을 머금고 내일을 기약할 수밖에 없었다. 표지판을 따라 너무나도 손쉽게 원롱 역에 도착하고 보니, 이게 무슨 개고생이란 말인가.

하루 반나절 정도 시간이 소요되는 곳을 허탕을 치는 바람에 다음 날 일정이 다 꼬일 수밖에 없었지만 어쨌건 다음 날 아침 일찍 다시 원롱 역에 도착했다. 역에서 내려와 걷다 보면 지나치게 낡은 집과 이제 막 지어진 것 같은 아파트촌이 함께 있는 풍경이 오묘하다. 우리나라에서는 절대 겨울을 날 수 없을, 철로 된 판잣집들이 페인트가 벗겨진 채 옹기종기 모여 있었다. 한참을 걸어가다 보니 대충 나무판자로 만들어놓은 표지판이 남생원으로 가는 길을 가리켰다. 원롱 역을 출발점으로 하여 원롱 구허로Kau Hui Road, 舊墟路와 산패로Shan Pui Road, 山貝路만 따라가다 보면 남생원으로 향하는 표지판이 나오니 찾기 어렵지 않다.

촬영지로 가려면 일단 조각배가 사람을 실어 나르는 조그만 강을 건너야 한다. 사실 강이라고 하기엔 불과 2미터 정도 폭인데 다리도 없고 헤엄쳐 건널 수는 없으니 그 배를 타는 거다. 정

조각배를 타고 강을 건너 남생원 깊숙이 들어갈 수 있다. 예전에는 없던 운행 시간과 가격, 최대 탑승인 원이 적힌 팻말이 생겨서 반갑다.

말 무표정한 할머니가 계속 노를 저어 왔다 갔다 하시는데 요금 은 올라타면서 5홍콩달러 동전을 드리면 된다. 너무 가까운 거 리라 배를 타고 건넌다는 표현 자체가 우스워서, 정부에서 그냥 다리 하나 지어주면 주민들이 편할 텐데 왜 그러나 싶기도 하지 만, 할머니가 하루에도 족히 수백 명은 다닐 그곳을 운행(?)하면 서 생활비를 버실 거라 생각하니, 그런 오지랖 넓은 공무원 마인 드는 금세 사라진다. 그런데 안타깝게도 할머니는 돌아가셨다. 홍콩을 자주 찾다 보니 남생원만 1년에 한 번꼴로 갔던 셈인데,

2018년경 이곳을 찾았을 때 할머니가 아닌 아들이 대를 이어 노를 젓고 있었다. 별달리 큰 의미를 부여하지 않았던, 대단한 일이라고 전혀 생각지도 못했던 어떤 일을 대를 이어 하는 모습을 보면서 숭고하다는 느낌이 들었다. 게다가 예전에는 없던 운행 시간과 가격, 그리고 최대 탑승인원이 적힌 팻말이 생겨서, 뭔가 굉장히 업그레이드되었다는 생각에 반가웠다.

배에서 내려 마을 안으로 더 들어가면 작은 호수와 마주하게 된다. 〈도화선〉에서는 흔들리는 배에 몸을 실어 조그만 호수 위에서 인질을 교환하는 장면이 촬영된 곳이다. 서극과 두기봉과 임영동의 옴니버스 영화 〈트라이앵글〉에서는 아군과 적군 모두 각자의 비밀을 숨긴 채 마지막에 모이는 낡은 판자 식당이 있는 곳으로 연출됐다. 두 영화 모두 같은 곳에서 촬영된 셈인데 무협 영화식으로 말하자면 두 영화의 라스트신에 현대의 '객잔'이 등장하는 거다. 나무로 대충 만들어진 선착장이 너무 위태로워 접근조차 쉬워 보이지 않는다. 그러니 이곳을 찾은 견자단은 그 공간이 주는 불안감에 먼저 압도당했을 거다.

이 조그만 마을은 사람이 사는 집과 아닌 집이 뒤섞여 있는데 개가 짖는 집은 사람이 있다고 보면 된다. 바로 여기에 〈무간도2〉의 유가령이 잠시 몸을 피해 있던 집이 있다. 아무리 둘러봐도 가게도 사람도 없는 이곳에서 하루가 1년처럼 얼마나 지루했을까. 유덕화의 어린 시절을 연기한 진관희는 가끔씩 들러 심부름도 하고 말동무도 해주면서 그녀를 사랑하게 된다.

〈도화선〉에서 악당들의 아지트로 나온 이 마을 호수 건너편

南生園

의 판잣집은 실제로는 간단한 음식과 음료수를 파는 식당이다. 동네 사람들만 찾아오는지 메뉴판도 따로 없고 주방도 완전히 오픈돼 있다. 의자와 테이블이 여러 개 있는데 그곳을 찾는 누구나 잠시 앉았다 가도 전혀 신경 쓰지 않는다. 〈도화선〉과 〈트라이앵글〉에서 처절한 대결이 벌어졌던 곳이라고 하기엔 지나치게 조용하고 평화롭다. 2층짜리 폐가들이 군데군데 보인다. 무척 을씨년스럽지만 그 풍경이 자연과 너무 잘 어울려 주말이면 웨딩 촬영을 하는 커플들로 북적인다.

이리저리 걷다 보면 〈도화선〉에서 견자단과 예성의 길고 긴 격투가 벌어졌던 집도 있고 〈흑사회2〉의 마지막 장면에서 고천락과 그의 아내가 살던 집도 있다. 고천락의 집이 가장 인상적인데 영화 속에서는 정말 사람이 사는 것처럼 미술팀이 꾸몄다는 게 신기하다. 어쨌거나 이곳은 영화와 별개로 그 자체로 좋아하게 되었다.

신계
New Territories

구룡반도
Kowloon

펭차우
Peng Chau

홍콩섬
Hong Kong Island

란타우섬
Lantau Island

청차우
Cheung Chau

라마섬
Lamma Island

4장

홍콩을 더 특별하게 만드는
란타우섬

란타우섬

大嶼山 Lantau Island

양조위의 운명을 품은 세계 최대 크기의
청동좌불상

란타우섬은 홍콩섬 두 배 정도 크기의 넓은 섬으로 첵랍콕 공항
이 있고 홍콩 디즈니랜드도 있다. 칭마대교가 건설된 지금, 홍콩
시내 기준으로 서울에서 인천 정도까지의 거리에 불과할 텐데
예전 홍콩영화들을 보면 무척이나 머나먼 시골처럼 묘사됐다.
〈열혈남아〉의 장만옥, 〈도성타왕〉(1990)의 주성치, 〈진심화〉
(1999)의 범문방 등은 성공을 꿈꾸며 홍콩 도심으로 떠난 란타우
섬의 젊은이들이었다. 그래도 아직은 미니버스로만 고불고불 산
길을 달려야 하는 곳도 많고 섬의 대부분이 국립공원인 아름다
운 관광지다.

가장 유명한 포린사寶蓮寺는 란타우섬의 산악지대인 옹핑
Ngong Ping에 자리 잡고 있다. 퉁청 역에 내리면 케이블카 매표소
와 바로 연결되는데, 주말이면 오전 10시쯤 가도 줄이 길게 늘

주말이면 오전 일찍 가도 한 시간 이상은 기다려야 케이블카를 타고 올라갈 수 있다. 가파른 계단을 다 올라가야 좌불상과 만날 수 있다.

어서 있어 1시간 정도는 기다려야 한다. 사실 사람들은 포린사 자체보다 세계 최대 크기라는 대형 청동좌불상을 보기 위해 이곳을 방문한다. 케이블카를 타고 가면서 저 멀리 불상이 보이기 시작하면 흔들흔들 합장을 한 채로 케이블카를 타고 가는 사람도 있다.

1993년에 완성된 이 불상은 제작 기간만 10년이 걸렸는데, 제작 중이던 1990년에 촬영한 〈도성타왕〉 도입부에서 그 제작 풍경을 볼 수 있어 이채롭다. 당시 항공 촬영을 했다. 케이블카에서 내려 포린사까지 가는 길에 옹핑 빌리지가 있는데 기념품 판매소부터 식당까지 볼거리가 많다.

〈무간도〉 시리즈 전체를 관
통하는 숙명적 시선이 바로
저 청동좌불상에 담겨 있다.

　저 멀리 불상을 뒤로하고 일단 증명사진부터 찍고 난 다음 가
파른 계단을 부처님과 눈싸움하면서 부지런히 오르면, 사원 전
경이 한눈에 들어오고 탁 트인 풍경이 압도적으로 다가온다. 바
람 또한 시원하게 불어대는데 〈무간도3〉(2003)에서 삼합회 조직
원들이 그 바람을 세차게 맞으며 접선했었다. 사실상 홍콩 삼합
회를 평정한 증지위가 중국 본토를 중심으로 새롭게 떠오르는
중국 측 보스인 진도명과 이곳에서 만났고, 증지위의 조직 내에
서 여전히 위장경찰 언더커버로 있는 양조위가 난간에 기대 그
들을 지켜보고 있었다. 모두가 서로를 의심하는 상황에서 진실
과 운명을 알고 있는 것은 오직 그들을 굽어보는 불상뿐이다.

大嶼山

이곳이 3편에서야 등장한 것은 무척 의미심장하다. 왜냐하면 〈무간도〉 시리즈를 통틀어 삼합회 내부 속으로 점점 더 깊숙이 개입할수록 극심한 정신적 고통에 시달리던 양조위가, 정신과 의사 진혜림을 만나면서 마음의 상처를 조금씩 덜어나가던 '죽기 직전'의 상황이 바로 3편에 담겨 있기 때문이다. 세상만사 모두 내려다보는 것 같은 불상의 인자한 표정은 언더커버로 일하는 양조위에게 어떤 정화의 순간을 준다. 1편과 2편에서 수시로 황추생에게 언제쯤 이 일을 그만둘 수 있느냐고 따져 물었던 그는 그렇게 이 불상 앞에서 자신의 일을 숙명으로 받아들이게 된다. 〈무간도〉 시리즈 전체를 관통하는 숙명적 시선이 바로 청동 좌불상 장면에 담겨 있다고나 할까.

여기서 궁금증이 생긴다. 포린사가 딱히 승용차로 오기가 애매한 곳임을 감안하면 배우들을 포함한 제작진 모두 흔들흔들 케이블카를 타고 이곳으로 왔던 걸까.

주성치 월드의 고향
타이오 마을

옹핑 빌리지에서 미니버스를 타고 40여 분쯤 구불구불 란타우 섬의 경치를 즐기며 자다 깨다 하다 보면 타이오Tai O, 大澳 마을 에 도착한다. '홍콩의 베네치아'라 불리는 이곳은 〈도성타왕〉에 서 주성치가 살던 소박한 시골 마을이다. 마을의 주요 거주지 두 곳을 잇는 다리가 무척 인상적이며 구룡반도나 홍콩섬과는 다 른 홍콩 토착민들의 생활양식을 엿볼 수 있다. 신기하게 물 위에 떠 있는 것 같은 수상가옥 팡옥棚屋을 볼 수 있으며, 신선한 해산 물과 건어물을 파는 상점들이 타이오 마을로 들어가는 입구에 늘어서 있다.

영화의 오프닝부터 포린사의 청동불상이 막 지어지고 있는 모습이 보이고, 첵랍콕 공항이 들어서면서 일대를 노리는 부동 산 투기꾼이 주성치 가족에게 으름장을 놓는 장면도 나온다. 이

〈도성타왕〉의 무대가 되었던 타이오. 이소룡을 좋아하는 아버지 덕에 주성치는 영화 내내 무술을 선보인다.

렁듯 〈도성타왕〉은 홍콩의 급격한 개발 붐 속에서 풋풋한 향수로 가득 차 있는 작품이다.

영화에서 주성치는 이소룡을 너무나 좋아한 아버지 원화 때문에 심지어 '주소룡'이라는 이름으로 태어났다. 원화는 만나는 사람들마다 자신이 과거 이소룡의 〈정무문〉(1972)에 출연했던 기억을 떠벌리며 이소룡이 자신의 사형이라며 떠들고 다닌다. 실제로 원화가 〈정무문〉에 단역으로 출연하기도 했으니 딱히 틀린 얘기는 아니다. 〈쿵푸 허슬〉의 주 무대였던 돼지촌의 주인장으로 등장했던 그는 주로 악역 전문 배우였지만 〈도성타왕〉에서는 인정 많은 아버지로 출연해 눈길을 끈다.

〈도성타왕〉의 주성치는 괴력의 사매 모순균과는 달리 무술 수련에는 별 뜻이 없고 오직 밤낮으로 당구에만 열중한다. 〈도성〉(1990)의 기록적인 대성공 이후 〈도성〉의 도박을 당구로 치환하고, 대륙에서 홍콩으로 넘어왔다는 설정을 대륙이 아닌 란타우섬의 타이오 마을로 바꿔서 성공을 거둔 작품이다. 초창기 주성치의 은사나 다름없는 이수현이 〈도성〉의 성공을 틈타 재

모자를 눌러쓰고 오징어와 쥐포를 굽는 할아버지.

빨리 연출을 맡아 속전속결로 완성한 작품이다. 그럼에도 〈도성타왕〉은 이후 주성치 이미지의 가장 큰 영역을 차지하고 있는 이소룡의 그림자가 처음으로 드리운 작품이라는 점에서 인상적이다. "아뵤!" 하는 괴조음은 물론 일편단심 여주인공 모순균과 뮤지컬을 하듯 율동을 펼치는 주성치의 모습 등 이후 그의 영화를 규정짓는 원형들이 군데군데 보인다. 사실 이 영화의 원제도 거의 이소룡에게 바치는 듯한 제목으로 '용의 후손'이라는 뜻의 〈용적전인龍的傳人〉이다.

과거 어업으로 번성했던 타이오 마을은 주말마다 몰려드는 관광객만 아니라면, 마치 시간이 정지된 것 같은 고즈넉한 마을이다. 느긋하게 하루 종일 마작을 즐기는 어르신들은 주변에서 누가 카메라 셔터를 눌러대건 신경도 안 쓰고, 이름 모를 건어물들이 잔뜩 걸려 있는 풍경이 시선을 잡아끈다. 특히 명물은 모자를 눌러쓰고 거의 빛의 속도로 오징어와 쥐포를 구워 파는 할아

大嶼山

마을을 원 없이 구경했다면
바닷가 카페에 앉아 한가로
이 커피 한잔을 즐겨도 좋다.

버지인데 검게 탄 부분을 가위로 싹싹 잘라내고 담아내는 모습
이 놀랍다. 다리를 건너가면 〈도성타왕〉에서 주성치가 아버지
와 함께 무술 시연을 보이던 조그만 동네 광장도 나오고, 벽을
각양각색의 그림들로 치장한 소박한 집들도 눈에 띈다. 한편으
로는 엽기적이기까지 한 벽화들도 눈에 띄는데 바로 그 옆에서
해먹을 쳐서 누워 있는 할아버지나, 간이의자에 앉아 세상 시름
다 껴안은 듯 맥주를 들이켜고 있는 노인들을 보면 마치 '사진
많이 찍히기' 경쟁이라도 하는 것 같다.

란타우섬

세상에서 가장 애틋한
〈열혈남아〉 공중전화 키스신

〈열혈남아〉에서 장만옥은 란타우섬의 어느 식당 집 딸이었다.
홍콩 시내에 있는 큰 병원에서 진찰을 받기 위해 구룡에 있는
먼 친척 유덕화의 집에 잠시 머물게 된다. 함께 시간을 보내면서
서로에 대한 사랑이 조금씩 싹튼다. 그때만 해도 퉁청 역이 생기
기 전이었으니 무이워Mui Wo 페리 터미널은 홍콩과 란타우섬을
잇는 거의 유일한 통로였다. 홍콩 센트럴 지역의 페리 선착장에
서 1시간 정도 배를 타고 가는 란타우섬의 무이워 선착장은 바
로 그 유명한 〈열혈남아〉의 공중전화 키스신이 촬영된 곳이다.

　서로를 향한 마음을 알면서도 건달에 지나지 않는 유덕화를
온전히 마음에 품을 수 없었던 장만옥은 병원 진료가 끝나면서
다시 란타우섬으로 돌아갔고, 고백조차 하지 못한 채 어색하게
장만옥을 떠나보낸 유덕화는 무이워 선착장에서 하염없이 장만

무이워 선착장 앞 공중전화 부스. 유덕화와 장만옥은 이곳에서 애틋한 키스신을 찍었다. 또 유덕화는 이 부스에 기대어 장만옥을 기다렸다.

옥을 기다린다. 드디어 장만옥이 나타나는데 그의 곁에는 마치 약혼자처럼 느껴지는 남자가 서 있다. 재미있게도 그 남자 역할의 배우는 왕가위의 모든 영화를 책임졌던 단짝 장숙평 미술감독이다.

　상황을 오해한 유덕화는 장만옥에게 짧은 인사만 건네고 아쉬움을 뒤로한 채 센트럴로 향한다. 그러던 중 배 위에서 장만옥의 삐삐 문자메시지를 받고 다시 무이워로 향하는 배에 몸을 싣는다. 무이워와 센트럴이 1시간가량 걸리는 거리인데, 그 둘은 처음 만나서부터 차마 시원하게 얘기를 못한 탓에 왔다 갔다 무

터미널 앞으로 보이는 아파트와 버스 정류장의 모습이 영화 속 그대로다.

려 3시간 정도를 돌고 돌아 만나게 된 것이다.

무이워 선착장 앞 버스 터미널에서 마냥 기다리고 있던 장만옥을 낚아챈 유덕화는 공중전화 부스로 냅다 달린다. 그 길고 열정적인 키스신의 이유는 바로 그 원치 않은 기다림 때문이었을 것이다. 선착장은 이후 공사를 거쳐 좀 달라진 모습이긴 하지만, 영화를 보다 보면 유덕화가 장만옥을 기다리던 공중전화 부스와 페리 터미널의 '무이워梅窩'라는 한자가 그대로 보인다. 전화부스 역시 세월이 흘러 공사도 좀 했고 당연히 광고판이나 벽지를 바꾸긴 했지만 위치는 그대로다. 페리 터미널 앞으로 보이는 아파트와 버스 정류장의 모습도 옛날 그대로다. 나중에 장학우가 심각한 말썽을 부리기 전까지 유덕화와 장만옥이 동거하는 동안 이곳은 〈열혈남아〉에 여러 번 등장한다.

유덕화가 장학우를 구하기 위해 란타우섬을 떠나면서 왕걸의 주제곡에 맞춰 장만옥과 마지막 인사를 한다. 페리를 타기 전 무이워 선착장 앞 바로 그 공중전화 부스에서 '몸 건강히 꼭 돌아오라'는 장만옥의 음성 메시지를 받은 유덕화는 그렇게 란타우섬을 떠나서 결국 돌아오지 못한다. 운명의 장난처럼 함께 긴 키스를 나누며 사랑을 확인했던 전화 부스에서 그 마지막 메시지를 받고 떠난 것이다. 더 슬펐던 것은 메시지를 받고 페리를 타러 걸어갈 때 유덕화의 마지막 뒷모습을 보면 엉덩이가 심하게 청바지를 먹고 있다는 사실이다. 이미 거기서 유덕화가 지닌 삶의 무게와 고통이 그대로 느껴졌다.

드디어 왕가위와 조우한
장만옥

왕가위 감독의 남성 배우 페르소나가 유덕화, 장국영, 양조위로
이어졌다면 여성 배우는 그의 데뷔작 〈열혈남아〉부터 〈화양연
화〉에 이르기까지, 오직 장만옥 단 한 명이다. 어쩌면 왕가위 유
니버스에서 가장 중요한 배우라고나 할까.

　1964년 홍콩에서 태어나 8세 때 부모를 따라 런던으로 이민
을 간 장만옥은 17세에 다시 홍콩으로 돌아온다. 미스홍콩대
회에서 2위를 차지하면서 왕정 감독의 눈에 띄어 〈청와왕자〉
(1984)로 데뷔한다. 종진도, 종초홍, 관지림이 출연한 이 영화에
서 그녀는 도입부에 잠깐 등장할 뿐이다. 본격적인 데뷔작이라
고 할 만한 영화는 황태래의 로맨틱 코미디 〈연분〉(1984)이었다.
장국영의 절친 매염방 역시 배우로서는 〈연분〉으로 데뷔했으며
〈아비정전〉 이전 장국영과 장만옥이 연인으로 만난 영화이기도

하다. 하지만 이 역시 미인대회 출신 여성배우들이 으레 밟게 되는 수순의 일부였다. 둥글둥글한 얼굴에 새까만 눈동자, 툭 튀어나온 앞니에서 장난기가 가득 묻어나오는 그녀는 '토끼 소녀'라는 별명을 얻었고 본격적인 배우 인생을 시작한다. 장만옥의 존재를 본격적으로 알리게 된 건 역시 성룡과 짝을 이룬 〈폴리스스토리〉(1985~) 시리즈였다. 여기서 홍콩 경찰 진가구(성룡)의 여자 친구 메이로 출연한 그녀는 그저 말괄량이 들러리 역할이었으나, 이를 계기로 홍콩영화계에서 확고한 위치를 점하게 된다.

장만옥이 왕가위의 〈열혈남아〉(1989)에 출연하지 못했다면 어떻게 됐을까? 장만옥이 80년대부터 쉴 새 없이 액션과 멜로를 번갈아가며 한 일이라곤 뽀빠이를 따라다니는 올리브처럼 소리 지르며 뛰어다니거나, 그저 이유 없이 울먹이는 소심한 여성 캐릭터였다. 이렇게 언제나 '귀여운 여인'으로만 살아갈 것 같던 그녀에게 중대한 전환점을 마련해준 사람이 바로 왕가위였다. 여전히 '미스홍콩 출신'이라 불리던 장만옥의 얼굴은 홍콩 엔터테인먼트 산업의 왕성한 식욕 아래 과다 노출되었고 더 이상 새로울 것이 없었다.

왕가위는 홍콩의 불안한 미래를 끌어안고 있는 과잉된 영화 산업이 잉태한 그녀의 얼굴에서 불확실한 운명을 응시하는 나른함을 발견했다. 숨 가쁘게 회전하는 홍콩영화계에서 장만옥은 지칠 대로 지쳐 있었고, 배우로서 더욱 성장하고 싶어 했다. 배우로서의 자의식이 스며든 거의 최초의 영화라 부를 만한 〈열혈남아〉에서, 마스크를 쓴 채 란타우섬과 침사추이를 오가며 늘

병을 안고 살아가는 것 같은 장만옥의 모습은 그 자체로 1997년 반환을 앞둔 홍콩의 표정이었다. 이렇게 왕가위는 동 시기 다른 감독들과 달리 그녀가 가진 감정을 어떻게 표현할 것인가보다 그것을 어떻게 숨길 것인가를 고민했다. 언제나 얼굴과 몸매를 드러내는 역할에 익숙했던 장만옥이 마스크를 쓰고 등장한다는 것부터 신선했다. 많은 사람들이 "장만옥이 드디어 '꽃병' 역할에서 벗어났다"고 말하기 시작했다.

〈열혈남아〉 이후 홍콩의 많은 감독들이 비로소 장만옥에게 그때까지와는 다른 연기를 주문하기 시작했다. 사실 그전부터 언제나 "나도 연기할 수 있어요!"라고 말하고 다녔는데 그 갈증을 해소해준 것이다. 이제 많은 영화인들이 장만옥에게서 새로운 이미지를 찾으려고 노력했다. 특히 진우 감독의 〈양말을 벗지 않는 여인不脫襪的人〉(1989)은 처음으로 홍콩 금상장 여우주연상을 안겨줬다. '홍콩판 〈티파니에서 아침을〉'이라 할 수 있는 이 영화에서 성공을 꿈꾸며 중국 본토에서 홍콩으로 건너온 장만옥은 오드리 헵번을 떠올리며 연기했고, 연기로 받은 첫 번째 상이 바로 주연상이었던 셈이다. 이후 관금붕 감독의 〈인재뉴약〉(1989)에서도 완전히 다른 모습을 보여줬고 다시 관금붕과 만난 〈완령옥〉(1991)으로 베를린영화제 여우주연상을 수상하게 된다. 여러 인터뷰에서 장만옥이 자신의 출연작 중 가장 좋아하는 작품을 물어볼 때 언제나 얘기하는 세 영화가 바로 〈첨밀밀〉, 〈화양연화〉와 더불어 〈완령옥〉이다.

이후 국제적 명성을 얻으면서 프랑스 감독 올리비에 아사야

大嶼山

스의 〈이마 베프〉(1996)에 출연하게 되고, 그와 갑작스런 결혼까지 하게 된다. 당시 〈이마 베프〉를 촬영하기 위해 머물던 파리에서의 4주가 개인적으로 무척 행복했던 시간이라고 한다. 홍콩에서와 달리 지하철을 타고 다니며 작은 골목골목을 다녔고 사람들 시선을 신경쓰지 않고 식당과 극장은 물론 전시회를 보며 자유를 누릴 수 있었다. 홍콩에 있을 때는 도무지 상상할 수 없던 일이었다.

파리에서의 경험과 올리비에 아사야스와의 만남은 중요한 전환점이 됐다. 그들의 두 번째 영화 〈클린〉(2004)에서는 약물중독의 아픔을 딛고 사랑하는 아들과 새로운 삶을 꾸리려 하는 에밀리 역할로 드디어 칸영화제 여우주연상을 수상하기에 이른다. 하지만 안타깝게도 이후 장만옥은 더 이상 차기작 소식을 들려주지 않고 있다. 더 이상 만날 수 없는 장국영의 존재처럼 홍콩영화 팬들에게 가장 슬픈 일 중 하나다.

해적왕 장보자의 섬
청차우

란타우섬 남쪽의 청차우섬은 그리 크지 않지만 다양한 볼거리
가 즐비한 매력 만점의 섬이다. 청차우도 라마섬처럼 앰뷸런스
말고는 자동차가 한 대도 없는 섬이다. 적당히 배를 불렀다면 뒤
에 사람을 태울 수 있는 자전거를 대여해 섬을 일주하는 걸 권
한다. 7천 원 정도면 하루 종일 대여할 수 있는데 주말이면 이
자전거를 탄 연인이나 아이들로 정말 와자지껄하다.

다른 홍콩 주변 섬들에 비해 엄청난 활력이 느껴지는 곳이 바
로 청차우섬인데, 4월이나 5월 초에는 대표적 축제인 만두축제
가 열린다. 홍콩 일대를 주름잡던 해적 장보자張保子를 비롯한 해
적들의 원혼을 달래기 위해 만두를 쌓아 올리는 축제다. 음식물
을 그대로 버려둘 수는 없으니 지금은 환경문제로 모형 만두로
만들지만, 5일 동안 용춤과 사자춤 행렬 등 화려한 퍼레이드가

젊은이들이 많이 찾는 청차
우는 매력만점의 섬이다.
홍콩식 마키, 회오리 감자
등 군것질거리가 가득하다.

계속된다. 그래서 청차우섬에서는 지나가다 사자춤 탈을 들고
지나가는 학생들을 발견하는 게 그리 어렵지 않다.

　남쪽 해변도로를 따라 쭉 가면 장보자Cheung Po Tsai 동굴이 나
온다. 〈프로젝트A〉(1983)가 바로 홍콩 해안에 들끓던 해적을 해
경들이 소탕하는 이야기인데, 그중 가장 악명을 떨쳤던 해적왕
이 장보자다. TV 시리즈로도 만들어지고 여러 번 영화화도 됐을
정도로 유명하고 잔인한 해적이지만 당시 영국군을 괴롭힌 의

〈프로젝트A〉에 나온 장보자 동굴. 해적들의 은거지였다.

적으로 묘사되기도 했다. 장보자가 홍콩 사람들에게 얼마나 친숙한 존재냐면, 침사추이에서 관광객들이 즐겨 타는 정크선 이름이 바로 '아쿠아 루나Aqua luna'인데, 그게 바로 장보자張保仔가 타고 다니던 해적선을 복원한 것이다. 실제로 그 배 옆에 '張保仔'라는 한자도 쓰여 있다.

장철의 〈대해도〉(1973)에서 적룡이 바로 장보자를 연기했다. 영국 함선을 습격하는 장면 등 의적에 가깝게 묘사되고, 심지어 경찰인 강대위가 그를 잡고도 그의 인간적 면모에 반해 풀어주고 마는 퀴어적인 장면도 연출된다. 영화 내내 웃통을 벗고 나올 뿐더러 너른 바다의 눈부신 햇살보다 더 눈부신 외모, 그리고 물에 젖어 쫙 달라붙은 엉덩이 슬로모션에 이르기까지, 젊은 날의 적룡은 살짝 머리가 벗겨진 〈영웅본색〉에서의 마음씨 좋은 아재 느낌과는 달리 그야말로 눈부신 미모를 자랑했다.

오우삼의 스승이 장철이었으니 해적과 경찰의 관계를 초월하여 서로에게 이끌리는 적룡과 강대위의 관계는, 〈첩혈쌍웅〉에서 깊은 교감을 나누는 킬러 주윤발과 경찰 이수현의 관계에 큰 영향을 줬다고도 할 수 있다. 〈캐리비안의 해적: 세상의 끝에서〉 (2007)에서 주윤발은 장보자 역할로 캐스팅 됐었다. 하지만 장보자가 악질적인 해적으로만 묘사되는 것에 대해 주윤발이 문제 제기를 하여 결국 '샤오펭'이라는 전혀 다른 이름으로 바뀌었다.

그들의 은거지가 바로 청차우섬의 이 동굴이었고 무려 수만 명의 부하를 거느렸다고 한다. 대략 내부가 어떤 모습이었을지는 〈프로젝트A〉를 대신 참고하면 되리라. 표지판을 따라가면 귀엽게 흰색 페인트로 '구멍'이라는 뜻의 '동 洞'이라 쓰인 입구가 나온다. 여기로 들어가면 반대쪽으로 나오게 되는데 안은 온통 암흑이라 입구에 돈을 받고 플래시를 빌려주는 사람이 있다. 혼자라면 모르지만 대충 플래시를 가지고 있는 인파에 묻혀 들어가면 된다. 양손, 양발을 다 써서 통과해야 하기에 굳이 사진 찍을 욕심내지 말고 카메라는 꼭 안전하게 가방에 넣고 들어가야 한다.

고요한 여행자의 섬
펭차우

거대한 란타우섬의 동쪽 건너편에 붙어 있는 펭차우섬은 홍콩의 주택난 해소를 위해 계획적으로 개발된 섬이다. 하지만 사는 주민들의 수는 그다지 많지 않고 크기조차 작은 섬이어서 마치 세상의 시간이 멈춘 것처럼 조용하다.

일체의 소음도 들리지 않는 그 고요함 때문인지 조숭기 감독의 아름다운 멜로드라마 〈첨언밀어〉(1997)가 바로 펭차우섬에서 촬영됐고, 주인공 또한 이런 사실을 반영하듯 청각장애인이다. 실연당한 몽가혜가 기분전환을 위해 펭차우섬으로 혼자 여행을 오고, 고천락 가족이 운영하는 민박집 2층에 묵게 된다. 고천락은 몽가혜를 보자마자 사랑을 느끼지만 쉽게 그 마음을 드러내지 못한다. 한편, 동네 불량배 일당은 늘 고천락을 괴롭힌다. 그 불량배 일당 중 머리를 기괴하게 염색한 두목이 바로 〈소림축구〉(2001)

홍콩의 주택난을 해소하기 위해 개발된 섬임에도, 주민의 수가 많지 않아 마치 세상의 시간이 멈춘 것처럼 조용하다.

에서 이소룡을 닮은 골키퍼 역할로 유명한 진국곤이다. 〈쿵푸 허슬〉(2004)에 이어 2009년 방송됐던 TV 시리즈 〈이소룡전기〉에서 이소룡을 연기했을 정도로 성장한 그가 주성치를 만나기 전에는 이처럼 꽤 낯설고 껄렁한 역할로도 등장했다.

펭차우섬은 핑거 힐Finger Hill이라 불리는 해발 95미터의 전망대 외에는 별다른 볼거리가 없지만 한적한 섬마을 정취를 느껴보기에는 그만이다. 그래도 소박한 정자가 있는 전망대에서 바라보는 풍경은 제법 근사하다. 적당히 어두운 시각까지 기다려야 보게 되는 섬의 야경도 멋지고 운이 좋은 날이면 건너편 홍콩 디즈니랜드의 불꽃쇼까지 볼 수 있다. 그리고 페리 선착장에 내려 섬 한가운데를 가로질러 가면 이제는 아무도 살지 않는 빈집은 물론, 외국인 관광객이 팔자 좋게 낮술을 기울이는 노천주점을 지나 섬 반대편 해변에 닿는다. 아니면 선착장을 등지고 왼쪽 펭레이 로드FengLei Road를 따라 걸으며 노란색 등 원색으로 칠해진 독특한 느낌의 아파트를 바라보는 정경도 좋다. 이 작고 평화로운 섬에서는 그렇게 어느 쪽으로 가든 연신 카메라 셔터를 눌러대게 된다. 섬 내에 별다른 가게들이 없으니 선착장 앞의 슈퍼마켓에서 적당한 생수와 간식거리를 사두는 것은 필수다.

그렇게 펭차우섬에서는 청차우나 라마섬의 다소 부산스러운 느낌은 눈곱만큼도 찾아볼 수 없다. 영화 속 펭차우섬이 무척 낭만적으로 묘사되는 것도 그래서다. 몽가혜가 실연을 당하고 왜 기분전환을 위해 이 섬을 찾았는지 알 것 같다. 그녀가 머무는 2층 테라스에서 바라보는 바다 풍경은 더없이 아름답다. 하지만 두 사람이 서로를 사랑하면서도 차마 말을 꺼내지 못하고 머뭇거리면서 그 사랑은 이뤄지지 못한다. 속 시원히 고백하지 못하고 1층과 2층에서 따로 애를 태우는 두 사람을 지켜보는 건 오로지 집 앞의 드넓은 바다다. 그렇게 몽가혜는 자신의 집이 있는 구룡으로 떠나간다. 3년이 흐르고 몽가혜는 다른 남자와 결혼해 아이까지 낳는다. 구룡으로 몽가혜를 찾아 떠나겠다던 고천락은 바로 그 진국곤에게 칼을 맞고 해변에 쓰러지고 만다. 죽기 직전 마

大嶼山

펑차우 섬의 핑거 힐 전망
대. 소박한 정자에서 바라
보는 바다 풍경이 제법 근
사하다.

지막 힘으로 일어난 고천락은 공중전화를 걸어 뒤늦게 사랑을
고백하려 하지만 청각장애인이기에 아무런 말도 하지 못한다.

'첨언밀어甜言蜜語'가 바로 '남의 환심을 사거나 속이기 위한 달
콤한 말'이라는 뜻이지만 그는 그렇게 단 한 번도 첨언밀어를 내
뱉지 못한다. 그래서 이 영화의 제목은 너무 슬프다. 들려오는
음악은 〈첨언밀어〉의 영어 제목이기도 하고, 한국영화 〈내 마음
의 풍금〉(1999)에도 쓰였던 브라이언 하일랜드의 노래 'Sealed
with a Kiss'다. 혹시 펑차우섬을 찾게 된다면 꼭 이 노래를 담
아 가시기를.

(란타우섬)

라마섬에서 맛본 홍콩 최고의
두부 푸딩

홍콩섬 아래의 라마섬은 홍콩 사람들이 하루 짬을 내어 해산물을 즐기는 레스토랑들로 유명하다. 다른 섬들과 비교하자면 선착장에서도 보이는 세 개의 길쭉한 발전소 굴뚝이 인상적이며, 인구 만 명이 넘는 제법 큰 섬임에도 환경보호를 위해 자동차가 한 대도 없다.

센트럴에서 출발한 페리가 도착하는 용슈완Yung Shue Wan, 榕樹灣부터 소쿠완Sok Ku Wan, 素罟灣에 이르는 길은 트레킹 코스로도 유명한데 양쪽 모두 해산물 레스토랑으로 유명하다. 용슈완 번화가가 가장 유명하지만 소쿠완에는 홍콩 최고 해산물 레스토랑 중 하나인 레인보우Rainbow가 있다. 걸어서 양쪽을 오가려면 1시간 남짓 걸리지만 무조건 걸어보길 권한다. 왜냐하면 홍콩의 최고 연두부 디저트로 유명한 '토푸 가든Tofu Garden, 建興亞婆豆腐花'

大嶼山

라마섬을 가로지르는 트레킹 코스 도중에 토푸 가든에서 맛보는 두부 푸딩은 그야말로 천상의 맛이다.

에 들러야 하기 때문이다. 주인 할머니가 아침 10시부터 쉬지 않고 만들어내는 두부 푸딩은 그야말로 천상의 맛이다. 침사추이의 당조 두부 푸딩을 먹을 수 없는 상황에서 이곳만은 반드시 살아남아야 한다. 용슈완에서 출발하여 토푸 가든에서 잠시 쉬었다가, 다시 힘이 들 때쯤 흥싱예 비치Hung Shing Yeh Beach, 洪聖爺灣에서 숨을 돌린 후 걷기 시작하면 저 멀리 아래에 레인보우 레스토랑이 보이기 시작할 것이다.

사실 라마섬이 유명한 이유는 바로 주윤발의 고향이기 때문이다. 〈첩혈쌍웅〉에서 청부살인을 저지르고 한 섬으로 달아났다가 매복해 있던 킬러들의 습격을 받은 주윤발은 그 외중에 총상을 입은 한 소녀를 끝까지 병원에 데려다준다. 평화로운 섬마을 해변에서 모래 장난을 하던 소녀가 자기 때문에 상처를 입었기에 끝까지 살려내려 한다. 주윤발은 그 장면을 촬영하면서 라마섬에서 놀던 어린 시절을 떠올렸다고 한다.

선착장에서 보이는 세 개의 길쭉한
발전소 굴뚝이 인상적이다.

조그만 섬이 세상의 전부라고 믿었던 그는 섬을 떠나면서 더 넓은 세상을 알게 됐다. 찢어지게 가난한 섬마을 소년이 홍콩 최고의 스타가 되어 할리우드에까지 진출하고, 또한 자신의 거의 모든 재산을 사회에 기부함은 물론 우산혁명으로 마음을 모은 홍콩 사람들에게 변함없는 지지를 보냈다. 그렇게 주윤발은 홍콩 최고의 국민배우가 됐다.

동아시아 지역에서 엄청난 신드롬을 낳았던 주윤발은 무협, 무술이 아니라 슈트를 입고 찾아온 최초의 홍콩 스타였다. 〈영웅본색〉을 찍은 1986년 주윤발은 총 11편의 영화에 출연했고 1987년에도 11편에 모습을 비췄으며 1988년에는 무려 16편에

동아시아 지역에서 엄청난 신드롬을 낳았던 주윤발. 무술이 아닌 슈트를 입고 찾아온 최초의 홍콩 스타였다.

서 그의 모습을 볼 수 있었다. 〈가을날의 동화〉(1987)의 경우 미국 촬영차 몇 개월 홍콩에 없었던 걸 감안하면 아침, 오후, 저녁 각기 서로 다른 세 편의 영화를 동시에 촬영하는 경우도 있었다. 당시 〈최후승리〉(1987)에 주윤발을 캐스팅하려 했던 담가명 감독의 얘기를 빌리자면, 그때 홍콩영화계는 시나리오가 채 나오기도 전에 주윤발 출연부터 결정짓던 때였다. 당대 다른 스타들과 비교해도 어떤 역할이든 소화 가능한 배우니까 이번에는 어떤 장르의 영화를 할 건지 감독도 제작자도 모르는 상황에서 일단 주윤발부터 모시는 데 혈안이 된 거다.

한국에서의 인기도 어마어마했다. 당시 영화잡지 《로드쇼》를 펼치면 유덕화의 '투유 그랜드' 속지에 사랑의 사연을 적어 보내 달라는 광고가 나오고, 다음 장을 넘기면 외할머니가 한국인이라고 해서 더 친숙했던 토미 페이지가 '아모르' 초콜릿을 입에 물고 있던 시절이었다. 주윤발도 빠질 수 없었다. 오연수의 '암바사'와 왕조현의 '크리미'와 대결했지만 지금까지 생산되는 건 주윤발의 '밀키스'가 유일하다. 일부 팬들 사이에서는 음료를 마시면 주윤발과 은밀한 키스를 하는 기분이기에 이름이 밀키스라는 말 같지도 않은 얘기가 돌기도 했다. 나는 〈도신: 정전자〉(1989)에서 늘 초콜릿을 먹으며 힘을 내던 그를 보면서 정말 많은 초콜릿을 먹었다. 투유까지 포함해 거의 군것질비의 대부분을 초콜릿 구입비로 썼으니까.

1990년 혹사당하던 주윤발은 간염으로 본의 아니게 그의 영화 인생에서 가장 길게 쉬었는데 〈종횡사해〉(1991)에 출연하기 전 9개월여 정도였다. 〈종횡사해〉는 어쩌면 오우삼과 주윤발 모두 홍콩과의 이별을 암시한 작품이자, 〈황비홍〉(1991) 시리즈와 더불어 국내에서 홍콩영화 흥행의 황혼기가 시작된 작품이기도 하다. 그때까지만 해도 그의 인기는 상상을 초월했다. 피카디리 극장은 〈종횡사해〉를 내걸고자 20만 관객 이상을 동원하며 잘 나가고 있던 한국영화 〈나의 사랑, 나의 신부〉(1990)를 굳이 내리려고 했다. 급기야 피카디리 극장에서 사정을 알 리 없는 주윤발과 오우삼의 무대인사가 열렸고 그 사회자가 무려 최수종이었다. 이명세 감독이 극장주와 서럽게 대판 싸운 것을 아는지 모르는지 객석은 젊은 관객들로 발 디딜 틈이 없었다.

게다가 당시엔 TV쇼 프로에 홍콩 스타들이 출연하는 것도 꽤 흔한 일이었다. 주윤발 역시 〈유머 1번지〉의 '내일은 참피온'에 나가 '칙칙이 복서' 심형래와 복싱을 했고, 최양락이 연기학원 강사로 나오던 코너에서도 김학래의 안내로 연기 시범을 보였다. 2박 3일 방한 일정의 마지막은 변진섭, 김민우 콘서트에 게스트로 출연하는 것이었지만 빡빡한 일정 탓이었는지 펑크를 내고 말았다. 변진섭과 김민우라면 당시 그에 버금가는 초특급 스타였지만《로드쇼》의 기자는 이렇게 썼다. "다른 콘서트보다 다소 비싼 거금 만 원이란 입장료를 오로지 주윤발 때문에 치렀던 학생들의 원성이 높았다." 그렇게 주윤발 형님은 이후〈화평본위〉(1995)를 끝으로 자신의 거의 모든 영화를 한국에서 흥행시키고 미국으로 떠났다.

2010년대 들어 주윤발은〈공자: 춘추전국시대〉(2010)에 출연했는데 곰곰이 생각해보면, 사실 그는 언제나 공자를 연기한 거나 마찬가지다.〈등대여명〉(1984)에서 일본군을 피해 만자량과 엽동을 무사히 탈출시켜주기 위해 기꺼이 자신을 희생할 때도,〈영웅본색〉(1986)에서 장국영에게 친형의 의미를 다그칠 때도,〈첩혈쌍웅〉(1989)에서 자신으로 인해 눈이 먼 여자를 위해 킬러 생활을 계속하며 악착같이 수술비용을 모을 때도,〈정전자〉(1989)에서 자신이 기억상실증에 걸렸을 때 도와준 유덕화의 은혜를 잊지 않을 때도, 그렇게 그는 언제나 공자의 '예'를 몸소 실천해온 인물이었다. 게다가〈공자: 춘추전국시대〉에서 눈보라 때문에 아들을 잃는 장면은 실제로 힘들게 아이를 가졌다가 탯줄에 감겨 유산된 뒤 아직까지 자녀를 두고 있지 않은 주윤발의 실제 모습이 겹쳐 더 안타깝기도 했다. 1991년 아내가 임신했을 당시 그는 드디어 아버지가 된다며 세상을 다 얻은 것처럼 기뻐했지만 그런 안타까운 일을 겪었고, 그런 아픔 속에서도 두 사람은 지금껏 모두가 존경하는 소문난 원앙부부로 살아오고 있다.

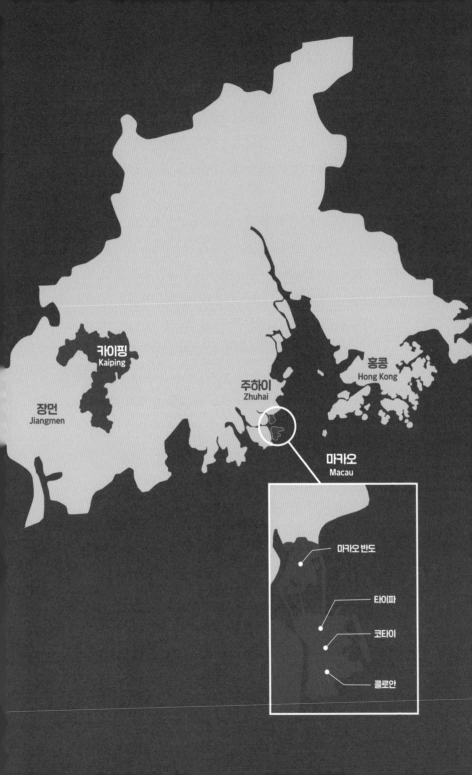

카이핑
Kaiping

장먼
Jiangmen

주하이
Zhuhai

홍콩
Hong Kong

마카오
Macau

마카오 반도

타이파

코타이

콜로안

5장

영화에 매력을 더하는
마카오와 카이펑

마카오

澳门 Macau

〈정무문〉에서 이소룡이 쫓겨나던
카몽이스 공원

〈정무문〉(1972)에서 최고의 분노 유발 장면은 홍구공원 장면이다. 이소룡은 공원에 들어가려다가 경비원에게 제지당한다. '개와 중국인은 출입금지'라는 팻말 때문이다. 그런데 마침 그때, 한 백인 여성이 개를 데리고 공원으로 들어가는 걸 보고 한 성깔 하는 이소룡이 "저건 뭡니까!"라고 따져 물었더니, 돌아오는 경비원의 대답이 걸작이다. "외국 개잖아." 급기야 일본인들도 주변에 몰려들게 되고 이소룡의 분노 작렬 액션신이 펼쳐지고야 만다.

〈정무문〉은 사실 중국 상하이를 배경으로 한 영화고, 바로 그 공원이 윤봉길 의사의 도시락 폭탄으로 유명한 상하이 홍구공원이다. 실제로 홍구공원에 그런 표지판이 있었다고 한다. 하지만 영화 촬영 당시 중국을 자유롭게 드나들 수 없었기에 마카오

중국을 자유롭게 드나들 수 없어 이소룡은 〈정무문〉을 상하이의
홍구공원이 아닌 마카오 카몽이스 공원에서 찍었다.

에 있는 카몽이스 공원Luis de Camoes Garden에서 이 장면을 촬영
했다.

　골든하베스트의 회장 레이먼드 초우는 "홍콩영화의 역사는
이소룡 이전과 이후로 나뉜다"고 말했다. 미국에서 막 돌아온 이
소룡은 당시 홍콩 최대 영화사인 쇼브라더스를 찾아가 제작자
런런쇼를 만났다. 하지만 쇼브라더스는 거의 노예계약에 가까운
종이를 내밀었고, 결국 이소룡은 뛰쳐나와 골든하베스트로 가게
됐다. 당시 골든하베스트는 쇼브라더스의 2인자였던 프로듀서
레이먼드 초우가 런런쇼와 대립하다가 독립하면서 쇼브라더스
의 중요한 감독, 배우, 작가 등을 대거 데리고 나가 차린 영화사
였다. 두 영화사의 지위가 역전되는 데는 이소룡의 역할이 절대
적이었다.

　역시 쇼브라더스 출신이었던 로웨이 감독의 〈당산대형〉(1971)
의 대성공을 시작으로 〈정무문〉으로 정점을 찍었다. 이후 로마
에서 해외 로케이션까지 진행한 〈맹룡과강〉(1972)으로 이소룡은

공원 정문을 지나 깊숙이 들어가면 김대건 신부의 동상이 나온다.

세계적인 스타가 됐고, 할리우드와 합작으로 〈용쟁호투〉(1973)까지 찍게 된다. 그 모든 필모그래피를 통틀어 내게 이소룡의 신화를 만든 단 하나의 '결정적 순간'을 고르라면, 주저 없이 약소국 국민의 울분을 터트리던 이 〈정무문〉의 공원 장면을 꼽겠다.

세인트 폴 성당 유적 뒤편에 있는 성 안토니오 성당으로 가서 좀 더 북쪽으로 가면 카몽이스 공원이 나온다. 꽤 넓은 시민들의 휴식처로, 한국 최초의 신부이자 순교자이기도 한 김대건 신부의 동상이 있어서 한국과도 인연이 깊다. 공원 깊숙한 곳에 있기에 입구 쪽 지도판에서 'Cascata e Estatua de Sto. Kim'이라는 표지판을 쭉 따라가야 한다. 그냥 'Kim'만 기억해두고 찾으면 된다. 동상 앞에는 약력을 적은 비석도 있는데, 그가 충청도 출신으로 마카오에서 처음 신학 수업을 받았다는 내용도 있다. 그의 동상이 왜 마카오에 있는 걸까, 궁금했는데 그 의문이 풀렸다.

미로 같은 집
산바호텔

홍콩만큼 마카오가 매력적으로 느껴진 영화가 바로 팡호청의 〈이
사벨라〉(2006)다. 다른 영화들이 세인트 폴 대성당이나 마카오
타워 같은 곳을 관광지의 엽서처럼 배경으로만 보여줬다면, 혹
은 삼합회 조직원이 죄를 저지르고 홍콩을 떠나 숨어 지내는 곳
정도로 보여줬다면, 팡호청의 〈이사벨라〉는 마카오를 생생한
현실의 공간으로 다가오게 했다.

　홍콩은 이미 중국에 반환됐고 여전히 중국에 반환되기 전의
마카오에서(홍콩은 1997년, 마카오는 1999년 반환), 정직 상태인 경찰
두문택이 젊고 예쁜 이사벨라(배우의 실제 이름도 이사벨라 롱)를 만나
게 되는데, 단순히 하룻밤 상대로만 생각했던 그녀가 갑자기 그
의 딸이라고 주장하며 돈을 요구한다. 그러면서 두 사람은 본의
아니게 동거를 시작하고, 그렇게 아버지와 딸처럼 애매모호하게

〈이사벨라〉, 〈2046〉 등에 나왔던 산바호텔. 바닥과 천장을 제외하고, 문과 벽과 복도가 온통 초록색이라 경계를 알 수 없다.

보내는 시간이 길어질수록 보다 가까워지게 된다.

이사벨라가 사는 집으로 나온 곳이 바로 산바호텔San Va Hotel, 新華大旅店이다. 함께 살던 개를 데리러 집에 돌아가야 하는데, 집세가 넉 달이나 밀려 도무지 집으로 들어갈 엄두를 못 내자 두 문택이 대신 개를 찾으러 들어간다. 하지만 집세를 내야 집에 발을 들일 수 있다는 무서운 주인과 싸움이 벌어진다. 이미 개는 집에서 사라지고 없는 상황이다. 산바호텔은 그 구조가 참 특이하다. 바닥과 천장을 제외하고는 문과 벽과 복도의 경계를 알 수

없게 온통 초록색으로 칠해져 있다. 그 외에는 그저 하얀 타일들의 연속이라 마치 〈이상한 나라의 앨리스〉에나 있을 법한 호텔이랄까. '도대체 문이 어디지?'라는 생각을 할 수밖에 없다.

그런 미로 같은 느낌은 역시 산바호텔에서 촬영한 왕가위의 〈2046〉 호텔 장면에서도 잘 드러난다. 장쯔이는 장난처럼 시작됐던 양조위와의 사랑이 육체적 관계 그 이상도 이하도 아니라는 것을 알고는 절망에 빠진다. "날 사랑하지 않아도 좋으니 내 사랑을 막지만은 마"라며 발작적으로 화를 내기도 하고 질투심을 유발해보려고도 한다. 하지만 언제나 그랬던 것처럼 그와 하룻밤을 보내고는 무심한 그의 표정을 뒤로한 채 방을 나온다. 가만히 뒤돌아보지만 자기가 나온 방이 어딘지 도무지 알 수가 없다. 양조위와 함께했던 기억도 온전한 것인지 장담할 수 없다. 모두가 똑같아 보이고 색채와 무늬로도 구별할 수 없는 산바호텔의 그 복도에서 장쯔이는 그만 길을 잃고 주저앉는다.

영화에서 양조위가 쓰는 소설《2046》속의 2046은 2046년이라는 미래의 시간이기도 하고, 2046호라는 은밀한 방 번호이기도 하며, 사람들이 잃어버린 기억을 찾기 위해 향하는 어떤 장소이기도 하다. 소설 속에서 사람들은 돌아오지 못할 것을 알면서도 2046행 열차에 오른다. 그리고 장쯔이는 2046호실에서 자신의 사랑을 찾았다고 믿었다. 하지만 그 어느 것도 진실인지는 아무도 모른다. 왜냐하면 2046에 갔다가 돌아온 사람이 없고, 장쯔이는 자신이 나온 방이 어디였는지 찾을 수 없다. 그래서 산바호텔에서 2046호는 영원히 찾을 수 없다.

2046호실은 〈화양연화〉에서 양조위와 장만옥이 머무르던 방 번호와도 같은데, 사실 꽤 의미심장한 숫자이기도 하다. 1997년 홍콩의 중국 본토 반환으로부터 정확히 50년 뒤인 시점, 즉 홍콩과 중국이 '하나의 국가, 두 개의 시스템'이라는 일국양제—國兩制 실험을 끝내고 홍콩이 중국에 완전히 귀속되는 해가 바로 2046년이다. 그렇게 2046년이 되면 더 이상 자치권은 보장받지 못하고 오랜 세월 형성되어온, 그 시절 우리가 사랑했던 홍콩의 정체성은 사라지게 될지도 모른다.

〈2046〉에서 양조위가 장만옥에 기대어 잠든 채로 택시를 타고 가면서 "내게도 해피엔딩이 있을 뻔했다. 오래전 그때"라며 〈화양연화〉를 직접적으로 떠올리게 하는 플래시백 장면이 있는데, 어쩌면 2046년이 됨과 동시에 모든 것이 이전과 같지 않을 거라는 왕가위의 불안감을 보여주는 장면이다. 즉, 2046년이 되면서 홍콩의 화양연화는 끝난다. 〈아비정전〉의 퀸스 카페와 〈화양연화〉의 골드핀치 레스토랑처럼 〈2046〉의 산바호텔은 더 이상 돌아가지 못할 시절을 상징하는 노스탤지어의 공간이다.

〈2046〉의 호텔 장면을 모두 산바호텔에서 촬영한 건 아니고, 인물들 뒤로 초록색의 벽과 흰색 타일이 살짝 드러나는 양조위와 장쯔이의 일부 장면들이 촬영됐다. 과거와 미래가 복잡하게 공존하고 있는 〈2046〉에서 가장 세월의 흔적이 묻어나는 장면들이다. 밖에서 쳐다보면 분명 평범한 이층집처럼 느껴지는데, 계단 위로 올라오면 사방으로 온통 미로가 이어져 있는 것 같은 기분이다. 왕가위가 이곳에서 인물들의 방황과 잃어버린 기억을

세나도 광장. 유럽풍의 건물로 둘러싸인 마카오의 중심부.

그려내려 했던 것은 그런 이유 때문이다.

그 분위기가 마음에 들었는지 왕가위는 〈2046〉 다음에 참여한 옴니버스 영화 〈에로스〉(2004) 중 '그녀의 손길'을 산바호텔에서 촬영했다. 신비로운 여인 공리를 향한 혼자만의 사랑을 키워가는 재단사 장첸의 이야기다. 재단사라는 직업에서 알 수 있듯 그는 무엇이든 한 치의 오차도 없이 규격화하여 의상을 만들어내는 솜씨를 지녔지만, 전혀 가늠할 수 없는 사랑이라는 감정 앞에서 혼란에 빠진다. 줄자만 있으면 세상 불가능한 것이 없었던 그의 자부심이 처음으로 측정할 수 없는 대상을 만나게 된 것이다. 그 혼란을 이미지화한 공간이 바로 산바호텔이다.

세나도 광장을 등지고 알메이다 리베이로Almeida Ribeiro 대로 건너편 왼쪽에 컬스Cules 길이 보이고, 거기서 조금만 들어가면

산바호텔이 위치한 골목이
바로 〈도둑들〉의 포스터 컷
으로 나왔던 그 장소이다.

오른쪽으로 펠리치다데Felicidade 길이 이어지는데, 그 길이 거의
끝나는 지점의 왼쪽에 산바호텔이 있다. 흥미로운 건 그 길이 바
로 과거 유곽이 있던 거리라는 사실이다. 그 집들이 외관은 그대

澳门

로인 채 이제는 기념품 가게나 커피숍으로 바뀌어 손님들을 맞는다. 〈도둑들〉의 모든 도둑이 정면을 바라보며 위풍당당하게 걸어오던, 영화 포스터 컷으로도 유명한 장면을 찍은 거리이기도 하다. 영화에서는 바로 산바호텔의 2층 테라스에서 경찰들이 그렇게 걸어오던 '도둑들'을 몰래 촬영하는 설정이었다.

빛바랜 붉은색의 낮은 2층 건물들이 쭉 이어져 있는 풍경이 세나도 광장이나 여타 다른 마카오 지역의 느낌과는 굉장히 달라서 기분이 참 묘하다. 계속 개발이 진행되고 있는 다른 지역들과 달리 옛 풍경을 고스란히 간직하고 있는, 마카오에서 가장 오래된 거리라고 할 수 있다. 〈도둑들〉의 한국 도둑과 홍콩 도둑이 모두 모여 이 길을 지나 한 공간에서 만난다. 그들이 그 누구도 발견하지 못할 은밀한 곳으로 가고 있다는 느낌을 바로 이 길을 경유하며 얻게 된다. 그전까지 저마다 자존심을 내세우며 갈등을 빚던 서로 다른 개성파 도둑들을 드디어 운명공동체로 만들어준 마법의 길이라고나 할까.

폼생폼사 사진을 찍자

보통 세나도 광장까지 여행을 마치면 돌아가는 이들이 대부분이 겠지만, 광장과 붙어 있는 차도 신마로Avenue de Almeida Ribeiro, 新馬路를 건너면 새로운 세상이 펼쳐진다. 바로 두기봉의 〈익사 일〉(2006) 촬영지로 향하는 길이다. 길 건너편에 '民政總署'라 쓰여 있는 고풍스러운 '상원의원' 건물을 바라보면 왼쪽으로 센 트럴 길Rua Central이 시작된다. 그 길을 따라가다 보면 역시 유네 스코 세계문화유산인 돈 페드로 5세 극장, 성 로렌조 성당 등이 이 어지며 다시 파드레 안토니오 길Rua do Padre Antonio로 접어든다.

그렇게 쭉 걷다 보면 조그만 릴라우 광장Lilau Square이 나오면 서 불현듯 〈익사일〉의 한 장면이 떠오를 것이다. 왼쪽의 연노란 색 건물과 오른쪽의 연두색 건물, 그리고 그 뒤에는 또 연분홍 색 건물이 이어지는 모두가 '연'한 색깔의 건물들로, 그 사이 골

예쁜 색깔의 집들이 오밀조밀 모인 이 골목을 롱코트를 입은 고독한 남자들이 걷는 모습을 생각하니 짐짓 웃음이 난다.

목길에 '진'한 캐릭터의 세 남자가 서서 돌아보던 장면이 잊히지 않는다. 〈익사일〉에서 보스를 암살하려다 실패하고 조직에서 뛰쳐나온 장가휘가 마카오의 바로 이곳에 숨어 살고 있다. 그러던 어느 날, 황추생, 오진우, 장요량, 임설이 오랜 친구인 장가휘를 만나러 마카오에 온다. 그들은 어렸을 때부터 조직 생활을 함께한 죽마고우이지만 보스의 명령으로 장가휘를 제거해야만 하는 운명이다. 롱코트를 걸치고 무표정하게 걸어오는 고독한 남자들의 모습에서 두기봉 영화 특유의 형식미를 느낄 수 있다.

이 아담한 광장에서 어떻게 〈익사일〉의 그 비장한 누아르가 탄생했을까.

두기봉은 현재 왕가위와 더불어 칸영화제 경쟁부문의 부름을 받는 거의 유일한 홍콩 감독이다. 마치 셀지오 레오네의 〈원스 어 폰 어 타임 인 더 웨스트〉(1968)처럼 시작한 〈익사일〉은 〈미션〉 (1999)을 비롯, 〈흑사회〉 연작을 통해 보여준 남자들의 고독한 세계를 더욱 스타일리시하게 펼쳐 보인다. 과거 〈흑사회2〉를 표지로 삼은 《카이에 뒤 시네마》의 두기봉 특집 제목이 '고독한 남자들의 전쟁'이었는데 〈익사일〉은 거기서 더 극단적인 폼생폼사의 리듬으로 나아간다. 결코 타오르지 않는 절제된 감정, 애매모호한 시선만을 교환하는 인물들, 결국 모든 것이 예정돼 있음을 알지만 어쩔 수 없이 운명에 모든 것을 내맡겨야 하는 숙명을 더욱 극단적으로 보여준다.

두기봉은 그 스스로 〈미션〉, 〈익사일〉, 〈복수〉 세 편을 자신의

'무협 3부작'이라 불렸는데 세 편 모두 러닝타임이 흐르는 게 안타까울 정도로 명장면들의 연속이다. 두기봉은 현재 세계영화계에서 순수한 의미의 영화적 명장면을 만들어내는 몇 안 되는 감독 중 한 명이다.

〈익사일〉의 '폼생폼사' 남자들처럼 거리 한가운데서 사진을 찍고 싶지만, 동화 속에서나 볼 법한 조용한 동네인 것과 별개로 계속 버스와 택시, 스쿠터가 다닌다. 차가 안 지나갈 때 괜히 폼 나는 사진 한 컷 찍어보려 했다가 애꿎은 시간만 흘렀다.

릴라우 광장은 예쁜 색깔의 집들이 오밀조밀 모여 있는 곳이라 출사 나온 사람들도 많고 벤치에 앉아 한가로이 쉬고 있는 동네 사람들도 눈에 띈다. 릴라우 광장을 중심으로 이어져 있는 골목 모두 비슷해 보이는 길이 하나도 없을 정도로 아늑하고 고풍스럽고 개성이 넘친다. 마카오에서 펠리시다데 거리만큼이나 유서 깊은 동네이기도 하다.

이 아담한 광장에서 어떻게 〈익사일〉의 그 비장한 누아르의 길이 탄생했을까. 바로 이곳에 와보면 더 궁금해진다. 내가 지금 서 있는 곳의 시야 안에서 동서남북 서로 다른 여러 개의 시간대를 보게 되는 것, 그것이 마카오의 가장 큰 매력이다.

카이핑

开平 Kaiping

〈일대종사〉의 촬영지
카이핑에 가다

오직 왕가위의 〈일대종사〉(2013) 촬영지를 찾겠다는 이유만으로, 홍콩을 넘어 중국 땅을 밟았다. 홍콩에서 선전에 가는 방법과 거의 똑같이, 따로 중국 비자를 발급받아 하루 안에 돌아오면 된다. 2007년 유네스코에서 세계문화유산으로 지정한 중국 광둥성의 작은 도시 카이핑Kaiping, 开平은 광저우를 경유해서 가야한다. 판관 포청천으로 유명한 허난성의 카이펑Kaifeng, 开封과 발음은 비슷하지만 한자가 다르다.

과거 프랑스 조계지였던 카이핑은 도시 곳곳에서 독특한 분위기를 풍기는데, 특히 물이 흐르는 츠칸 지역에 자리한 츠칸잉스청Chikan Ancient Town Movie & Television Town, 赤坎影视城은 〈일대종사〉를 비롯해 성룡의 〈취권2〉(1994) 등이 촬영됐다. 더불어 해외 문물을 접하고 돌아온 화교들이 방호 목적으로 지은 댜오러

상하이와 달리 옛 모습이 남아 있어 영화나 드라마의 촬영지로 각광받고 있다.

우碉樓라는 독특한 성탑 모양 주택들은 도시 곳곳에 무려 2천여 채가 남아 있는데, 지앙웬이 연출하고 주윤발과 게유가 출연한 영화 〈양자탄비〉(2010)의 핵심 배경이 됐다. 갈수록 현대화되는 홍콩과 상하이와 달리, 여전히 조계지의 흔적이 남아 있는 카이핑은 여러 중국영화와 TV 드라마의 촬영지로 각광받고 있다. 〈일대종사〉에서 엽문(양조위)과 장영성(송혜교)의 집, 엽문과 궁이(장쯔이)가 함께 걷던 거리, 그리고 무림의 의사결정기관이나 다름없던 '금루' 세트가 바로 카이핑에 있다.

당연히 '엽문의 영화'라고 생각했던 〈일대종사〉는 사실상 '궁이의 영화'여서 깜짝 놀랐다. 개인적으로는 장쯔이가 이제껏 가장 뛰어난 연기를 선보인 영화라고까지 생각한다. 왕가위 영화 안에서 〈2046〉에 출연하기도 했던 과거의 장쯔이가 어딘가 여

카이핑

전히 철부지 같은 느낌이었다면, 그보다 10년도 더 뒤에 출연한 〈일대종사〉에서는 완전히 다른 사람이 돼 있었다. 왕가위가 오직 장국영과 양조위, 그리고 장만옥에게만 투영했던 무상無常한 감정을 장쯔이의 얼굴을 통해서도 보여주고 있었다. 게다가 여성이라는 이유로 후계자가 될 수 없었던 궁이는, 결국 궁가의 64수를 비롯해 아버지의 최고 기술을 어깨너머 배운 실력으로 그대로 재현해낸다. 탐욕스러운 마삼(장진)을 바로 그 기술로 말 그대로 '날려버리던' 기차역 장면은 단연 압권이다. 무림은 궁이를 후계자라 인정하지 않았을지도 모르지만, 이미 궁이는 그 자격을 갖추고도 남았던 것이다.

　카이핑 내에서 탄강潭江이 흐르는 츠칸 지역은 '작은 홍콩'이라 불릴 정도로, 과거 개항지였던 홍콩이나 상하이의 축소판처럼 느껴진다. 관關씨와 사도司徒씨 집안의 경쟁 관계 속에서 성장한 츠칸은 홍콩과 광저우로 뱃길이 이어진 수상교통의 요지로, 일찍이 1900년대 초 유럽이나 미국으로 일자리를 찾아 떠난 화교들이 많았으며, 그들이 하나둘 돈을 벌어 츠칸을 통해 카이핑으로 돌아오면서 서구식 건물을 지어 살기 시작했다. 탄강을 따라 쭉 늘어선 유럽풍 건물들의 이국적 풍경은 바로 그렇게 만들어졌다.

　그 탄강의 다리가 있는, 관광객들이 꼭 사진을 찍는 바로 그 옆에 〈일대종사〉를 촬영한 츠칸잉스청赤坎影視城이 자리해 있다. '영시성影視城'은 우리식으로 말하면 '종합촬영소'쯤 된다. 촬영소 자체가 큰 것은 아니지만 탄강의 풍경과 아기자기한 골목길, 그

开平

〈일대종사〉를 촬영한 츠칸잉스청. 금칠이 벗겨지기도 하고
엽문과 궁이가 기나긴 대결을 펼쳤던 계단도 이제 흔적만 남아 있다.

리고 바로 옆의 '관씨 도서관' 등 마치 옛 홍콩의 풍경을 고스란히 간직한 하나의 세트처럼 느껴지는 곳이다. 왕가위 감독 또한 "이제 홍콩에는 영화적으로 옛 홍콩의 풍경을 담아낼 만한 곳이 없다. 그래서 중국의 상하이나 칭다오로 가기도 하는데, 카이핑은 홍콩과 가깝다는 점에서 더 매력적이었다"며 이곳을 촬영지로 택한 이유를 말하기도 했다.

츠칸 촬영소 입구에는 〈일대종사〉를 비롯해 〈취권2〉, 〈양자탄비〉 등 카이핑에서 촬영한 영화들의 스틸들이 소개되고 있다. 매표소에서는 츠칸 촬영소를 비롯해 댜오러우로 유명한 마지앙롱, 즈리촌, 리위엔 마을 등 네 곳을 한데 묶은 패키지 티켓도 함께 판매하고 있다. 하루 정도의 시간을 들여 모두 둘러볼 계획이라면 절대적으로 유리하다.

매표소를 지나면 〈일대종사〉와 관련된 표지판들이 등장하기 시작한다. 1층에는 바로 〈일대종사〉에서 어린 엽문이 스승 진화순(원화평)에게 절을 올리던 공간, 엽문이 고향을 떠나며 향을 피우던 공간, 그리고 광둥 지역의 여러 무림 고수들은 물론 궁이와 일대일 대결을 벌이던 '금루'가 있다. 워낙 화려했던 금루였던 만큼 이곳을 방문했을 때는 공사가 한창이었다.

영화 속에서 너무나 반짝거렸던 '금칠'이 벗겨지기도 하고, 엽문과 궁이가 거의 몸을 밀착한 채 회전하며 뛰어내렸던 계단도 거의 흔적만 남았다. 일하는 사람에게 물어보니 보수가 아니라 1층은 다른 용도로 바뀌는 중이라 한다. 아무래도 규모가 크고 유지보수가 힘든 만큼 금루 세트를 계속 관광용으로 보존하기는 힘들었을 테다. 안타깝게도 금루는 사라지고 있었다.

안내표지와 함께 계속 보존할 계획인 2층은 바로 엽문과 장영성의 침실이 있는 곳이다. 양조위가 입었던 엽문 의상은 물론, 언제나 창밖을 내다보며 그를 기다렸던 송혜교의 사진이 한데 걸려 있다. 바로 송혜교가 자세를 낮춰 향에 불을 피울 때 앉았던 의자가 있다. 천이 드리워진 침실도 영화 속 모습 그대로다.

이곳에서 하루 일을 끝내고 돌아온 엽문의 벗은 몸을 아내가 수건으로 닦아줬고, 그런 아내를 바라보는 엽문의 얼굴에 미소가 살짝 번지고는 얼마 뒤 아들 엽준이 태어났다. 아마도 왕가위 영화에서 가장 황급하고도 시간 차가 많이 나는 점프컷이었던 걸로 기억한다. 그렇게 2층의 모습은 그 시절 광둥 지역의 부유

开平

한 가정의 신혼집을 그대로 옮겨놓은 듯하다.

　방을 나가 복도로 들어서면 영화 속에서 엽문이 영춘권의 수기(손기술)를 연마하던 목인장(나무로 만든 인체 모형의 수련대)도 있다. 그렇게 1층의 금루와 2층의 침실을 오가며 〈일대종사〉의 여러 인상적인 장면들이 스쳐 지나갔다.

　무엇보다 이곳을 둘러보며 왕가위의 숨겨진 진심을 읽을 수 있었다. '일대종사'는 한 시대에 한 번 나올까 말까한 위대한 스승을 뜻하는데, 짧은 장면이나마 그 역할로 〈매트릭스〉, 〈킬 빌〉 등을 통해 할리우드에도 진출했던 홍콩의 대표적인 무술감독 원화평을 카메오로 출연시킨 것에서 드러난다. 말 그대로 '홍콩영화의 화양연화'를 이끌었던 이들에게 바치는 영화가 바로 〈일대종사〉인 것이다.

　창작자로서 활동무대를 서서히 중국 본토 전체로 확장해 나가야 하는 현실 속에서, 과거 자신이 몸 담았고 또한 사랑했던 홍콩영화의 저물어가는 운명에 이 영화를 바치고 싶었을 것이다. 〈일대종사〉가 이제는 거의 만들어지지 않는 정통 '권법영화'라는 것도 묘한 향수를 자극한다. 그래서 '홍콩'이라는 거대한 역사성 아래 왕가위의 〈화양연화〉와 〈일대종사〉는 그야말로 멋진 대구를 이루는 제목이다.

유네스코 세계문화유산
댜오러우에 오르다

카이핑은 츠칸 외에도 유네스코 세계문화유산인 댜오러우 Diaolou, 碉樓로 유명하다. 원래 중국 소수민족 중 하나인 강족光族이 쌓아 올린 보루 형태로 유명한데, 순전히 멀리 적들을 감시하고 보호하기 위해 만들어져 투박한 형태였다. 같은 유네스코 세계문화유산인 푸젠토루福建土樓도 이와 비슷한 형태다. 하지만 카이핑의 댜오러우는 보호 목적 외에 부富를 과시하는 것이기도 했다.

서극의 〈황비홍〉(1991)에 그 배경이 잘 묘사되어 있는 것처럼, 19세기 말 미국 서부개척기에 많은 중국인이 홍콩, 카이핑 등을 통해 미국으로 갔는데 그들이 돈을 벌어 카이핑의 가족들에게 송금하면서 경제적으로 성장하기 시작했다. 이후 1930년대 들어 고향으로 돌아온 그들은 중국의 건축 전통에 서구 양식을 덧

유네스코 세계문화유산인 댜오러우. 해외 문물을 접하고 돌아온 화교들이 방호 목적으로 지은 것으로 성탑 모양이다. 꼭대기 망루에 올라 내려다본 마을의 모습은 신비롭기까지 하다.

씌움과 동시에, 들끓는 마적들의 공격으로부터 가족과 재산을 보호하기 위해 군사적 망루 형태로 고층 누각을 지었다. 각자의 형편에 따라 그것은 조그만 집부터 호화로운 성 모습까지 다양하게 분포했다. 〈양자탄비〉가 촬영된 호화로운 대저택 형태의 댜오러우를 보려면 마지앙롱 마을, 즈리춘 마을 등으로 가야 한다.

〈양자탄비〉에서 중앙정부의 공권력이 미치지 않는 한 외딴 마을의 세력가 주윤발은 마지앙롱 마을의 가장 큰 저택에서 살고 있다. 바로 이곳에 돈을 주고 벼슬을 산 게유와 그 부인 유가령, 그리고 그들을 만나 힘을 합친 마적 떼의 우두머리 강문이 찾아와 가짜 벼슬아치 행세를 한다. 폐쇄적인 마을의 절대 권력자로 군림하는 영화 속 주윤발은 바로 그 댜오러우의 꼭대기 망루에 올라 마을 전체를 내려다봤다. 논밭이 펼쳐진 가운데 카이핑 이곳저곳을 다니며 쉽게 만나게 되는 크고 작은 댜오러우들의 모습은 신비롭기까지 하다. 그렇게 카이핑은 고향을 떠나간 화교들의 고향이자, 전통과 근대가 만나 이뤄진 독특한 매력을 품은 곳이다. 위대한 월극 예술가이자 무려 87편의 〈황비홍〉 시리즈에서 황비홍을 연기한, 그리하여 단일 시리즈에서 가장 많은 주연을 맡은 기록으로 기네스북에도 오르며 홍콩영화계 최초의 스타로 떠오른 배우 관덕흥의 고향이기도 하다.

사라져가는 홍콩의 흔적과 향수를 되살려내기 위해 〈일대종사〉 프로젝트를 시작한 왕가위로서는, 더없이 매력적인 도시가 바로 카이핑이었다. 바로 거기에 옛 홍콩의 은은한 향기가 있었다.

开平